U0404356

清代宮廷大戲叢刊續編 七

如意寶册

詹怡萍◎主編
李志遠◎校點

北京大學出版社
PEKING UNIVERSITY PRESS

國家古籍整理出版專項經費資助項目

整理説明

《如意寶册》，清代宫廷連臺本大戲。作者不詳。朱萬曙據文辭風格判斷應爲文人改編，「决非出自内廷伶人或太監之手」①。

《如意寶册》是據明代四十回本《三遂平妖傳》改編而成，這點从《如意寶册》首齣内所言「以完三遂平妖之公案」「方完結三遂平妖公案」可以看出。《如意寶册》與小説相較，雖然在末尾也强調了諸葛遂、馬遂、李遂之「三遂」在平妖過程中的作用，但主體上更是着眼於《如意寶册》對整体事件發展和人物關聯的作用，可能據此而更名爲《如意寶册》。

《如意寶册》現存情節較爲完整的本子是首都圖書館所藏清鈔本，《古本戲曲叢刊》第九集據之影印。該本共十卷、一百四十二齣，每卷十三齣至十六齣不等。另中國藝

① 朱萬曙《論清宫大戲〈如意寶册〉》，《中國文化研究》二〇一六年第三期。

術研究院圖書館藏《耿藏劇叢》第一集收有一殘本，一函四册，爲第七本卷上下、第八本卷上、第十本卷上。該本鈔寫工整，朱筆點斷，曲牌皆標宫調，曲詞每句末注「韻」「句」。半頁八行，行十八字。爲清代宫廷鈔本。該本四字標目，每本十齣，四本齣目依次爲：威嚴開府、幻術惑人、入廟驚異、遊境授機、金經化橋、聖姑逞法、訪善談奇、差訪惡僧、二遂訂交、七聖作法、初試分身、欣逢報信、客店被拿、公堂藐法、潛踪投河、飲酒遭厄、施藥弄旛、嚴審蛋僧、監斬蛋僧、重封白雲、城隍掛號、王則奉差、别母招婿、王則遇美、議創成親、州官刻餉、探望言情、飲酒惑軍、舉義散財、拷問厫倉、王則慶功、彦博逢遂、變形借宿、作法殲除、聖姑商議、元帥私巡、日生得第、二遂蒙恩、馬遂詐降、張鸞論道。可見與首都圖書館所藏清鈔本二字標目不同，而且正文亦有差異。另中國藝術研究院圖書館藏有《平妖傳》傳奇，《傅惜華藏古典戲曲珍本叢刊提要》稱：「清昇平署鈔本。一册。半葉十行，行二十字，朱筆圈點。……此本疑爲清代宫廷大戲《如意寶册》析出本，本事出自小説《三遂平妖傳》。」[①]不過通过對《平妖傳》與首都圖書館所藏清鈔本《如意寶册》的内容比較，可以判斷二者當是同爲改編自《三遂平妖傳》的戲曲作品，《平妖傳》

① 王文章主編《傅惜華藏古典戲曲珍本叢刊提要》，學苑出版社二〇一〇年版，第三三五頁。

并非《如意寶册》析出本。

本次以《古本戲曲叢刊》第九集影印的首都圖書館藏清鈔本爲底本进行整理，因現存殘本不具有參校價值，故不以之作爲參校本。底本鈔寫字跡不一，多有訛文，格式亦不統一，整理時對明顯訛文予以逕改，格式稍加統一，不一一出校記。底本中脚色行當與人物多有混雜使用、同一人物在不同齣内脚色行當并不一致等現象，在不影响文義理解的前提下，不予以統一。在同一齣内同一人物脚色行當不一致時，據前後齣或本齣内首次標注的脚色行當予以統一，如第七卷第七齣《刺女》先標注胡永兒脚色行當爲小旦，後又作旦，整理時本齣内皆改其脚色行當爲小旦。底本多有省文符，整理時據文義及曲牌句格録定爲文字；底本个别曲詞點有板眼，整理時對所點板眼不予體現。因整理者水平有限，整理本中存在的訛誤，敬請諸賢達批評指正。

李志遠

目録

第一卷

第二卷

第三卷

第四卷

第五卷

第六卷

第七卷

第八卷

第九卷

第十卷

第一卷

第一齣　諸佛聖部洲游巡

〔八天人番扮上，跳舞介，合唱〕

【北點絳唇】鷲嶺恒提，靈山聳翠。祥雲靄五彩旖旎，果是須彌地。〔白〕寶刹靈山局碧天，祇園紫氣涌金蓮。真是悠悠極樂地，浩願慈悲億萬千。我等乃西竺如來座下天人使者是也。今日我佛升座，宣施大乘妙旨，爲此我等前來伺候。道言未了，你聽音樂鏗鏘，異香靄靄，我佛將次升座也。〔分立介。四羅漢、阿難、伽舍、善才、龍女、韋馱引如來、觀音、文殊、普賢俱各番像上。佛唱〕

【南吕·北一枝花】秉沙門把三千大界清，早開示壺裏乾坤秘，品蓮臺天龍八部隨。擁旌幢隊隊輝煌麗，持誦着三藐菩提，悟徹那清濁味。須猛醒參理禪機，當仔細敲推。嘆浮生空自的眷戀塵緣，怎能够解超凡脱苦海輪回，怎能够解超凡脱苦海輪回。〔吹打，轉場上蓮臺坐介。衆分兩排參拜介。同場衆唱〕

【梁州第七】齊合掌叩蓮臺恭誠敬謹，欣瞻望法座清暉。早則見金蓮地涌天花墜，爇沉檀香烟叨篆，寶鼎清輝。見盤旋鶴鹿，殿閣崔巍。願早把洪恩廣沛，超苦海萬劫清頹。望慈悲展妙旨心先會，施菩提浩願剖因微，愈顯的佛土光輝，愈顯的佛土光輝。〔觀音、文殊、普賢上座，羅漢、天人各分立介，佛白〕誰是衆生誰是佛，有甚禪門有甚訣。無人知我一字禪，早把六根多斬脱。老僧如來尊者是也。今逢四月八日，爲此升座，講演大乘。〔衆白〕啓佛慈悲。〔佛白〕大衆聽者，萬劫重重肯消磨，好向苦處尋快活。縛住猢猻不放鬆，蒼鷹頓斷金條鎖。老僧空自多纏磨。〔唱〕

【牧羊關】嘆浮生空自然惹是非，都被業牽纏，枉自墜落沉迷。動貪痴似蝶兒釀蜜，戀塵緣難逃禍危。省悟的有那省悟工微細，若執性有那執性蹈殺機。急修身將那意馬牢拴住，定管取離劫岸脱輪回，離劫岸脱輪回。〔衆白〕阿彌陀佛。〔佛白〕大乘妙旨，功課已畢，天人使者，準備法駕，大衆等隨老僧同往各部洲，游巡一番。〔衆白〕領佛旨。〔上獅象、吼獸，菩薩各騎同走介。合場唱〕

【隔尾】蹿蹿擁幡幢爛爍金光聚，一隊隊駕虹霓離七寶圍，只爲施恒河急將群生濟。歷沉劫現身隨處，發浩願渡盡群迷。若能够皈依頂禮，管超凡入聖機，管超凡入聖機。〔齊下。二小喇嘛提爐、二小喇嘛執幡，引大喇嘛上，唱〕

【四塊玉】我自静焚修禮拜誠，參玄旨悟禪微。怎能够明覺意醒呆迷，到那時方不負朝處夕禮，到那時方不負朝處夕禮。〔白〕吾乃北鉅盧洲番僧是也。累世出家，永戒葷酒。朝夕頂禮焚修，參禪悟妙，雖則稍明覺旨，不能深切大義。今日天氣融和，爲此帶領徒弟們到山前，一則游覽，二則倘遇聖教啓示，方不負累世之勤也。〔唱〕鎮朝昏奥意仔細究，何日理明秘機。怎能够脱濁質超苦趣，怎能够脱濁質超苦趣。〔内音樂，擂鼓介。番僧白〕呀，一霎時祥雲繚繞，異香撲鼻，仙樂嘹亮，想是佛聖降臨。你我須索虔誠頂禮，跪叩迎接。〔虚下。衆引佛上，唱〕

【烏夜啼】離靈臺出游巡施普惠，跨獅象異獸足下騰輝。遥望着慈雲慧日霞光麗，一行行聖侣雲巍。見瑶草芳菲，看不盡奇花争艷佛土輝。痛浮生枉碌碌，自陷淵泉内。〔衆分立介，五番僧上跪介，白〕弟子等凡夫陋質，今日幸佛聖降臨，在此迎接。乞我佛念弟子累世修行，大發慈悲，指示愚蒙，超拔業苦，弟子等感恩無盡矣。〔佛白〕聽者，吾與大衆部洲游巡，原爲普濟群迷，爾既累世持修，自然見性明心，須當清規緊守，參悟禪機，自有功成行滿之日。豈不聞天命之謂性，率性之謂道乎？〔唱〕只要你静其心達其禮，少不得有日身脱虎穴，極樂徘徊，極樂徘徊。〔衆隨佛下，番僧白〕阿彌陀佛，弟子何幸，得蒙我佛開示。且回到寺中，静心參悟便了。正是：如是我聞，一時佛在。罪業消除，大千世界。〔同下。雜扮狐狸、四五精靈上，繞場下。衆引佛上，唱〕

【罵玉郎】繞虹流不覺又到南瞻地，一個個被利名牽强争非。到臨期盈業貫誰來替，枉自的沛洪恩怎解危。他昏迷迷自不追，難躲那泉臺罪，難躲那泉臺罪。〔内放黑烟彩介。佛白〕呀，方才到南瞻部洲，天晴日霽，爲何一霎時黑霧迷漫？〔衆白〕啓上我佛，其中有何應驗？〔佛白〕大衆聽者，只因那白猿公不自敬謹，私自刊刻《如意寶册》于石壁之上，後被蛋僧盜去，與老狐結黨興妖，攪亂世界，此亦是劫運難遷。待吾發牒與昊天上帝，遣星宿下凡，收伏群魅，以完三遂平妖之公案也。就此返駕。〔衆白〕領佛旨。〔佛唱〕

【黄鐘尾】可怪那衆狐魅興妖作祟皇洲地，仗寶册無影無形賺愚迷。俺如今早發牒遣星曜輔佐王畿，方完結三遂平妖公案矣。〔下〕

第二齣　開場

〔末上〕

【滿庭芳】玄女神通，袁公歸洞，蛋子果非常。左黜戲艷，老狐精鬧半仙堂。分袂在關帝廟，拳打頭陀，三進白雲鄉。夢裏會魔主，冥府判嬌娘。講道法，逢仙畫，變糇糧。井中獻鼎，移月天橋豈尋常。潞公奏捷，多目銜恩，三遂不荒唐。〔轉身向内介〕告過開場。〔下〕

第三齣　下山

〔衆扮八揭諦神各執降魔寶杵上，繞場舞介，内細音樂。從神、宫女各執雙扇、兵符引玄女上，唱〕

【北新水令】浮生泡影水中圓，到頭來終屬夢幻。清風當户牖，明月上窗簾。金鴨龍涎，儘逍遥神仙伴。〔吹打，上高臺坐介，白〕一卷黄庭一盞燈，每從静裏悟長生。陰陽妙意誰人識，只在虚無幻念中。吾乃九天玄女是也。胸藏百萬甲兵，包羅無窮劍術。因越王勾賤欲雪會稽之耻，徵聘下山，傳授劍術，不免幻身處女，就此前去便了。〔下座介，行介。同唱〕

【南步步嬌】旌旄閃閃漫空旋，掩映如花面。羽旆𩚵翩翩，儀仗繽紛，聯絡不斷。舉目望青山，早已離却清虚殿。〔旦白〕行來此處，你看層巒疊翠，野壑飛烟，好一派山景也。我想人世奔忙，怎如仙家快樂。〔唱〕

【北折桂令】看紅塵幾變桑田，忙提覺柱下仙官，早唤取綉户嬋娟。休戀着舞鏡飛鸞，珠樓鳳館，紫閣鵷班。瞬息裏寶華雲散，霎時間石火冰寒。争似他道侣仙緣，煞强似臨淵結網，也免得月缺花殘。〔同下。外扮白猿公紫布道袍、白髮白鬚上，唱〕

【南江兒水】隱迹烟霞裏，嘯傲在深山。清風明月長爲伴，煉氣修真身輕健，呼吸運氣生光焰。〔白〕自家白猿公是也。身居申位，裔出巴山。善曉陰陽之理，能施符語之精。這也不在話下。今日天氣晴明，和風送暖，不免出洞，往山下閑游一番，多少是好。〔唱〕觀不盡滿目的緑深紅淺，看不了花柳争妍，聽枝頭野鳥聲喚。〔下，旦衆上，唱〕

【北雁兒落帶得勝令】嘆浮生錦乾坤似轉丸，雙日月如飛箭。嘆浮生夢一場，好世情雲千變。呀，説什麽萬里玉門關，比不過七里釣魚灘。喜曉日長安近，悲秋風蜀道難。休干，誤多少英雄漢。看看，早不覺兩鬢班，早不覺兩鬢班。〔外上，跪介，唱〕

【南僥僥令】只得雙膝跪，不怕臉皮涎。但求得遂吾心願，發慈悲重見憐，發慈悲重見憐。〔旦見外介，唱〕

【北收江南】呀，俺見他恁般的模樣呵，看將來料是一仙緣，曲膝躬身望周全。嘆愚痴可憐，嘆愚痴可憐，問伊行就裏有何言。〔外白〕弟子荆山隱迹，修煉多年，亦非凡品。久仰娘娘劍術崇高，今日有緣相遇，特來請教，幸勿見棄。〔旦白〕看他巍巍道貌，靄靄仙風，大有正果之基。你既處心哀告，俺亦無隱也。〔袖中取丸介〕俺就將此二丸，賜汝去罷。〔外接看介，背白〕這兩個丸子，白生生的，若是粉做的，到好充飢；若是銀打的，也不上二三兩重；若是鉛鑄的，我老袁又不會打彈，要他何用。〔旦白〕他在背地沉吟，必不知寶貝，我不免作法，與他看看，便自心服。你這老兒不必沉吟，且還我來。你在一傍看了。〔接丸作訣勢，用口吹介，内作雷聲，天井火彩懸二劍作飛起介，白〕老兒你看見了麽？

〔外看作慌，跪介，白〕弟子有眼不識法寶，還望娘娘教訓。〔唱〕

【南園林好】見飛升令人駭然，開茅塞心懷坦然。滿空中轟雷掣電，願皈依寶座前，休棄我老愚頑，休棄我老愚頑。〔旦白〕此丸乃是仙家煉就雌雄二劍，能大能小，變化無窮。攝了光時，恰似兩個粉丸。倘若用他，百萬軍中橫行直撞，來如箭，去如風，所以仙家飛劍斬妖，百發百中。休作等閑看他，仔細收了。〔外收介，白〕弟子今日就拜娘娘爲師，情願相隨左右。〔拜介。旦白〕看你修煉大道，氣候已成，待我回天，奏明玉帝，賜汝仙位。用心修煉，後來相會有期。聽我道來。〔唱〕

【北沽美酒帶太平令】你是個山間種、散淡仙，山間種、散淡仙。皈正果絶塵寰，回首真如在眼前。清虚界須早瞻，紅塵界免糾纏。〔外白〕弟子志心頂禮，當銘刻五内矣。〔旦唱〕急丢下閑愁冠冕，快脱了惹禍衣衫，好遨游瓊瑶宫殿，誦幾卷出世經篇。俺呵，袁公，各自要飄然駕驂，回山前水邊，呀，到後來有日相見。〔旦同衆下。外笑介，白〕我老袁今日何幸，得此法寶，且歸洞去，等候玉旨便了。

〔唱〕

【清江引】從今好把心收管，不去忙中亂。着意再加功，仔細勤修煉，不由人喜孜孜歡笑返。

〔下〕

第四齣　交代

〔衆扮五行星上，白〕五行天敕定名神，位就方場應聚成。經成五纛風雲像，丙庚烈火注威靈。吾等乃金、木、水、火、土五行星官是也。今當白猿神天升修文院，主管天文地緯奇書秘册，原係吾等守護。猿神今日登座，免不得朝參，拱候法旨。道言未了，聽仙音繚亮，玉爐香起，想已出坐，須索伺候者。〔外扮袁公，四仙童隨上，外唱〕

【泣顔回】仙派授仙傳，喜心誠得道應入仙班。參參處念，運神機妙策經連。〔上高臺坐介。衆仙童參介，同唱〕殷勤上前，謹稽首共叩師公勉。啓仙主共樂蓬原，賀神公萬靈法衍，賀神公萬靈法衍。

〔五行星向臺叩介，同唱〕

【前腔】恭承參禮法台前，諸神衆叩乞弘宣。〔外白〕諸位神祇，是何方之神，敢勞參禮。〔五行白〕小神等五行星，奉玉帝敕旨，有天文地緯經書秘册在山，九天有天府事職，不得在此，故爾撥遣吾等守護。今神臨到來職秘，吾等禮該參禮。〔外〕原來如此，可將秘册箱籠抬來驗封者。〔衆白〕領法旨。〔衆星下。外白〕我想若非心念誠堅，焉能有今日之風憲。豈不是老袁久修功效也。〔唱〕弘恩天出，仗吾師光吸臨山展。〔白〕我想那五行，原有五方差遣，想我到此，何勞他職守。我有道理。〔唱〕憑吾施遣，免使彼勞碌來臨返。〔衆五行抬箱上，有黄封三道，衆唱〕急忙忙抬向臺前，試驗取封固完全，試驗取封固完全。〔五行白〕金櫃玉篋，乃三教九流總策，呈交勘驗。〔外白〕並無差訛麽？〔衆白〕封固甚嚴，毫無舛錯。〔外白〕如此，爾等聽取宣召者。〔衆白〕領法旨。〔外白〕想修文院已歸吾神掌握，又何勞衆位在此，以後爾等各守迅地，不必在此長守了。〔衆白〕蒙恩施寬仁之念，就此各辭去也。〔同唱〕

【紅綉鞋】蒙慈施義恩兼，恩兼；五星得厚齊全，齊全。修文院是仙傳，今日裏把心偏，獨居掌秘奇篇，獨居掌秘奇篇。〔衆五星下。外唱〕

【尾】天文奇册隨吾點，法妙機深度諒宣，我做個法師布世間。〔下〕

第五齣　師洞

〔二仙童上〕

〔白〕白雲本是無情物，又被清風引出來。我乃修文院仙童是也，掌管金櫃玉篋、天文地緯奇奇秘秘之書。今日猿公到任，恐查點奇書數目，只得在此伺候。道言未了，猿神來也。〔外猿公上，唱〕

【端正好】五千言道無量，細追求五千言，斟審取道無量。里樂卷舜日天長，慕瑶台憶想蓬萊丈。怎能够飛升況，怎能够飛升況。〔白〕某白猿公，今蒙玉帝敕旨，職受洞君，藉事修文天秘院，掌管天文奇秘之書，位同上真，名列仙班。無非心處道念，一點誠通。數百年修煉，其功不小。但問俺的盟師是何人，自知本來面目，誰肯收咱傳法。當日皮毛野性，就有正道師家，還道俺山猿獸心，那便有今日之果位來。〔唱〕

【滚綉毬】我只怕不如韓退之文章名重揚，不能效司馬事成行。仲宣子建英名狀，居易宗文又何妨。風騷如杜少陵，疏狂似李白降。謝安李愿精琢處，閔子顔淵有義方。但學那乘槎浮海鴟夷子，孟浩然踏雪騎驢仿重江。兀的不悶殺心强，兀的不悶殺心强。〔白〕且住。我先有志，盼取奇秘天經地緯之書，不知是何等物件，原來是無窮異罕之寶。誰想俱吾職掌，豈不是天從我願。〔看介〕我欲取來一玩，你看上有玉封，重重封固，却如何是好。〔看介〕也罷，我何不將封皮揭去，取那奇册一看，再將原封貼上，却也不妨。〔作揭不開介〕好奇怪，上無鎖護，匣蓋有縫，怎生難開？我且問本院仙童，便知詳細。秘院仙童何在？〔二童上，白〕天家守護奇經秘，莫許私傳泄漏機。洞君有何法旨？〔外白〕那金櫃玉篋，上有玉封，其蓋無有鎖固，試問爾等，却是何故？〔二童白〕洞君有所不知，雖無鎖固，此乃天意也。〔外白〕這也不解，爾等可明白説來，與俺略知其細。〔二童白〕這金櫃玉篋之内，收貯的乃是天經地緯，奇文秘訣，無窮妙術異法，塵世少有之寶，總去玉封，其蓋難揭。〔外白〕據爾等説來，此蓋永固，再没揭開處了。〔二童白〕每季查點奇書數目，星官到此，口稱奉玉旨開示，蓋易開之。或有修文院使查驗，即宣其御號，其蓋則開。或有九天玄女娘娘法旨，遣徒取册，亦宣寶號，其蓋則開。故不用鎖固，此亦天府妙法也。〔外白〕倘有傍人私竊，不知開得開不得？〔二童白〕洞君乃掌管職任，當陳其細。宣寶號則開，私竊此，無有寶號，即不能開。〔外白〕原來有如此妙意。〔二童白〕洞君此問，不知何故？〔外白〕非爲他意，我見上面只有玉封三道，並無鎖固，唤你來一看。〔二童白〕洞君知細，切莫泄漏天機。〔外白〕我知道。爾等回避。〔二童〕是。天機造作無窮異，不是凡人難解機。〔下。外看〕天機妙用，非比等閑也，怪道開他甚難。聽他細述，我師父職掌此事，我如今何不宣取吾師寶號開之，看有應驗。〔作對匣跪介〕奉九天娘娘開取。〔作匣開介〕妙吓，果然開了。〔作伸手取書介，匣蓋合介，又看介〕《如意寶册》。〔看介〕原來上注諸般妙法，變異之方。〔作開不開介〕看其蓋，猶好釘固一般，真足奇異。且住，想我洞中子孫們，只知我上升天界，不曉得我掌藉奇秘經緯妙册，趁此安閑，我何不袖此奇册，與我洞裏子孫共知天家作用，妙異物式奇文，有何不可。事不宜遲，須索登雲，回洞走遭也。〔唱〕

【小梁州】覷紅塵滚滚飛揚，駕雲頭駕雲頭冉冉瀟湘。緑陰高柳鳥笙簧，通道意，迅速取恁瑲琅，迅速取恁瑲琅。〔衆扮小猴同跳上，白〕老猿公回洞了。〔作摟抱跳介〕自召上天，子孫們好不牽念也。〔作淚介，外白〕原來爾等想念我麽。〔衆白〕請問，上天去了，只道子孫們永無相見之日，如何又得回洞？〔外白〕你們道俺上召升天，所爲何來？〔衆白〕正要啓問老袁公，天台上升，却是爲何？〔外白〕①我師父九天玄女娘娘，奏學久修有道，召我職掌上天秘文院洞君之位。〔衆白〕好，大大的果位不小哩。〔外白〕管理的是奇文秘異、天經地緯之書，塵世少有的。〔衆白〕有何妙異？〔外白〕終是你們不知奥妙。但是求仙得道之輩，若得此妙法，有無窮樂趣。〔唱〕求而難得真無量，那知道天府收藏。〔出册，衆奪争看介，外唱〕無窮妙，變法樣。與伊行，細審詳。勤學用當場，勤學用當場。〔衆白〕如

① 外，原作「袁」，據上下文改。

此説，我們都要學。〔外白〕此是《如意寶册》，妙法深廣，非一日可得的。〔衆白〕如此怎麽處，莫若將此册留與孫孫們，每日好讀學。〔外白〕這却使不得，此册天府重重封固，不時查驗。我見奇罕異秘之文，爾等那裏得見，以此帶來，大家見見妙册。〔衆白〕我們聞説，欣暢欣然，原來就要拿去，這就没趣了。老猿公是透熟的了。〔外白〕我也是今早纔知，那裏就會。〔衆白〕也還不會，如今先教道我們第一册。〔外白〕不是這等，我有道理。可將洞内峭壁石與我磨洗光平，我自有用處。〔衆作應介，跳下，外唱〕

【快活三】這機秘世所難量，這機秘世所難量。天府内貯籍奇章，我如今留洞裏漫心習講。與我那子孫們叫做，則我這老猿公當鐫勤迹貯壁石上。激演出變幻取文奇樣，後來時顯得世無雙。勤勞寫，勤勞寫，洞傳廣，洞傳廣。〔衆猴跳上，白〕峭壁兩邊磨削，猶如鏡光一般。〔外白〕妙也。再取筆硯濃墨，我有用處。〔衆白〕石壁磨光，不知袁公可能識意，到裏面看。〔外白〕果然磨削的好光彩也。〔衆作磨墨遞筆介，外白〕可將寶册展開者。〔外作寫介，唱〕

【朝天子】寫異册筆篆飛揚，寫異册筆篆飛揚，我這裏録草草雲形奇狀。筆走龍紋猶蛇樣，奇秘異靈寶，精深妙廣。染染的留此册，有誰知詳。猜來是騰騰的疾快，忙忙的録在石傍。千古不朽的奇異樣，千古不朽的奇異樣。〔衆白〕寫完了。〔外收册入袖介，白〕爾等將此字篆，照樣的鐫刊。待我偷閑回洞，昭取讀熟，再和你們講究演法，就可通妙靈文，得道有日。〔衆白〕多謝袁公看護子孫了。〔内作雷響介，衆白〕要下雨了，雷響哩。〔外白〕非也。〔衆白〕不是雷聲，是那裏鼓響？〔外白〕此是天鼓發播。〔衆白〕是何故？〔外白〕凡天庭有問，究詳定罪，當聚天官判斷，以有此鼓聲播。我當速上天府去也。〔衆白〕如此，兒孫們不敢相留，待孩兒們遠送一程。〔外白〕不消。〔衆下，外走介，唱〕

【煞尾】冉冉的縹緲登雲道，趁香風陣陣好逍遥。霎時間紫雲飛燦藹，風輪入天府人未曉。〔下〕

第六齣　布霧

〔衆扮天將，引末金星上，唱〕

【粉蝶兒】奉敕臨馳，襲天香衮衣旖旎。〔小生上〕端則爲泄漏神機，把經緯盜竊失續。取懲戒除法弊無期，總私毫難舒遇意。〔末白〕吾乃掌握天樞總裏部曹首領，太白金星是也。〔小生白〕吾乃職掌修文院使，彌衡是也。〔末白〕因奉玉旨，道猿公私開天文地緯，竊落塵凡，知法而犯法，擬理天誅之愆。命我等審斷情因，以奉請玉旨定奪。〔小生白〕老星主，雖是天旨審問，當以從重駁輕，方顯吾等之好交，即見公直而名留，不枉犯愆之實由，亦當昭例决司之問，足稱公平最直耳。〔末白〕院長言之有理，當以論理詳情，誰敢以公存私，必合義爲是。〔小生白〕足稱公直，犯愆罪人，當感無地。〔末白〕請。〔衆白〕請星主升坐。〔末、小生各坐介，末白〕將士，可將白猿公帶上來。〔外罪服上，白〕天條有犯難分訴，且聽從公示問因。〔衆白〕猿公到。〔末白〕猿公，修煉功成位到頭，職升天闕已將休。〔小生白〕同司文院潛修省，何得欺心盜秘文。

【尾犯序】〔合唱〕因甚犯禁持，監守天書，竊法經書。犯取愆尤，着甚痴迷。猿公辛歷，遨游至修

文院裏，掌經緯典文秘籍。〔合〕私竊取，膽包海樣，徹地恁施持。〔外跪介，唱〕

【前腔】哀啓，授職掌文籍，總握權衡，秘藏典異。〔末白〕天文奇秘封固，汝也不該擅開。〔外唱〕檢點朝夕是我職爲。〔小生白〕檢點由你，怎把《如意寶册》泄漏塵世，可不罪坐應誅了。〔外白〕我老猿一生遇直，只得據理自陳，豈敢强辯。〔小生白〕這玉篋乃是天庭法寶，有三不開：無混元老祖法旨不開，無九天玄女娘娘法旨不開，無玉帝法旨不開。〔末白〕你這毛畜，怎生開得？〔外白〕小猿自志心皈命，吾師九天玄女娘娘道弟子道法有緣，永作護法，不敢爲非。道篋蓋不道登時揭起。〔唱〕憑擬量罪底猶難脱矣，世狹窄如何不抵。〔末白〕咗，這厮罪犯彌天，還自饒舌麽。〔唱。合前〕私竊取，膽包海様，徹地恁施持。〔外〕早知天條如此嚴密，玄女娘娘也不該總成老猿了。想這一篇文字，尚坐人罪過，天庭浩蕩難違，單單爲這三寸長短小小册兒，不鑒我好道之心，反坐以偷書之賊，悔之無及，我老猿死不甘心的。〔小生唱〕

【前腔】情極，死不尚心灰，他慷慨衷腸，使咱流涕。可念友誼爲交，休量須臾。〔白〕聽他一番言論，真正直中之人也。〔末白〕何以見之？〔小生白〕想道法傳流，也自有因緣在内，况是九天玄女娘娘之弟子。啓煩星君，〔唱〕奏啓，恕其過從今自悔，共留誼當宜照諦。〔末白〕既然如此，你我須勒成招詞，也好回覆玉旨。〔小生白〕星君言之是也。侍從們，可將紙筆硯墨付與猿公，勒成供狀者。〔衆付紙筆介。外作寫介。衆唱。合前〕私竊取，膽包海様，徹地恁施持。〔衆取狀遞末介。末接看介〕衆天將，就此隨我回覆玉旨。〔衆應隨末下。小生白〕猿公，你方才説的口供到也干净。〔外白〕難道不知我老猿，真正之名也？〔内白玉旨下。衆天將引末捧詔書上，合唱〕

【前腔】天庭恕無爲，赦却猿公，罪戾援畢。自此惜憫，憐惜玉旨。〔小生外跪介。末白〕玉旨到來，聽宣讀。詔曰：勘猿公情實，恩赦無知，削職天封，留號猿公神。《如意册》既竊開，白雲洞令驅逐諸猴，單命袁公神看守白雲洞。每遇中天節，午日午時，上龍霄峰壁，近侍御爐，香不生烟。但有香烟不透天庭者，即以見罪。勿違。欽哉謝恩。〔小生、外白〕聖壽無疆。〔末白〕白猿公更衣。〔吹打，外下，更衣蟒玉上。衆唱〕頻稽，遥謝取留恩敕諭，〔外唱〕承蒙佑今留喘質。〔末白〕衆天將，速往白雲洞逐遣群猴五千里之外者。〔衆應下，趕衆猴繞場介，下。衆天將上，白〕啓上星君，衆猴俱已趕散。〔末白〕奉玉敕，送猿公神歸取白雲洞，就此駕雲前去。〔衆應介。合唱〕承玉旨，風迤迢進，即速駕驅馳。〔到介，白猿公進山洞門介，下。末、小生白〕衆天將，就此白雲封山者。〔衆天將白〕領法旨。〔衆放霧幔遮洞門，山上石香爐出烟彩介，繞場，白雲出介。衆引末、小生同下〕

第七齣　訓子

〔老旦扮聖姑姑上，唱〕

【浪淘沙】法受有經多，道號姑姑，千年修行有工夫。皆爲狐種牽滯也，難上蓬壺，難上蓬壺。

〔白〕受法辛勤歷劫千，幻形于世變無端。心思大道雲屏遂，只恐相參受逼先。我乃狐精，千延修歷，百劫皆空，故爾人形出世，毫無忌憚。因此以爲狐姓，就以胡氏之稱，奈有種類滯牽，自難直往。今棲居幽穴雁門山雙峽之中，人不能識。有子左黜，有女媚兒，未能脱變俗形，朝夕教訓，只欠些須工到。子女若以人形出世，老身便可遂心了。但孩兒左黜，不受教道，常自幻形，隨風逐趁。每每苦督嚴責，只是不受其教。倘落毒夫之手，如何是好。這半日教他學參入道，采先天之元，禮拜究功，又不知往游何地。我也無奈何。待他回洞，再當責誨便了。媚兒那裏？〔小旦扮媚兒狐形上〕

【前腔】二六用工磨，參禮成課，星前月下六根鋤。法變邪形有改却，大意詳模，大意詳模。〔見禮介。老旦白〕媚兒，你如今雖則苦功究參，進步後有莫大之用。還有你母看視相扶，守後世事，當借景成一番事業也。〔小旦白〕若如此説，皆是母親神力指示。但成人形，再等何時？〔老旦白〕你兄妹

的工緣，只在旦夕了。你如今頂禮參工，須將此〔出介〕天靈蓋頂額行參。〔小旦作應介。老旦白〕你且聽我道來。〔唱〕

【黄鶯兒】如意用功多，禮拜先天苦折磨，星前月下宜加助。頂行大都，莫要泄其鄙謨，圓功幻影人形佐。〔合〕用功夫，參求瑑意，有日運來扶，有日運來扶。

【前腔】〔小旦唱〕謹受大維摩，志心參成應用多，精明須自雲封路。皇都可圖，功業應都，施威霸業惟心佐。〔老旦白〕你心明透徹，宜加上深進。〔小旦唱。合前〕用工夫，參求瑑意，自有運來扶，自有運來扶。〔付扮左黜狐形上，唱〕

【前腔】游治景偏多，女娘丰姿美貌姑，使我風流益興情知可。〔進見介。老旦白〕左黜，我何等囑咐你來，功成在即，你偏閑行懈意，怎能遂出人世。〔付白〕母親，孩兒春興猶發，難消私鄙，如何是好？〔老旦白〕似你這般行爲，將來定落人手，倘有不測，便是做娘的也難救你。〔付白〕今日孩兒遇一心靈之婦呵，〔唱〕丰姿韵多，嬌容意可，香風引引使我心兒附。〔老旦白〕你成道，亦得陰氣相助，只可稍取陰氣，不可喪却彼人之貞志。若是不尊我語，你大道有失，悔之晚矣。〔付白〕如此，孩兒只是早晚布弄，竊其陰氣，當調成道之功夫，再不喪彼貞志便了。〔老旦白〕這便才是。〔唱。合前。老旦白〕有意花心須易采，〔付白〕道元宜是信春懷。〔小旦白〕相逢欲盡談心話，〔合〕莫喪仙源免掛哉。〔下〕

第八齣　得蛋

〔末扮慈雲長老提水桶上，唱〕

【醉羅歌】脱塵不染清心顯，辭家落髮五旬年。受盡了凄凉滋味志貞賢，今做了當持佛寺老僧禪。〔白〕吾乃泗洲城外迎暉寺中當家住持，慈雲長老便是。我有兩個徒弟，皆是利欲相纏，連香火道人亦同鼠輩行事。我有了幾歲年紀，人看不入眼，又道人老珠黄，是不中用得。今日兩個徒弟往城中佛事，連香火道人隨去。天氣晴明，不免自己到前邊溪潭，汲桶水來，把我這幾件舊衣服來漿洗漿洗，也好替換。〔唱〕春光明唤，柳媚真妍。芳村鶯語，鳥尋林占。蜂成隊，蝶應旋，潭溪水面樂翩翩，潭溪水面樂翩翩。〔看介，白〕你看水面浮漂的是什麽東西，待我取石塊擊溜而動，定然到我桶邊。〔作取石塊打笑介〕妙吓，且喜漂流到桶邊，不免挽他上來。〔作挽水介，看介〕原來是個鵝卵。近邊人家，並無有養蓄此禽的，這却是那裏來的。我如今帶回寺内，與小沙彌吃。且住，待我日光處照照，看是有雄的不是，若是有雄的，可不誤害生靈，出家人作罪了。〔照介〕且喜有雄的。我寺西有一朱伯伯，他家孵着一窩雞子，我如今將此蛋央煩他就窩，倘然出長生靈，也是我出家人的一點好心。常言道，掃地休傷螻蟻命，愛惜飛蛾紗罩燈。〔走介〕來此已是。朱太公在家麽？〔净扮莊老上，白〕年紀已龍鍾，人稱是老翁。方才去磕睡，唤呼朱太公。是那個？〔出看介，末白〕是我在此。〔浄白〕原來是當家的，裏面坐。〔進介〕今日什麽公事，出來走走？〔末白〕老僧到此，非爲别事。〔浄白〕請道其詳。〔末唱〕

【皂羅袍】只爲溪潭汲湅，欲浄幾件粗布衣衫。〔浄白〕兩個徒弟，一個道人，你叫他們汲水，那一個不替你漿洗漿洗，要你自動。〔末白〕他們俱不在家。〔浄白〕那裏去了？〔末唱〕是城中佛事兩三天，咱們各自行方便。見一禽卵，浮漂水面，計生招取，順流取焉。〔白〕我見是雄的，故爾到此。〔唱。合〕你有孵窩，煩育存佛念，煩育存佛念。〔浄白〕好一個大蛋。既是當家的托我，就將他入在其内。〔唱〕

【前腔】托在隣居僧院，朝夕裏咫尺受厚非凡。出其種看是何般，待勞看視當勤念。今將投入，按定數完，敗成天判，與我無干。〔末唱。合前〕你有孵窩，煩育存佛念，煩育存佛念。〔白〕我去了。〔浄白〕待我烹茶與老師吃。〔末白〕寺裏無人，我去了。〔浄白〕僧院少人支，匆忙趁空司。〔末白〕蒙感伊心肯，是我運通時。〔下〕

第九齣　鬧貞

〔生扮趙一，青衣小帽上〕

【望遠行】惟天可表，清白家聲傳道。男兒俠志氣英標，勇力作何名貌，困泥途向天難告。〔白〕志氣青雲慢自吁，皇天生我意何如。家徒四壁懸如磬，内室糟糠冰潔舒。卑人姓趙，排行第一，人即以名相呼。父母皆亡，手足無存，家私所遺有限。但我一生俠氣快爽，扶助他人，以此蕭條如此。祖居梓橦村，因爾老幼深知俺的直義。所娶貞妻錢氏，本是富室之女，感蒙錢員外見我仗義，以女妻之。那知運逢顛沛，難期相會昌時。幸爾貞娘甘貧，亦不怨恨。昨日已過燈節，有本村馮老四會同諸兄，一來共賞初春，二來爲郊野走獸可覓，爲此約我同去，打獵些牲口，少度光陰。〔内嗽介〕言之未已，娘子出來也。〔旦上唱〕

【似娘兒】清淡甘貧井臼操，恭容聊以和調。〔見介，生作嘆氣介，旦白〕官人，丈夫家何以嗟嘆，却是爲何？〔生白〕卑人怨吁，非爲他故。〔旦白〕所爲何事？〔生白〕久淹困滯，何累妻室至于朝暮窮迫，實是丈夫之不成氣，怎不嗟嘆。〔旦白〕官人何出此言，就是富家尚有不偶，失業之際，那在你我窘迫之家。少自怨尤，也須自怡解釋，方是忍耐識務之人。〔生白〕雖蒙娘子相勸，怎奈我素志叮，〔唱〕

【桂枝香】自羞難道，丈夫咆噪。我豪氣壯志何時，心血内怎生連抱。把蒼天恨焉，把蒼天恨焉，尤慚急悼，誤妻不造。氣難消，如何自釋方才是，識務男兒不奪宵，識務男兒不奪宵。〔旦唱〕

【前腔】晨昏難料，守株當靠。宜自把命阻蹇危，怎把蒼穹厲道。且寬心慢焦，且寬心慢焦，有朝登耀，須信渭河釣老。助周朝，勛業重重鎮，名標萬古謡，名標萬古謡。〔生白〕娘子，可收拾早飯用了，還要出門有事。〔旦白〕曉得。〔丑扮馮仁獵户上〕

【不是路】春獵相約，拉伴同行覓食招。〔白〕自家本村馮老實的便是。只因同伴夥計，道春郊狐兔狠多，以此命我相招趙一哥，同往打獵。〔唱〕因此步飛遥，期同合伴宜親到，經造來臨話白招。〔白〕迤邐行來，已是他家了。不知可在家中，不免叫他一聲，趙大哥。〔生上，白〕是那個？〔見介〕原來是馮兄到了，請進。〔進見禮介，生白〕請坐。〔丑白〕有坐。〔生白〕馮兄到舍，有何見教？〔丑白〕衆夥計説郊外狐兔盡有，約趙兄一往，不知尊兄可去？〔生白〕原來爲此，同去一會便了。〔向内介〕娘子，我去就回，收拾早飯，即便回來。〔内應介，丑白〕就請同行。〔生同出介，唱〕星馳道，言行出獵忙臨早。是知已有召，是知已有召。〔下。旦上，唱〕

【長拍】夫婿焦勞，夫婿焦勞，家窘難道，男兒志赧地思嚎。〔白〕我丈夫度日難支，窮生及怨，若不將言相勸，〔唱〕恐憂煎愁貌，致焦矚旦夕成勞。〔白〕方才有他獵射之友邀去，我見他憂悶愁腸，略略解些也好。我如今説不得了，招攬些舊衣爛裳，替人家漿糨補綴，掙些手工活計，亦可幫助日用。

〔唱〕我也顧不得受劬勞，做針工合運晨餔。〔白〕丈夫去了半日，還不見回來。〔唱〕暫掩柴扉，稍候煮黄粱，一箸同酌，一箸同酌。〔付扮左黜見，旦嗅介，旦作掩門，付作跳看介，旦白〕好一陣腥風也。〔作掩鼻介。生上唱〕

【短拍】急急回迢，急急回迢，問同伴記語明邀。〔叫門介〕開門來。〔旦上唱〕一陣好腥臊，致人聞頓覺胃攪。〔作開門生進介，旦白〕方才有何人拉去，所爲何事？〔生白〕是同獵夥計，期邀明早同向西郊出獵。〔旦白〕官人可去麽？〔生白〕在家坐守，亦非常法。我已應往前去，有一兩日方得回來。但我出門之後，〔唱〕好把門來緊靠，任閑非莫管，閉門免使推敲，閉門免使推敲。〔旦唱〕

【尾】晨饍備飯安排早，〔生〕虀菜蔬和共桌調。〔合〕莫管家常衹一飽。〔同下。付扮黑狐原形火彩上，繞場介，唱〕

【園林好】布機法施舒意微，我近嬌妹，私心難昧。〔白〕俺左黜依我母命，借取貞婦静氣，我道易成。不道他男人出外，是我竊取他的綉鞋一隻，我即暗送到他丈夫袖裏，使兩下生奇，以此轉來探看女婦，暗地采取陰氣，使我道成全也。〔唱〕不爲却道原相濟，當使此巧機迷，凝袖昧女生疑。〔白〕來此已是他家。我如今再想妙法，見景生情，攝取東西，取笑一番便了。〔旦内白〕好生奇怪，鞋兒却往那裏去了。〔狐作笑介，下。旦上，唱〕

【江兒水】似熾渾如炙，心兒如發迷，疑生痴念難羞洗。〔白〕尋覓綉鞋，並不見踪影，好生可駭。已將早飯煮熟，我且梳妝則個。〔作對鏡介，唱〕把妝台展去塵飛砌，〔拔簪梳介，付俏上，風響介。旦唱〕風生一陣浸人體。〔付取簪下，且作取簪介，白〕好奇怪，我方才明明將花簪拔下，放在妝台上，怎麽一霎時就不見了。〔唱〕令人神魂顛沛，使我驚疑，一霎的神馳飛遞。〔白〕猶恐飯糊了，且向厨下看取，再來尋找便了。〔下。付急奔上，唱〕

【五供養】神行飛遞，使貞姫胡生亂疑。〔笑介，白〕我方才略采他些陰氣，吾道已成。是我將他花簪插在飯内了。如今不免拜取先天，人形可現矣。〔唱〕功成完就畢，及早拜神知，及早拜神知。〔下。旦上，唱〕似痴形急治，何怪何仙，盡費人疑。〔白〕好生奇怪，梳妝時將花簪放于妝台之上，怎麽却又入在飯鍋中去。〔唱〕使我驚慌，猶變喜幻技，暗相持，作怪疑心，作怪疑心。我當駭急，我當駭急。〔下。付左黜衣巾丑髯上，白〕且喜道成，人形已得。只是放不下那婦人，倘他出門來，將幾句言語打動他，試探他心意如何。〔生上，唱〕

【前腔】神疑鬼遞，暗裏飛持袖内綉履。〔看介〕何來人似域，竊探事生疑。〔白〕你是何人，在此探頭探腦，作些何事？〔付白〕小子是問信的。〔生白〕問什麽信？〔付白〕小子姓胡，名黜，在村坐館，聞得此間替人漿洗，小子欲煩做幾件新衣，再漿洗幾件舊服。〔唱〕因此來煩相濟美，欲問告微依。〔生白〕我家從不與人漿洗作衣，休要在此胡行。我姓趙名一，休要鬼名鬼姓，胡稱相識。〔付白〕是。〔生白〕我對你説，我若再看見你在我門首，你可也休怪。〔唱〕拳試除奸，拳試除奸。休來探取，休來探取。〔付白〕小子也是不意來相問的，何必如此。〔生白〕還不走。〔付白〕是。好利害，再不惹他。〔下。生白〕你看那人好生可惡。娘子開門來。〔旦上，白〕官人回來了。〔生白〕正是。娘子，我出門時，並不曾帶有些須餘物，正同伴侶圍中回來，我袖内忽有綉鞋藏隱，甚覺奇異。〔旦白〕官人不説，妾身也不敢題，官人天明出門之後，奴家隨即便起床，不見了一隻綉鞋，各處找尋，並無見影，怎麼到官人袖裏，真是奇怪。〔生白〕這也好生可疑。〔旦白〕還有奇處。〔生白〕什麼奇異，你可説來我聽。〔旦白〕妾身我尋不見，〔唱〕

【川撥棹】忙梳洗，花簪似神差鬼疑。〔生白〕却從何處去了？〔旦白〕各處尋覓，也不見了。〔唱〕飯鍋存烱灼光持，飯鍋存烱灼光持，飯頂上插簪大奇。〔生白〕古人道得好，見怪不怪，其怪自敗。娘子不必驚疑。〔旦白〕方才官人在門外，與何人講話？〔生白〕我道忘了，方才見一人在咱家門首窺探，是我撞見問他，他説是前村處館，姓胡名黜，聞知我家替人成衣，兼有補綴，欲煩成衣。是我見他面帶奸惡，並不是好人。我明日定到前村訪問。倘我不在家中，一應閑事休攬。〔唱〕閉門安，休管非，閉門安，休管非。〔旦白〕官人吩咐，奴家謹記。〔生白〕可曾用過早飯了麼？〔旦白〕正然收拾，聞官人叫門，還未吃。〔生白〕如此快快整治來用。今早同衆伴分有幾個野獸，即往村中貨賣，買些油鹽之類，也好用度。〔旦白〕這也使得。〔同唱〕

【尾】閑時製下零星費，家計調和莫缺已，守度光陰過吉期。〔下〕

第十齣　報信

〔净扮朱老兒上，唱〕

【朱奴兒】怪異事奇文真迓，從没見驚人疑怕。〔白〕這樣没見的事，誰人見來。迎暉寺老和尚拾了一個蛋來，我家孵了一二十個小鷄，拿了個不知什麽蛋兒，强要寄孵在内，我説多年的老相識，就替他代勞代勞，孵出來也是生靈，那知道這蛋裏竟出了一個小孩兒。且是大眉環眼，竟像個妖怪一般。把我一窩小鷄子一個也不留，連我的母鷄也咬殺了，豈不可恨。我如今把這老和尚叫來看看，方信爲真。以此急忙到寺。〔唱〕把異樣刁鑽古怪法，使眼見無欺無壓。〔白〕來此已是。你看還未開廟門，等我叫一聲。當家的老師父，開門來。〔末和尚上，唱，合。〕驚怕，緣何喧乍，莫非是有稀奇事芽，莫非是有稀奇事芽。〔開門介，白〕原來是朱太公，何事恁早？〔净白〕你的蛋成了。〔末白〕有趣有趣，是個鴨子是個鵝？〔净唱〕

【前腔】也非是雞鵝共鴨。〔末白〕想是撲天飛的大生靈。〔净唱〕比撲天禽價兒還大。異事相聞古怪法，出了個小江流，只少木匣。〔末白〕那有這樣奇事，我也不信。〔净白〕我也料你不信的，如今快快到我家去看來。〔末白〕不要高聲，我那兩個不肖的徒弟，都在家中，若然知道，又要驚人倒怪的了。我和你悄悄到你家一看。〔净白〕就走就走。〔唱，合前〕驚怕，緣何喧乍，莫非是有稀奇事芽，莫非是有稀奇事芽。〔進門介，末白〕在那裏？〔净白〕跟我來。在炕頭上，那不是麽。〔末見作驚介，唱〕

【駐馬聽】唬殺僧家，作怪從來巧樣法。那有蛋卵出子，作怪成精，骨格雄娃。〔净白〕把我一窩小鶏都吃了，連我的母鶏也不留。〔哭介〕把我的棺材本兒都坑了。〔末白〕朱太公，又來取笑了。小雞崽怎作的棺材本？〔净白〕我把這小雞養大了，將來賣去，買個母猪，下他一窩小猪，養成大圈，還使不了。〔末白〕不要埋怨，等到秋間收成了，賠你糧食罷。〔净白〕這等異樣怪事，瞞藏不下。舊年東村人家養了個怪子，傍人知道，還要報知縣哩。〔末白〕住了，住了。老僧那裏當得起，我和你多年相知，却也不薄。還須念，〔唱〕舊交素習老知伽，隱惡揚善埋風化。〔净白〕這個東西怎麽發付到那裏去？〔末白〕我有道理。如今相煩你抱了那怪子，到我後園門首，等我去將鋤鍬帶去，刨個深坑，將他掩埋，也就活不成了。人不知，鬼不覺，豈不干净。〔净白〕也説得是。這才是出家人行好。〔末白〕取笑了。你抱了來。〔净抱小孩介。末白〕你竟到後園門首相等。〔净出門介〕我打後路而去。〔掩門介，下。末唱〕奇事難化，奇事難化。這蛋中出子從不見耶，這蛋中出子從不見耶。〔下，净上，唱〕

【前腔】作怪奇娃，初出緣何靈性加。任你舒拳伸脚，百樣威風，叫你命掩黃沙。〔末持钁鍬上，唱〕急急埋掩莫聲嘩，恐風聲漏洩難禁架。〔净白〕不要鋤刨，有現成的深坑在此，將他放入坑内便了。

〔末白〕也罷，將來埋入坑內。〔放子介，從地井接下。净白〕咱二人用土掩埋，把些石塊壓在上面便了。
〔净、末执钁鍬掩土介，合唱〕壓蓋蓮花，壓蓋蓮花。叫你超出三界化作金吒，叫你超出三界化作金吒。
〔出門作扣鎖門介。末白〕來秋加倍奉糧還，〔净白〕只恨時乖命運蹇。〔末白〕隱惡揚善平安吉，〔净白〕三日來看小兒男。〔同下〕

第十一齣　射狐

〔生趙一緊身小帽，執叉挽弓箭上〕

處世何曾聞怪事，留心定要滅奸人。我趙一爲何道此言語，只因前日妻子目見異事，況在門口親自見那鼠竄之人，暗窺家下，將神言鬼語支吾與俺。我便隨即到前村挨問，並無其人。以此心上未明，少不得撞着，定然要見個分明。夜來村中相約，往北口打獵牲口，只在峪内候齊。俺爲此帶了弓箭鐵叉，須往北山走遭也。〔唱〕

【北粉蝶兒】勇力堪誇，自羡取勇力堪誇，賽雄桓也不在飄飄之下。則因俺運厄波查，時不遇困途孽迓。俺可也本領無加，管教雁横飛，我自有雙穿落下。稍後取志量豪俠，借風雲片時同駕。〔下。净、末、丑、小生扮獵户，各執弓箭鎗刀上，同唱〕

【泣顔回】聞説獸交加，聚集同游獵拉。春山草偃，定然的狐兔歡渣。〔白〕我們相約趙大郎上北山内打獵牲口，想他已在彼候我們了，須索速趲幾步。他是個性急之人，見我們去遲，只道你我哄他了。〔唱〕前行緊加，似騰飛莫要貪歡耍。笑山花美色多葨，最令人樂羡晴霞。〔衆下。生上，白〕好一派山光也。〔唱〕

【石榴花】你看那山川色映似巫峽，青光艷，風嵐電光加。烟雲山嶺，日照猩麻。〔衆上，白〕趙大哥，先在此了。〔生白〕既然來遲，當罰今夜店中東道何如？〔衆白〕我們應罰就是了。〔生白〕列位，我一路行來，人人説北山那有走獸，依我竟上南嶺，過去那邊走獸甚多。〔衆白〕大郎，你不要聽他們的説話，我們是言定北山，如今再打個賭，如裏邊没有牲口，我們輸個連二的東道，若是有牲口，你也輸個東道，大家同樂，吃一個高興，你道如何。〔生白〕這也使得。〔衆白〕我們連日在此察聽，方知北山内甚多走獸，故此相邀來此。〔生白〕列位，〔唱〕只聽説一路傳耶，只聽説一路傳耶，草枯間怎有狡狐假。春深鎖雉飛藏架，觀不盡春色風花，觀不盡春色風花。似此的心生疑迓，如今的大踏步郊叉。〔衆白〕你我同進山去。〔唱〕

【泣顔回】星行疾速火如麻，迤邐間步急須踏。看山高險峻，搜尋遍滿徑枯槎。〔内作獸叫介。衆唱〕聽猿啼映峽，伊和俺分路來鳴呀。〔白〕我們分路走。〔生下介。衆唱〕看雲山日晚西霞，總山顛怎掩棲鴉。〔衆下。内扮狼、虎、豹、兔上，繞場跑介，衆各執鳥鎗、弓箭上，捉拿打圍介，下。鹿上，生提叉趕上介，白〕那裏走。〔叉鹿介，唱〕

【黄龍滚犯】氣冲冲掩映底家，氣冲冲掩映底家，那熊羆如騰飛馬。〔鹿奔下，生白〕俺正欲舉叉，被他走脱了，可不掃興也。是了，〔唱〕敢則是日暮西斜，敢則是日暮西斜，不覺的柄兜衣搭。〔看介。白〕料他去也不遠，我如今從山凹窄路悄悄而去，或者撞見那夯物，也未可知。〔付扮黑狐跳上介。生白〕遠遠望見一畜，竟似人形一般，定然是個妖物，不免與他一箭。〔生作射介，付作叫介，奔下，生白〕呀，你看那怪物被俺一箭，應弦而倒，我如今趕上前去，看是何等怪物。〔唱〕忙忙的急奔前途明現他，試看俺手段果冲達。〔白〕好奇怪，明明箭中怪物，如何不見了。你看地下血迹淋漓，怪物不見踪影。是了，一定那怪物中矢帶箭而逃。天色皆黑，山路崎嶇，如何追着。有了，我且原回舊路，尋着衆伴，説知此事，明日同衆伴一齊追問下落便了。〔唱〕忙忙奔舊路依耶，忙忙奔舊路依耶，試説知端詳再查。〔衆上，白〕趙大郎此時不知在那裏。〔生白〕列位都在此麽？〔衆白〕趙大哥，你在那裏去了半日？我們四下尋找你多回了。〔生白〕説也奇怪。〔衆白〕見些什麽怪事，可説與我們聽聽。〔生白〕方才山坡之下，

【疊字犯】〔生唱〕見一個熊羆游下。〔衆白〕多大東西？〔生唱〕巨似的如駒馬犬。〔衆白〕你就該動手。〔生唱〕我這裏將欲擒，不覺的披衣來搭。〔衆白〕竟走了？〔生唱〕急走忙追從山岩穿峽，出路橫斜抄徑星加。〔衆白〕可曾見什麽來？〔生白〕遠遠見一怪物，跪拜月色，猶如人形一般。〔唱〕我這裏搭上弦法，我這裏搭上弦法，響驟聲聲叮噹喀咤，中箭處哀號嗚咽似飛沙。〔衆白〕竟走脱了，可惜。〔生白〕他竟帶箭而逃了。〔衆白〕我們也不信。〔生白〕如今連血迹俱存，明日大家看來，就見明白了。〔衆白〕也説得有理。你説這裏没有走獸，如今你追的大鹿，賭的東道輸了。〔生白〕這也不難，明日吃了小弟的東道，竟來看此獸的下落便了。〔合唱〕

【尾】清清明明真和假，妖孽端詳追問邪。須知道，山内妖多定不差。〔下〕

第十二齣　歸穴

〔老旦聖姑姑、小旦胡媚兒上，唱〕

【傍妝台】望兒家，黄昏何事影無涯。瞻天仰斗星和象，教我思念刻時憶戀他。把得兒女成事，娘無牽掛。成其有望免寧瑕，成其有望免寧瑕。〔付左黜帶箭上，唱〕

【不是路】禍及波渣，飛羽來傷月令加。魂飛乍，我只得負痛忙回急掩沙。〔進作倒地介。小旦白〕娘吓，我哥哥如何這般光景？〔老旦白〕兒吓，何故如此？〔唱〕血淋耶，遭防暗箭如何迓。且細説其因莫亂麻。〔付白〕我在那静地拜斗禮參，不知被何人射了一箭，疼殺我也。〔老旦白〕有這等事？〔唱〕遭毒下，孩兒迍厄難禁架。〔拔箭扶介。合唱〕天殃驀下，天殃驀下。〔老旦白〕我兒，扶你哥哥進去。〔唱〕

【皂角兒】恨狂夫施惡恁加，暗箭發，人害機詐。那世裏結下冤家，把深謀泄孽根架。〔付作痛哭介，合唱〕聽啼聲，魂驚迓，暗傷人深冤雲大。〔合〕衷腸痛加，冤含成伯。望天存孽種，尋藥救佳，尋藥救佳。〔老旦白〕媚兒，你扶你哥哥進去，好生看守，我去就來。〔小旦扶付下，老旦白〕天吓，是那一個不積善的暗害孩兒，我與他誓不干休。我常常勸我孩兒，猶恐遭人毒手，不道今果如此。且不要閑說，我就此到州城，訪尋名醫，救我孩兒要緊。〔唱〕

【尾】含悲止淚忙吞下，骨肉連心不假。惟願天憐保護加。〔下〕

第十三齣　起兵

〔雜扮衆番卒引李元昊上〕

【點絳唇】旗捲雲烟，番家布落如熊虎。獵塞歸來，鳴笳夜飲閼氏舞。〔李武德上，唱〕

【點絳唇】勢壓中華，威風叱咤聲名大。攪亂天涯，直搗南朝界。〔元昊白〕殺氣騰光識陣雲，〔武德白〕敵兵一見便消魂。〔元昊白〕這回不念中華地，〔武德白〕要把江山平半分。〔昊白〕俺李元昊是也。〔武白〕俺李武德是也。〔昊白〕御弟。〔武白〕皇兄。〔昊白〕聞知甘州精兵已動，命你帶兵征進，不知你意下如何？〔武白〕既蒙皇兄差遣，小弟願往。〔昊白〕既如此，今乃黄道吉日，衆小番，就此發兵前往。〔衆白〕得令。〔同行介，合場唱〕

【普天樂】見風狂風烟起，沙漠朦荒凉地。凝眸處野草凄凄，望龍樓飄緲雲霓。〔合〕看繁華地裏，山河分外齊。統領貔貅，攪亂錦綉皇基。

【朝天子】忽喇喇角吹，唱嘟嘟咧咧，撲咚咚鼙鼓喧天地。明明晃晃擺金刀皂旗，統兵雄排精隊。喜鶯兒快追，箭和弓緊隨整齊。挽長戈雄武争輝，挽長戈雄武争輝。勢猙獰真殺氣，勢猙獰真

殺氣。〔昊白〕來此已是甘州大路，不能遠送，請了。〔同唱〕

【普天樂】馬連環如潮勢，劍昆吾吹毛利。團花襖虎豹之皮，毡笠兒個個宥披。〔合前〕看繁華地裏，山河分外齊。統領貔貅，攪亂錦綉皇基。〔下〕

第二卷

第一齣 慶壽

〔小生文彦博上〕

【引】生來獨勝，天授才華逞。早登朝氣清神勁，英雄自儆。仙禪交正，怕蹉跎男兒半生。〔白〕轉眼飛塵耳順年，生平樞幹豈徒然。千秋絶學須參透，一代奇勛奕世傳。老夫文彦博是也。官居宰輔，禄享千鍾。前者收伏寧夏，蒙聖恩加賜府第。夫人王氏，德性幽嫻。大女室配温恭，職居諫議大夫。這也不在話下。且喜夫人又生一女，今乃彌月之期，又值老夫初度之辰，已曾分付安排酒筵，未知完否。院子，酒筵可曾完備？〔院應介〕請夫人上堂。〔旦扮夫人王氏上〕

【引】婦儀好配英豪，閫教常懷淑性。〔白〕相公呼唤，有何話説？〔生白〕今乃老夫賤辰之日，又值彌月，整辦酒筵，與夫人同壽。〔旦白〕且待女兒女婿到來。〔生白〕言之有理。〔付、貼上〕

【引】揚鞭策馬到門庭，共祝嚴親之慶。〔院白〕姑爺、姑奶奶到。〔付見介，白〕岳父老大人尊坐，容小婿拜祝。一來拜壽，二來賀喜。〔生白〕到此就是，不必行禮。〔付白〕岳母同受。〔旦白〕不敢勞動。〔付拜介〕拜祝陰陽合泰山，〔貼旦白〕南極共照壽星安。〔付白〕華堂設擺蟠桃宴，〔貼旦白〕同賀長生不老仙。看酒來。〔同唱〕

【畫眉序】福壽喜同天，寶婺呈祥罩滿筵。看雙雙對對，拜舞階前。昨日個海屋添籌，今日裏南極壽添。合家共享長生宴，惟願取福壽綿綿。

【鮑老催】風前月前，且自開懷歌笑喧，全家食禄真堪羨。天晴朗，地氣安，人歡忭。年年歲歲顔不換，願代代人稱贊。喜自安，喜自安，夫和婦多康健。進忠賢，進忠賢，憑赤膽扶王漢。佐廟廊朝金殿，願帝德遐昌，鞏固萬年。

【尾】堂前祝罷歸庭院，不覺花陰月滿欄，且自扶歸錦帳眠。〔付白〕今朝拜祝壽筵前，〔貼白〕惟願生同不老仙。〔生白〕若能常侍君王面，〔旦白〕合家歲歲慶豐年。〔下〕

第二齣　請醫

〔外扮嚴三點上〕

【解連環】閑懷無托，望青山白雲遼邈。信妙手能解疴疲。看樵夫林間，釣魚船舶，燕子銜泥，暗塵鎖一牀絃索。想草根花葉，盡是濟時救時良藥。

【臨江仙】世人切脉皆三指，輸吾一點知仙機，合家休咎盡先知。回生須勺飯，續命只刀圭。問切望聞俱不用，隔垣先見腑肺奇，從來二豎避良醫。若教人種言，花滿錦風西。〔白〕老夫姓嚴，名本仁，字懷義，本貫益州人也，乃嚴君平之後裔。得奇異之青囊，診脉不須窮究，三點即曉病原。所投之藥，無不愈者。因此傳出一個美名嚴三點。景德年間，召入太醫院，使其時宸妃有疾，伸手看也只三點。奏到聖上，將我發與該部要問大不敬之罪。幸衆保舉，異接非常。旨擬不用，逐回原籍。故爾在東行醫。每月逢五之期，施藥一日，不取分文。至于平素取藥方，亦不計利。正是：法授神仙無二術，名醫指示仗仁施。〔下，雜扮差人上，白〕聞道神醫藥有方，奉差特地請他行。來此已是，有人麽？〔院上白〕什麽人？〔差白〕我是州中民壯，因州主有恙，特來相請嚴老爺即去一看。〔院回介，

嚴白〕如此，着來人先去回話，我隨後就到。〔院出告介，差下，嚴白〕帶馬來。〔唱〕

【蝴蝶落豆葉】我待學陶彭澤懶折腰，待學張孟談去辭朝。待學太湖中范蠡逃，待學張志和筆府茶餚。待學嚴子陵在七里灘垂釣，待學東陵侯把名利拋，待學東陵侯把名利拋。〔下，知州上，唱〕

【金鷄叫】病勢懨懨繞，頓叫人悶縈煩擾。遍體生寒頭疼痛，這病扭身難避災星照。〔門子白〕老爺，貴體好些了麽？〔知州白〕那裏能個好些。〔門子白〕啓爺，嚴醫官請到了。〔知州白〕請到了麽，你去請到書房中來。〔門子白〕曉得。嚴爺有請。〔嚴上，白〕欲陳醫國手，先究病根源。〔門子白〕請到書房中坐。〔進介，嚴白〕老公祖。〔知州白〕老先生，下官病在身，不便行禮，請坐。〔嚴白〕從命了。〔知州白〕看茶。〔嚴白〕請老公祖舒手看脉。〔唱〕

【鶯啼春色中】只將脉息評究考，只三點知痟。〔白〕老公祖，貴恙呵，〔唱〕却爲勤舒公務並焦勞，且風寒傷胃加交。也不用君臣劑膏，煎半碗六安濃泡。

【絳都春】即時服了，汗津追出，汗津追出，自然神效，自然神效。〔知州白〕原來如此。快去分付茶童，取沉六安茶，濃濃煎一碗來我用。〔門子應下，嚴白〕老公祖貴恙無事，且喜夫人目下定生貴子。學生當預慶弄璋之喜。〔知州白〕多承厚愛，只怕無有此事。〔嚴白〕實不瞞老公祖説，學生之脉，名爲太素脉，與人看脉，不但病患，就是人之貴賤壽夭，並合家手足兒女，至親骨肉休咎，盡能决斷。就是算命的排着十二宫辰細細推詳，也没學生評準。只恐怕洩漏天機，故不敢與人輕説。向蒙老公祖厚愛，故此斗膽稟告。〔知州白〕不知老先生如此妙術，下官一句失敬，獲罪多矣。〔嚴白〕好説。〔門子上〕請老爺用茶。〔吃茶介〕妙吓，吃了此茶，果然遍體凉汗，覺得神清氣爽。老先生，我的賤恙痊可了，待下官先自面謝。〔嚴白〕老公祖且請坐，乞屏退左右，還有奏啓。〔知州白〕門子、書童多回避了。〔應下〕老先生還有何言？〔嚴白〕老公祖，目下雖有生兒之慶，但令長媳呵，〔唱〕

【黄鶯換畫眉】小産命難逃，在中秋前後凋。任盧醫再世也全無效，是前生定招。莫嫌吾話叨，堪傷折損嬌娃少。〔知州背白〕且住，我聽他所言，甚爲可駭，我夫人懷孕，或者下人露出風聲，他便撮一句，我兒婦俱在襄州，此處到家，相隔千里，有孕無孕，連我也還未知。况媳婦禍福，如何在公公脉息内看出來？〔轉介〕老先生，不知小媳之災，可有方法全得性命麽？〔嚴白〕這是大數已定，决難挽救了。〔知州白〕呀，〔唱〕

【畫眉套尾】自嗽，何策全姣俏，忍叫他長婦分抛，忍叫他長婦分抛。〔嚴唱〕

【尾】尊軀保重休悲悼，分定由天莫淚濠。〔白〕學生告辭了。〔知州白〕有勞先生降臨，另日酬謝。〔嚴白〕好説。〔唱〕吃恕喃喃語話聲。〔嚴下，知州白〕且住，方才嚴三點之言，甚爲可疑，又且可驚，我想世間那有這等異人。也罷，與夫人商議，星夜差人回去，囑咐孩兒，小心調理媳婦便了。公公染病問良醫，却報兒災世所稀。不信老嚴太素脉，便知千里死生期。〔下〕

第三齣　收子

〔末扮長老上〕

【絳都春】楞嚴諷誦，仗慈悲護佑，蘢踵迷蒙。〔白〕老僧活了偌大年紀，從不見這罕異之事，更有蛋中生出嬰兒之理。恐事揚名，地方上人俱是不積善的，因此悄悄隱密，將此子埋入土坑，憑他生死，是我出家人一點慈悲。我掐指算來，早已是十日了，料然此怪子定難存活。我今到園内看看，若果然死了，把他掩埋，免得徒弟們看見，又是一番浪言。〔作開門介〕我有了幾歲年紀，連這把小鎖兒也是難開的了，這却怎麼處？是了，五日前融和日麗，把那鎖兒日蒸，次晚又經過一場雨雪，内鐄發銹，故此銹住也，是有之。〔開介〕好了，原來是徽鐄，若是性急些，就有些難開了。待我推門進去。〔作娃叫，又住步介〕我且聽一聽，不見吱聲，想是孩子死了，到也干净。好奇怪，我那日將此子埋在此間坑内，如何不見了？

【畫眉序】一定是絶朽化泥骷。〔白〕總然死了，那有骸骨無存之理，真是奇也。〔唱〕那有影形消骨殖無？誚磨鷹食雀啄紜捕，若乳捕嫩骨遺疏，喂禽鳥楚情慘可。〔白〕連我也錯悔了，他是怪物，憐他也是枉然。〔合〕憐之總則酸悲處，恐日後顯怪稱魔，恐日後顯怪稱魔。〔白〕你看那邊樹下坐的不是那怪子麽，我把他掩埋土坑内，却怎生又在樹下坐着，合是個有命的了。〔唱〕

【鮑老催】看他嘻鬧笑矬，粉身一似如妝塑，頭圓額闊眉沉助。唇紅生，齒又白，真希物。〔白〕想是此子數當有命的了，我何不積些陰德，養留此子在寺中。若然長大，却不是奶地僧。倘我有造化，得此有靠，也未可知。〔作抱子介〕阿喲阿喲，好個沉重孩子。〔唱〕豹睛猿臂形容鹵，約模尺二骨格大。真奇異，真奇異，成丰度，成丰度。〔白〕説便如此説，只是送到村中有子人家，喂寄乳食便好。猶恐他人言三語四，出家人那裏來的月窩血子，反覺不雅。常言道得好，發心容易久長難，況且是是非非，也不雅相，怎生計較便好。有了，想我寺裏老香公刘狗兒，我見他素昔最愛村中人家的兒女，我如今只説是在園中拾得個小娃兒，不知那一家不積善的，隔牆抛棄于地，與他撫養。況他無子，定然依允。我如今急回香積厨下，趁着徒弟們俱不在，作速商量。但不知他心意如何。〔作出門介，唱〕

【滴滴金】心思意慮酌意和同，忙忙進寺問香公。吾合志，欣喜濃，存陰積功。慌迤步，進後門，通言來唆哄。料應承允就隨相從，也遵取老年翁，决不吝從機。〔白〕香公那裏，香公那裏？〔净扮香公上〕來了來了。燒香忘擊磬，念佛欠精神。師父好幹的老婆嘗生，又是那一家小孩子，抱到寺裏來頑耍。小孩子哭起來，我看你又没奶，連個餑餑餅子也没有，把什麽哄他，又是唾沫造化底了。〔末白〕不是村裏人家的。〔净白〕是那裏來的？〔末白〕我方才園中去，看見地上就是此子，他也不哭，見我嘻笑盈盈，伸手來趕我，我即抱起。不知是那一家不積善的人，將此子隔牆擲進。〔浄白〕這等看來，這孩子倒是有命的。這樣高牆丢過來，没命的早已嗚呼了。〔末白〕便是。故此抱來，與你相商。你也是出家人，當行好事，我看你平日也奈煩，愛的是小娃子，我特地抱來與你收養爲子，長大成人，你也有靠。但不知你心下如何？〔浄白〕我想起來，這是老和尚的好意，只是香公擔不得這個重擔。〔末白〕没有什麽重處。〔浄白〕這石碑有幾千重，我那裏馱得動。〔末白〕叫你收養孩子，怎麽説起石碑來？〔浄白〕那個小孩子一定是私養下來，没處發落，才撂在我們菜園裏來，我若是養大了，人家認出來是他家的孩兒，我就是個忘八，可不要馱起石碑來。〔末白〕你又來説笑話了。此子定是大妻小妾生嫉妬之心，以此行這不端之事，我叫你收養，却也不妨。〔浄白〕我也没奶，與他什麽吃？〔末白〕早晚化些糕乾，喂他就是了。〔浄白〕既是和尚分付，我就收養便了。〔接孩看介〕好養的，好大本錢。這孩子伶俐。〔末白〕你怎便看得出來？〔浄白〕我一看他，他就叫我阿媽、阿媽。〔末白〕又來取笑了。〔唱〕

【滴溜子】空桑子，空桑子，勤勞慎重。做功德，做功德，無量無窮。〔浄唱〕老朽年來無用。〔合〕大數難量，量從天定崇。撫子成人，大家有功。〔末白〕

【尾聲】今番美子天降送，〔浄〕長大時蔭襲香公，〔末〕留取佛子成人奶地功。〔浄白〕光光的不好看。〔末白〕我有些破衣裳，將來補件小衣服，與他遮遮身體。〔浄白〕這個有理。〔隨口科兒諢下〕

第四齣　掛匾

〔院子上〕

〔白〕神隱無如西蜀嚴，仙醫仙卜一家兼。只因乞藥如門市，也學先人早下簾。自家乃嚴老爺家蒼頭便是。我老爺自罷職回家，行醫濟世，一任疑難怪症，只須一服便愈。這也不在話下。前者因州裏太爺有病，請我老爺醫治，不想脉中看出禍福。後來他夫人果然産生一位公子，不料前日他家信來，説他大媳婦于八月十九日，果然小産身亡。太爺道我家老爺言詞不謬，今日特來掛匾，到門致謝。故此老爺命治辦酒席伺候，筵宴俱已料理完備。言之未已，老爺來也。〔嚴上〕

【引】聖手扶危，回春逸壽，喜延於枉幸銀星。〔白〕蒼頭，筵席可曾齊備？〔應介，知州上，衆役隨上，同唱〕

【纏道看芙蓉】拜青囊，擺頭踏紛紛隊長。儀從氣昂昂，爲旌獎神醫世上無雙。羨他行三點知吉殃，藥一劑保病安康。

【玉芙蓉】言無妄，預先知咎昌，不枉贈題匾上，稱做半仙堂。〔作見介〕老先生請上，待下官拜謝。

〔嚴白〕荷蒙老公祖見賜華匾，理該拜謝。〔知州白〕太素精通真可嘉，杏林春色實堪誇。〔嚴白〕自慚陋室蓬茅屋，何幸今朝降筆花。〔知州白〕過來，將匾額對聯懸掛起來。〔掛介，嚴白〕切脉憑三點，服藥只一劑，半仙堂。妙吓，字句清新，筆力節勁，不在羲寅之右。只是區區一叟，恐辱老公祖過譽也。〔知州白〕老先生妙藝超群，望聞拔萃，下官才如襪綫，恐污老先生尊目耳。〔嚴白〕看酒來。

【紅女綿纏身】筵列擺龍肝鳳觴，庭前品筲鼓笙簧。獻宰供鮮揮巨觴，慚無備祿醑醞釀。

【錦纏道】足感賜瓊漿，瑤池玉液，杯浮琥珀光。謝得東君愛，早回衙署治公忙。〔知州白〕多蒙厚愛，杯酌已深，告辭了。〔嚴白〕蒲芹之敬，聊效野叟，還祈少駐旌幢，以贈今日之光。〔知州白〕蒙極承愛，本欲領誨清心，奈案牘堆積，未經發放，異日謝罪可也。〔嚴白〕只是深相簡褻，辱駕驅馳，乞容改日登衙叩謝。〔知州下，嚴白〕蒼頭，快將酒席徹了，與我卸去冠裳。你快將藥箱取出來，好施捨。〔下〕

第五齣　捨藥

〔衆扮四女上〕

【朱奴待芙蓉】爲兒曹身生怪瘡。爲夫主病染堪傷。我女連朝痢病長。我姑嫜腦眩頭脹。〔同白〕來此已是，有人麽？〔院白〕什麽人？〔衆女白〕我們是窮人家婦女，爲因家有病人，特來討藥。〔院白〕如此，隨我來。〔見介〕老爺在上，衆民婦叩見。〔嚴白〕不消。你們都是取藥的麽？〔衆白〕是。〔嚴白〕你們各將病故説來，我好發藥與你們。〔老婦白〕是爲我女兒，痢疾了十數日了。〔嚴白〕紅的呢？還是白的呢？〔老婦白〕紅的。〔嚴白〕藥在此，薑湯送下。〔又一婦白〕我的兒子，渾身生了怪瘡，其癢不過，又腥又臭。〔嚴白〕這是癩瘡，此藥洗之即愈。〔中婦白〕我的婆婆頭眩腹痛，吐瀉不止。〔嚴白〕這是霍亂時症，藥在此，鴛鴦水送下。〔少婦白〕我丈夫自春間病起，直至如今，漸覺消瘦，咳嗽氣喘，連聲音也覺啞了。〔嚴白〕這是過于酒色。你這人參百補膏拿去，用米湯送下，即愈。〔貼旦白〕老爺，我的婆婆頭疼數日，茶飯懶吃，望老爺慈悲。〔嚴白〕這爲妖風串繞，這是翹風丹，淡鹽湯送下。〔衆白〕多謝老爺慈悲。〔唱合頭〕蒙恩況，這恩情怎忘，願恩官子孫榮顯在朝堂。〔下，和尚、道士、師婆、尼姑同

上，唱〕

【前腔】〔僧〕爲師尊忽然病殃。〔道〕爲徒弟噎膈閉脹。〔師婆〕兄弟瘡疽太不良。〔尼〕我師兄堪堪身喪。〔同白〕老爺在上，我等特來求藥，求善人慈悲。〔嚴白〕列位，各將病源説與我聽。〔僧白〕小僧的師父，昨日與人家念經回來，不想晚間跌了一跤，就説不出話來了。〔嚴白〕這是痰火之症，名曰中風不語。這是活絡丹，用無灰酒篩暖，化開灌下，吐出惡痰便好了。〔道白〕貧道的小徒，今年才得十九歲，平常極孝順我的，不想前月得了噎食病，望老爺救命。〔嚴白〕不是貪杯不飯，或飲食生氣，觸怒胸膈，有此病症？〔道白〕老爺真正是活神仙了，果然他吃酒，又肯生氣。〔嚴白〕這一丸藥，名曰玉龍膏，服之即愈。〔師婆白〕老師婆的兄弟，生了一個大頭癰，命在旦夕了，望老爺可憐。〔嚴白〕不妨，將這陰陽拔毒膏貼之，即愈。〔尼白〕小尼的師兄，是蠱症，望爺爺可憐。〔嚴白〕不妨，將此浣花酒，飲之即愈。〔衆白〕多謝善人慈悲。〔唱〕蒙恩況，這恩情怎忘，願恩官子孫榮顯在朝堂。〔下，四病人上，白〕貧無達士將金贈，病有良醫設藥方。〔嚴白〕你們不要喧嚷，坐了，伸手來看脉。〔衆白〕多謝老爺。〔嚴唱〕

【朱奴剔銀燈】你因寒火陰陽鬥相，保和丸一服便無恙。〔衆白〕多謝老爺。〔嚴唱〕肺腑皆由努力傷，地黄湯飲之便强壯。〔白〕過來，這是你的保和丸在此，茶清送下。這是你的加減六味地黄丸，引用棗二枚，生薑三片，水二鍾，煎服，落查即愈。〔應〕多謝老爺。〔嚴白〕你過來看脉。〔唱〕你胸堂氣塞住膨脹，開胸竅須要砂仁木香。〔白〕這是木香丸一服，用無根水調均，服下即愈。〔雜白〕多謝老爺。〔嚴白〕你伸手來看脉。阿呀好利害。〔刑白〕老爺看小人的脉，爲何大警，莫非小人此病是死的麽？〔嚴白〕非也。〔唱〕

【前腔】看脉理胸災怎當，你身軀小恙無妨。汝的妻子大不祥，血光災定將身喪。〔刑白〕據老爺看來，我的妻子有些災難麽？〔嚴白〕正是。我聽你的聲音，不像我這裏的人。〔刑白〕小人是沅州黔陽人氏，因奉本縣大爺差遣，至此公幹，有事逗遛。路過此處，偶然得病，幸逢老爺捨藥。不想有此一番驚駭，但不知果有此事。〔嚴白〕怎麽没有此事，你家的妻子身懷有孕四月，數該于月内血崩而死。這是你的藥，即速服下，你病痊痾，速速回去，小心庇護你妻子。牢記，牢記。〔刑白〕多蒙指教，明日即當趕回家去便了。〔合頭〕匆忙，快回歸故鄉，驟聞言神魂亂慌。〔下，嚴白〕咳，今日捨藥，又過午牌時候。蒼頭，收了藥箱。我且進去，静氣一回。〔唱〕

【尾】窮通壽夭人難强，笑殺迷人空自忙。富貴功名，親疏恩愛夢一場。〔下〕

第六齣　識妖

〔老旦聖姑上〕

【山坡羊】恨的是不積善的狼性，害平人暗施着不良惡心，把孩兒箭矢傷神，使孩兒難保身和命。〔白〕老身端爲孩兒暗被矢中，其命難保，特地出來打聽名醫，求懇垂憐相救。 有人説道，城中有個半仙堂，靈效無比，以此前來，求取救我孩兒。 怎奈路途遥遠，〔唱〕强闖閾，懇求施恩幸。 回生起死逢憐應，藥妙生靈，娘兒有幸。〔合〕途程，遠迢迢來叩明。 心旌，兩步挪作一步行，兩步挪作一步行。〔白〕迤邐行來，已是半仙堂了。 我不免問一聲，有人麼？〔浄扮老頭兒上，白〕方才收拾静，又聽唤聲臨。 是那個？〔老旦白〕借問老人家，這裏可是半仙堂？〔浄白〕正是。 你是那裏來的，問什麼？〔老旦白〕我因有病，聞得這裏老爺施恩救人，故爾前來叩求診脉，若然袪病回春，恩非淺矣。〔浄白〕是便是這裏，你也來遲了，你不看門已落鎖。 凡過午不看，你回去明日來罷，清早再來就是了。〔老旦白〕老人家雖説得是，怎奈老身住家甚遠，離城三十里，今日回去了，明日又來，奈我是老病身軀，行走不便，到明日又遲了。 望老人家愛老憐貧，通報一聲。〔浄白〕我們行就的規矩，過午不候，你若今日破了我們的例，人人都要看樣起來，這個使不得。 去罷，明日來。〔老旦白〕我家甚遠，這邊又没親戚借居，明日何能趕得上。自古天上人間，方便第一，没奈何老身下你一禮，方便方便。〔净白〕你好嘮叨，還不走，只管胡鬧。〔老旦白〕我如今哀求，全無見憐之心，兀的不氣殺我也。〔倒介，童上，白〕老爺問是什麽人，在外喧嘩？〔净白〕不知那裏來了一個討吃的婆子，要求老爺看病，我説來遲了，明日來罷，他倒撒起潑來，跌倒在地，裝死賴我們。〔二童白〕快請老爺出來看看，好打發他去。老爺有請。〔外上，白〕手到病除仙策料，能醫起死返回生。何故喧嘩？〔净白〕他是來看病的，我説來遲了，明日來罷，他就與我嚷起來，就裝死的樣子。〔外白〕不要嚷，待我來看。〔看脉介〕你看這老婆子，人身獸脉，好生奇怪。你們唤他起來，扶入中堂，待我問他，便知其故。〔二童、净叫老旦起介，外白〕家人退了。婆子，你是那裏人氏？〔老旦白〕老婦是德安州人氏。〔外白〕住了，你休瞞我，我看你人形獸脉，其中必有緣故。〔老旦白〕好個先生，料想瞞他不得了，我只得從實而告。〔唱〕

【啄木耳】含悲泣，淚雨零，我是久煉修真是狐牝。羨慕仙医久尊名，求診脉指示神名。判斷何定明經証，哀求仙念從實應，發付須論定白成，發付須論定白成。〔外白〕你的脉，我也知道了。〔唱〕

【前腔】伊心病，我已聞，皆爲兒女牽連瓜葛情。因不肖致症纏綿，受含悲枉欝精成。〔老旦白〕我只生一男一女，我兒子被人射傷左腿，命在旦夕，如今求恩人相救。①〔外白〕箭瘡却也不妨事，但筋骨有傷，左腿即有殘疾相滯了。〔老旦白〕若留得他命，帶些殘疾也罷了。若是痊痾之後，帶了孩兒，

①「人」字，原無，據文義補。

到府叩謝大恩。〔外白〕這到不消。依我看來，汝子雖有殘疾，到也無妨，只是你女兒有厄。天機不可預洩，彼時自然明白。但今日既遇汝呵，〔唱〕我將靈丹妙藥當相贈，管重回世禄延生徑。我是格外施行全你誠，格外施行全你誠。〔老旦白〕多謝。〔外白〕況你等生于山谷，人世不深，何不趁此精力未衰，求師訪道，使一家脱落皮毛，永離苦厄，豈不美哉。〔老旦唱〕

【三段子】聽指甚明，使我聞心耽頓驚。聽言細分，培心思猛疑暗生。〔白〕恩官請上，〔唱〕感伊仁慈大德真靈聖，指示迷途超憐並。德佩難忘，德佩難忘，于心刻銘，于心刻銘。〔外白〕童兒，取外科藥箱來。〔童應介〕此藥名爲丸靈續命丹，這是膏藥二貼，丸藥用無灰酒調服，管教無事。若不取出箭簇，一生在内作痛。你將温水洗净瘡口，將此拔毒膏貼上，紫血流盡，淌出鮮血，然後換取神仙接骨膏，百日之外，就可行動。〔唱〕

【歸朝歡】依如舊，依如舊，猶存足筋。神膏貼，神膏貼，當伸丙靈。〔老旦唱〕蒙恩指露元壺境，遵承機密神仙命。〔外白〕方才之言，你須謹記便好。〔唱〕切莫當兩陣風吹耳行，切莫當兩陣風吹耳行。〔白〕童兒，送他出去。〔老旦白〕回生起死未爲奇，獸脉人形那得知。〔外〕心話一番終不洩，始知醫病即仙機。〔下〕

第七齣　相欺

〔丑扮和尚上〕

〔白〕和尚無妻却有妻，梅花紙帳伴優尼。如來弟子風流種，那怕傍人駡秃驢。〔白〕我們乃是迎暉寺衆僧是也。噲，衆位師弟，你道可好笑，老和尚這没邋遢的，没來由不知那裏拾了一個大蛋，放在雞窩去孵，却也作怪，竟孵出一個孩子，渾身如藍靛一般，四個獠牙，一張大口，真是個活怪。師父説他是天産真僧，竟寄在香公家扶養。誰想老道死了，我師父又把這無娘種領了回來。如今長大了，地也不掃，香也不燒，穿現成衣，吃現成飯，還要出口傷人，老師父偏護着他，我們甚是氣不過。今日趁老師父不在家，叫他出來，駡他一場，打他一頓，趕他出去，方消此恨。〔衆白〕有理，待我去叫他。〔丑白〕住了，你不是他的意思，等我去叫。咊，小和尚快些出來。〔净上，白〕一枕黑甜餘，何事相呼急。咊，我把你這起腌臢秃驢，我好好在那裏睡覺，爲何驚動我？〔衆白〕好大口氣，你又不是我們的師父、師叔、長輩，難道驚動不得的？〔丑白〕非但驚動，便駡你這無娘種有何妨。〔净白〕你們這起惡秃驢，好生無禮，若惱了我的性兒，放火燒了這寺院，看你們住的成住不成。〔衆白〕什麽？

反了，反了。養出你仇來了。〔丑白〕衆位，我若不打他一頓，趕他出去，後來必遭他的害了。〔打介〕

【四邊静】無娘卵種真野狗，敢來誇大口。妖怪天生成，焉敢欺師友。〔净唱〕急得我怒冲牛斗，撒開雙手。叫你頃刻喪黄泉，管叫一命休，管叫一命休。〔下，付挑菜上〕

【字字雙】窮民小户無能奈，賣菜。一條扁擔肩上挨，輕快。八根繩子奈時來，等待。賺得些兒笑顔開，還債，還債。〔白〕自家乃是朱大伯的長子醜漢的便是。住在迎暉寺傍，作個賣菜生理，以爲糊口之計。今日買了些菜，不免去到潭邊洗洗，好去貨賣。〔放擔洗菜介，净上白〕我把你這些狗秃驢，欺我也就够了，我今日定要放把火，把你們燒死，方出我氣。〔付白〕師父，你罵那個？是誰得罪你了？〔净白〕原來是朱大哥在此。哎，大哥，我只爲寺中這些秃驢呵，〔唱〕

【紅納襖】他欺我孤身一小孩，他駡我無娘種妖孽怪。又道我賤如泥怎做佛家派，又道我卵生成是個真鬼胎。〔付白〕一寺中人，都是師兄師弟，你忍奈些兒也罷了。〔净白〕哎，〔唱〕這話兒叫人怎挨，這氣兒叫人怎奈。因此上怒氣難伸填滿胸膛也，終日嗷嗷怎放懷，終日嗷嗷怎放懷。〔付白〕你方才説要放火燒死他們，不致緊要，可不連累了長老麽。聽我一言相勸。〔唱〕

【前腔】我勸你把心中火少放開，我勸你看同堂須耽待。我勸你把前情一旦全消解，我勸你寬洪量將他莫記懷。〔净白〕我那裏氣得他過，便是東洋大海，也裝滿了。〔付唱〕你休將師徒誼乖，你休將慈心來壞。〔净白〕我也慈不得許多，辜負你的好意了。〔付唱〕休嫌我絮叨叨苦口相纏也，及早回嗔作喜來，及早回嗔作喜來。〔净白〕難得大哥好意，只是我立心已决，實難回轉，千方百計，只是礙着長老在内。〔付白〕却又來，他從小撫養你成人，反將仇報了？况我父親在日，常説你是不落血盆的好人，怎與他們一般見識。自古道欺一壓二，他先到寺門一日是大，你又是個單身，倘日後長老去世，你免不得還在他們手裏討針綫哩。千思萬想，不如忍氣爲上。〔净白〕也罷，既是大哥苦勸，我便饒他們火焚之災。只是這寺内，我也住不得了，往外雲游天下，遠避了他們罷。〔付白〕這却使得。少不得要辭别長老。〔净白〕若去辭他，定然不放我走，只得硬了心腸，悄地去罷。〔付白〕此時正好賣菜，告别了。〔合唱〕

【尾】爲人須是量如海，且作個雲游方外。〔净白〕只是便宜了那夥秃驢。〔唱〕我從此離門再不來。〔下〕

第八齣　議兵

〔生扮文彥博上〕

【滿庭芳】忠心赤膽，燮理陰陽，身任群僚，周家姬旦。〔白〕大鵬一奮九万里，覽輝振翮風云際。未央欲曙曉鷄鳴，排閶直謁蓬萊帝。下官姓文，名彥博，字寬夫，汾陽人也，官拜參知政事。時氣清和，曾問途中牛喘；鑾輿侍從，還先禁裹薨班。煥先秦兩漢之詞，貫諸子百家之學。昂領自殊，羡衛侯之八尺；斗南莫警，凛梁公之一人。惟省事以清心，務强本而節用。想我國家累朝仁厚，坐致太平，下官一介草茅，竊叨榮禄。但契丹遂長蛇之毒，寧夏懷負固持强之心，若不預先謀計，一時有侮，咎將安歸。早辰吩咐堂官，去請曹樞密商議，未知來否。左右，曹爺到時，即便通報。〔左右應介，末扮曹偉上〕

【引】翊運開基功勛卓，犖閥閱箕裘可托。〔白〕下官樞密副使曹偉是也。今早文丞相差官來請。〔手下白〕已到相府。〔末白〕通報。〔見介，末白〕軍務重煩，有失清候。不知老丞相見召，有何明論？〔生白〕目今聖朝在上，海宴河清，但思西夏元昊反測，滿朝文武全不爲意，正如燕雀處堂，不知焚燎之及身也。樞密與下官皆是大臣，以當早計，樞密不知何以教我否？〔末白〕丞相爲國憂勞，足見忠正。但元昊自寇萊公澶淵之後，數十年來賴以平静。元昊負太祖賜姓之恩，叛服之惡，最宜先取。元昊既伏，契丹不足爲慮。〔生白〕樞密言之有理。〔唱〕

【桂枝香】侯邦清奠，要荒同朔。這是祖德宗功，全賴運籌帷幄。論河南河北，論河南河北，山前山後，誰挽弓角。笑兵戈，有才不展徒勞士，空負明時經世學，空負明時經世學。〔末唱〕

【前腔】腰間鳴劍，手中横槊。大丈夫志可冲霄，誓不臨危退縮。羨君家大才，羨君家大才，把邊防受度，他敢來争强鬥弱。遇兵戈，那時方顯拿雲手，况有龍韜博世學，况有龍韜博世學。〔生白〕昨有告急文書，朔方旗幟凶惡，風烟遍地，軍急如火。老夫明日奏聞，借重樞密，前去救拔。〔末白〕下官領命，即點人馬。〔合白〕奏聞君命速提兵，一點丹心向日傾。斬却樓蘭清寧世，鞭敲金鐙凱歌聲。〔下〕

第九齣　起程

〔旦扮文夫人上〕

【引】人閑珠簾盡捲，庭前花落春寒。〔白〕促駕青黄已欲歸，盈林草色正芳菲。無端柳絮顛狂舞，亂逐東風上下飛。妾身王氏，適配文丞相爲妻。老爺上朝未回，梅香烹茶伺候。〔文彦博上〕

【引】報國全憑赤膽，平賊當展經綸。〔見介，旦白〕相公上朝，有何事情？〔文白〕夫人有所不知，今有邊方告急，寧夏造反，今早爲此上朝面聖，奏聞此事。聖上命俺與曹樞密提兵征剿，今日就要起程了。〔旦白〕原來如此。妾身有水酒一杯，與老爺一餞。梅香，看酒來。〔衆梅香應介。文同旦坐介，同唱〕

【摧拍】謁誠悃謀略素閑，早驅除鐃歌便返。太平時驟起波瀾，太平時驟起波瀾，欲報君恩努力周旋。万里潼關，草白烟寒。〔合〕廟堂上憔悴龍顔。親督率，親督率，敢辭艱，敢辭艱。〔卒、將齊上〕有人麼？〔院白〕什麽人？〔衆白〕軍馬齊備，候老爺起程。〔院禀介。文白〕外厢伺候。夫人，王命緊急，就此拜别。〔合唱〕

【前腔】動干戈地覆天翻，掃風塵豈容稍緩。早提兵怒髮冲冠，早提兵怒髮冲冠，地盡膏腴。險厄邊關，蟻聚蜂屯，造惡多年。〔合前〕廟堂上憔悴龍顔。親督率，親督率，敢辭艱，敢辭艱。

【尾】王臣蹇蹇憂時亂，何日安然放閑，大宋江山得卸肩。〔旦同衆梅香下，文轉場介，白〕院子，吩咐衆將，軍馬齊備，就此起程。〔院傳介，二中軍、八小卒上。文白〕帶馬過來。〔同行介，同唱〕

【朝元令】騂騂騎行，戈戟森嚴盛。蕭蕭馬鳴，早把程途逞。旗幟招揚，軍容端正。要把烽烟掃净，海宇升平，斯民自此喜氣生。斜日照人明，春風撲面迎。沿途好景，指日裏竹書名姓，指日裏竹書名姓。〔下〕

第十齣 走雨

〔老旦聖姑姑、小旦媚兒、付左黜同上〕

【憶秦娥】飄流蕩，娘女們孤苦無倚傍。〔小旦〕無倚傍，蕭條旅況悲秋狀。〔付〕命顛危戇，禍殃從飛降。〔老旦白〕三口飄零命紙薄，楊花飛逐似秋霜。〔小旦白〕途窮憂慮蹙愁腸，晨昏旦夕各凄涼。〔付白〕暗思切齒成仇恨，食肉寢皮我志揚。〔老旦白〕這是災來難躲何埋怨，隱恨含悲至汴梁。〔付白〕母親欲到汴梁，不知爲何？〔老旦白〕想你祖公公曾有遺言，若要身安，須向帝邦。你我强挨泗城棲止，原是爲求訪高人學道，不想兒遭坎坷，險將一命暗喪奸人之手，故此哀求嚴半仙神藥，方得延留爾命，保得母女完全，豈非仗祖宗相佑。且喜養病百日功成，雖不能步履如初，嚴半仙曾説，免不得要帶殘疾，果然如此。〔付白〕孩兒欲報取一箭之仇，只是誤我一生事來。〔老旦白〕春秋時有一孫臏，使人結仇，受害刖其雙足，道高法廣，而成聖仙。李鐵拐足以蹣跛，位證仙班。你正當勵志雲游，何得頹悔志念。〔付白〕聽母親一番高論，兒恨消除。只是此身，游訪何地？〔老旦白〕我意欲往東京，高人頗廣，故有此行。〔小旦白〕東京汴梁，乃是繁華之地，錦綉之邦，況有益坊處。只是天降細雨，地道泥濘，我娘女還可相扶取路，但恐哥哥足疾全愈未久，疼痛難忍，還須暫歇一兩日，稍候天晴，再當趨促，也覺放心。〔老旦白〕兒吓，你那裏知道，他步履逡巡，他又有心事了。〔付白〕不聽老人言，恓惶在眼前。你娘女攙扶而走，孩兒慢慢相隨便了。〔小旦白〕這時候的雨，更下緊了。〔老旦白〕説不得，有你母親在此。〔同唱〕

【漁家傲】天不憐孤苦娘兒別往方，雨雪淋，飛花相向。風急恁狂，母老女姣同倚傍。〔付作滑介〕不好了。〔老旦、小旦扶介〕看仔細。〔唱〕步那怎上，痛瘡痕應欠息養。皆爲着有道求訪，怎知取春雨連綿苦怎當，春雨連綿苦怎當。〔付白〕妹子，你身上可冷麽？〔小旦白〕不甚冷。〔付白〕我打心裏冷出來，身上又冷，腿足又疼，那裏受得。〔老旦、小旦唱〕

【剔銀燈】好鬧閩强裝硬幫，急移步忙忙前向。這雨兒合配一家凄凉況，這雪兒猶比子女魄喪。蒼蒼暫止息風樣，疑步行穩當心放，疑步行穩當心放。〔小旦作滑介，老旦白〕看仔細些。〔付白〕泥濘原難走。〔小旦唱〕

【攤破地錦花】言非謊，心如箭急，一步步底忙，閃得我汗濕衣裳。〔付白〕我越冷，你竟渾身是汗，唬出來的？不要説話了，扶起來走。趁此時雨止些，好到前面尋個避風的所在，歇息歇息，也是好的。〔合唱〕迭步宜前，同急相向。路徜徉，天景退舍藏，天景退舍藏。〔付作望介，白〕好了，大家走一步兒，前面已有村莊，好歇歇兒了。〔同唱〕

【麻婆子】淋漓淋漓衫和帽，幸喜舊衣裳。路滑路滑油潑道，金蓮怎地湯。〔付、小旦白〕母親，怎麽樣了？〔老旦唱〕衰年力弱步虛將，〔合唱〕神馳意亂受催傷。免急氣心忙，看雨雪更加狂，看雨雪更加狂。〔下〕

第十一齣　偷酒

〔丑扮賈清風上〕

【青歌兒】青春正道家應名，自出家幼年受另，無量佛隨時吸令。葷酒無怎度生平，好色徒花喜風情。〔白〕自家賈清風的便是。在這劍門山下，關王廟中，自幼出家。師父又有年紀，痰火症急，軟癱着床。舊歲就立了我爲當家提典，香火十分茂盛。全虧我賈道心誠虔念，掙下了這個基業，盡够我受用的了。只是我性愛風騷，常使費花粉之資，只是日用黄湯，興來時千杯不竭。閑話少説，今日要往前村相知女客家裏招飲，夜來夢見房内花瓶中桃花茂發，定有喜事。又值天雨空墜，泥濘難行，不曾去得。且待容日到他家陪罪，豈不是好。今坐在此寂然，怎麽好。有了，且唤乜道沽瓶酒來，對面獨酌，有何不可。乜道那裏？〔付净扮乜道上，白〕乜道，乜道，奉承絶妙，凑趣應心，吃穿不少。〔丑白〕你看如此春雨，叫我悶坐也不是帳。你平生行的事，件件都合我心，叫你出來，看你智慧，怎便合我心機。〔付净白〕我看當家師父心裏的事，難道度量不出？〔丑白〕你竟知我心事。知我心裏甚麽意呢？〔付净白〕今日天降細雨，只少壺酒來盪盪腸子。〔丑白〕真是我心上之人，一些不錯，不枉我平昔看顧于你。正合我意，你就拿了大瓶罐，到前村老黄店裏，説我要好酒五六斤。回來關上廟門，暢飲一回。〔付浄白〕如此，待我取了瓶罐，沽酒就是了。〔丑白〕速去就來。〔付浄白〕酒便取來，只是少一件。〔丑白〕少那一件？〔付浄白〕酒字底下，那一個字。〔丑白〕拿你來弄一弄就是了。〔付浄白〕你不要是剃頭擔上小簸箕。〔丑白〕這是怎麽説？〔付浄白〕倒毛兒。〔丑笑介，付下，老旦、小旦、付上，唱〕

【出隊子】同登嶇道，同登嶇道，跋涉山川雨雪湖。凛寒風禁受煎熬，地滑難行途路遥。盼望何時，東京纔到。〔老旦白〕風又狂，雨又大，真是難行。〔付浄白〕前面有紅牆，定是廟院，你我且到那裏，過了今宵，明日再行。〔老旦、小旦白〕這也有理。〔老旦白〕原來是所關王廟。〔付浄白〕我們進去。〔老旦白〕看兩廊鎖禁，如何是好？〔付浄白〕那邊是井亭，可以坐得。〔老旦白〕就到亭上暫坐，倘廟中有人出來，問一聲，再見機而作可也。〔付浄白〕天不凑人，走了及三日，偏偏下起雨來，和我們作對，也是没法。〔小旦白〕哥哥，這是天宫之事，你如何埋怨起來。〔付浄白〕分明是奈何我。〔老旦白〕四面風捲，並無遮攔，如何過此長夜？〔小旦白〕且少候片時，待他關上廟門，你我到正殿廊檐下，還可容身。〔老旦白〕好歹忍奈，過一宵罷。〔付浄作提酒上〕閑花消歲月，村酒解愁腸。〔進門介〕這是那裏帳，春景之際，還有如此雨雪。〔付浄白〕我們須得火來暖暖，才是局面。〔付浄白〕井亭上那裏來的人，待我看看。哎喲喲，你們是那裏來的？男女混雜，在我這井亭上做何勾當？〔付浄起介，白〕有人來問，等我去和他説。你問我，我們是行路的，因雨阻路，難以行走，乞借井亭暫住一宵。〔付浄白〕你们這裏住不得，趁早投店。我們這裏，也不留外路人的。〔付浄白〕你們也是出家人，就行些方便，却又何妨。〔付浄白〕什麽方便不方便，不要討我動手。〔老旦白〕我們大家上前哀憐他。大哥可憐我們，是被風雨阻住，没及奈何。〔付浄偷酒吃介，付浄看介〕呔，你做什麽？〔看介〕把我的酒，吃了半罐去了。〔老旦白〕這是怎麽説？〔付浄白〕又飢又渴，我説喝口水，那知是酒。〔小旦白〕大哥，這是我家兄無耻，大哥不要發怒。〔付浄白〕你們出去，住不得的。〔背白〕好一個標緻女子。等我送了這半罐子酒，回來問他。〔下，老旦白〕你如此不成器，那人正然嗔怒，反又吃了他的酒，越發難説了。〔付浄白〕身上又冷，吃了口酒，滿肚裏就滚熱起來了。〔小旦白〕少停那人出來，又要賠酒，還不容我們棲身，一發難處了。〔老旦白〕倘若出來，只索央求就是了。〔付浄領丑上〕聞得姣花從雪降，解消一點火連生。在那裏？〔付浄白〕都在井亭上坐着哩。〔丑白〕你不要多言，等我來問他來歷，看他如何答應我。〔付浄白〕我們當家師父來了，你們可説麽？〔老旦白〕兩個孩兒，大家同來。大法師有禮了。〔衆見介，丑白〕不消，不消。果然一位小娘子。〔付浄白〕如何，我不哄你的。〔丑白〕我問你們是什麽人，男女混雜的，來到我廟裏，所作何事？〔老旦白〕大法師在上，這是大孩兒左黜，這是我女孩兒媚兒，老身姓胡，乃泗州人氏。今日來此，爲往西嶽華山進香還願，不想中途遇雨，大孩兒腿疾，小女力弱，泥濘路滑，實難行走。欲投飯店，不知去向，故此大膽在井亭上暫歇，要叩乞面訴，又恐驚動，望乞恕罪。〔丑白〕你們是母女三人進香的？〔小旦白〕正是還願的。〔丑白〕既是善人，這裏不是住的所在。〔小旦白〕無非暫借井亭上，挨過一夜，明日早行了。〔丑白〕這一夜也是難挨的，况且四面風雨甚大，如何住的。請到後面閣上，稍可容身，不知你母子們心下如何？〔老旦白〕感蒙鑒諒，不來罪責，反又相接，實老身並子女之萬幸也。〔丑白〕豈敢。只是荒山有褻，罪甚。〔小旦白〕荷蒙榮涵。〔付白〕恩高莫大。〔丑白〕説那裏話來。〔老旦白〕但恐列位師父不容，反爲不美。〔丑白〕小道就是本廟提典賈清風，家師年高，久病在床。這是我廟裏香火乜道，别無敢言之輩，但請放心。〔老旦白〕既承恩光洪寬，允承台命。孩兒們，先過來謝了。〔小旦、付白〕如此，我娘兒們從命了。〔丑白〕道人，快將後閣打掃潔净，一面整治酒果之類，烹些好茶。〔付净白〕我家師父，又入了迷魂陣裏來。〔下，丑白〕先請到客舍待茶。〔老旦白〕法師請。〔丑白〕如此，小道引路了。〔進介，丑白〕樂殺我賈清風了，看夢原有些意思。〔付净白〕師父，茶果俱設擺停當了。〔丑白〕這等衆位該座罷。〔老旦白〕大法師請坐。〔丑白〕説那裏話。〔老旦白〕大法師不肯正座，我叨占居中，兩個孩兒分了次序而坐，待我們先謝後擾。〔丑白〕粗茶麵飯，何足稱謝。道人，你去盪壺酒來。有隨便家常粗菜，定然老人家同兩位未必飽腹，又道寧可折本，不可餓損。〔付白〕酒也好，倒用得着。〔付净白〕這等説，我去收拾起來。〔丑白〕掌燈來。〔付净笑介，下，老旦白〕大師父坐了便好。〔丑白〕不妨，不妨，在這邊罷。〔老旦白〕今承肺腑情，切誼同膠漆。何得疏遠之隔？〔丑白〕本當相陪，奈有令愛在此，小道不敢陪。〔老旦白〕小女年幼，但坐却也何妨。〔丑白〕我就在這裏，傍坐而

陪。〔老旦、小旦、付唱〕

【駐馬聽】大法恩高，如賜百朋今世少。昔日裏名香焚到，今日萍逢，緣會奇巧。義施洪闊盛情叨，如何有味忘相報。〔丑唱〕休恁徒勞，休恁徒勞。三生有幸，三生有幸。敢望瓊瑶，敢望瓊瑶。〔付净提酒上，白〕熱酒有了。只是素飯菜，没有葷菜。〔丑白〕好好，今日權且用一餐，明日再整治别樣餚饌罷了。素飯相留，休得笑話。〔付净白〕這是熱酒。〔丑白〕待我相敬一杯。〔老旦白〕我母女是不會飲酒的，大孩兒自斟自飲，不消大法師費心。〔付白〕拿來，待我自斟自飲。〔丑白〕既不會吃酒，竟請用飯。〔小旦白〕大法師請。〔丑白〕請去，請去，你不要在此賣呆。把客堂内鋪陳，送到閣上去。〔付净應下，丑白〕女眷們上來下去不便，把老師父房裏的净桶，送到閣上去便好。〔付净白〕師父真個心力使到了。〔丑白〕你若用心，自有好处的。〔付净白〕有你在前，那裏輪得着我。〔丑白〕你若虔心，自然慈悲到你。〔付净白〕這麽説，就是無量壽佛。〔下，丑白〕如今燈下看那女子，分外一種嬌媚，愛殺人也。〔唱〕

【前腔】堪羡妖嬈，兩鬢梳來多俊巧。生得不長不短，不瘦不肥，可人懷抱。粉容粉面態多姣，衣裳雅製村中俏。若得摟抱鮫綃，摟抱鮫綃。陽台會合，陽台會合。楚雨巫瑶，楚雨巫瑶。〔老旦白〕多有相擾，今日作謝，明日登程，不能面别了。〔丑白〕還有一説，看雨雪未止，况且此處到彼，路途又遥，甚難行走，就是不下了，也待日出曬干，泥路有徑，母女也好登途。多住十日八日，總出了小道的廟門，我也放心。〔付净白〕法師之言是也，一客不煩二主，總則相擾，索性過了明日再走罷。〔小旦白〕感蒙厚恩相留，只是娘女們心甚不安。〔丑白〕俱自放心，請母女到後邊閣上安置，並沒閑人往來的。〔老旦白〕多謝。〔丑白〕你家的令郎，同小道那裏安置。道人，秉燈到閣上去。〔付净執燈下，老旦白〕女子中途幸遇仁，〔丑白〕荒村愧見恁恭誠。〔小旦白〕受恩深處難圖報，〔丑白〕寸盡微勞利與心。〔下〕

第十二齣　初盜

〔浄扮蛋僧上〕

〔白〕生來自小便希奇，父母恩情總不知。惟有慈雲長老在，養成四大又相離。我蛋子和尚，自幼不識父母，多蒙慈雲長老撫育成人，就在本寺中披剃爲僧。因本性愚莽，與衆僧不睦，因此背了長老私自雲游天下名山大川，立志要學個驚天動地之法。來到沔陽雲蒙山，聞得人説此山中有一白雲洞，乃猿神所居，内有天書秘訣，怕人去偷盜，故興此大霧，一隔絶塵凡妄念。一年之内，只有五月五日午時，這一個時辰，猿神上天，霧氣暫時收斂，過了這時，猿神便回，霧氣重蔽。内有白玉爐一座，看爐中烟氣，乃猿神歸來之念。若誤進去，被誤迷了，四面皆無出路。就是跑得出來，受了霧氣在腹，不死也有一場狠病。因此在近霧之處，蓋起一間草棚，日裏在外投齋化飯，夜晚在棚内歇息。今正是五月五日，你看將交午牌時分，霧氣漸開，天氣清朗，俺今却也等着了。故此穿上多耳芒鞋，手拿防身短棍，抖擻精神。正是：不得苦中苦，難爲人上人。你看草木茸茸，山形聳翠，好一派仙家景致也。〔唱〕

【醉花陰】迷漫烟霧都收了，遍處裏産靈芝瑞草。微風動響松濤，錦綉山川，是處裏皆清妙。喜今日好良宵，疊萬丈峰巒賽蓬島。〔白〕吱呀，迤邐行來，怎有一座天生石橋，横擔闊澗之上，有三丈餘長，只有一尺之闊，你看石橋之下，波濤洶涌，亂石縱横，如鎗刀排列，倘失身墜落在下，皆爲虀粉。好生怕人也。且住，説那裏話來，我蛋子和尚一心學法，好容易守到今日，已有門頭，何苦又生退志。我想死生有命，怕他怎的。不免大着膽，跑了過去，便跌在橋下，死也甘心。有了，我不免將腰間鑾條，縛在石橋梁上，仰面朝天，過去便了。〔唱〕

【喜遷鶯】戰兢兢驟將足落，水潺潺魄散清霄，可也煎熬。天然柱仙橋油滑道，恰便似万里長空銀漢遥。又不是尾生私下相訂約，險些兒斷送藍橋。〔白〕且喜過來了，謝天謝地。此間便是洞門：白雲洞。有趣的緊。且不要在外只管閑講，拽開脚步，進去則個。〔唱〕

【出隊子】山境裏雖然難到，煞强如塵世好。水晶連低簌畫堂標，絶勝似寬鋪庭院小，琉璃齊燒燈焰高。〔白〕已進洞門。你看好大一片平地，奇花異草，四時不卸長春；珍果名蔬，終歲非栽自足。當日楚王游獵，馳騁未經；便是司馬詞章，形容不到。正是：避秦倘若居此地，縱有漁郎難問津。〔唱〕

【刮地風】呀，習習的天風相護繞，只聽得山空唳鶴。耳邊厢似鼓偏聒噪，動地來聲豪。渾一似旋空仙樂，這壁厢那壁厢奇珍樹葉舞飄摇。觀不盡景堪描，玩不盡異果仙桃。可比那誤入天台道，他每覓仙家近碧霄，覓仙家近碧霄。〔白〕如此景致，豈但是我一生從未見得，就是世上千萬萬人，都是從來不曾見過的。呀，前面大石案上，果然供着一座白玉香爐。且謾説天書秘訣，就是這件寶貝，凡世也難夢想。不免跳上峰頭，細玩一番。〔唱〕

【四門子】石峰頭寶爐光熒好，賽空中明月皎。體勢兒園光影兒飄，任多賞鑒稱奇妙。鳳腦又焚，龍涎又燒。呀，天奇珍天下稀少。〔白〕果然寶貝，寶貝吓。是那裏一陣異香噴鼻？呀，不好了。人説爐中焰起，便是猿公將歸之時候。你看那白玉爐中，早已氤氤氳氳的，一縷香烟直透空中，想是猿神回洞了。這怎生區處，三十六着，走爲上着。〔唱〕

【水仙子】俺俺俺，俺可也自忖料。悔悔悔，悔玩景時刻耽擱了。見見見，見香起兒高是遂碧霄。霧霧霧，霧騰騰旋空繞。走走走，俺空來走一遭，拼拼拼，拼命須急尋歸妙。莫莫莫，莫遲延迷却來時道。嘆嘆嘆，嘆今番枉徒勞。〔白〕且喜跑回來了。這是那裏説起，我只爲盜取天書，受了多少折挫，等到今日方能進洞，不急尋法術，且自貪看景致，不覺的就誤了，幾乎被他撞着。如今没法，只得挨着工夫，再等一年。也不看甚麽景致，一溜烟跑到卧室之中，隨他藏的天書，多多少少滿擔兒挑出來，再揀擇取用，却不是好。你看霎時間一天濃霧，把洞門依舊掩了。事到其間，悔之無及。不如回到草棚中，挨過今夜，明日雲游便了。正是：貪看天上中秋月，失却盤中照夜珠。〔唱〕

【北煞尾】行裝打疊須及早，切莫似今番貽笑。暫掛塔遍游天下，記取明年着意牢。〔下〕

第十三齣　合兵

〔净扮李元昊上，四卒隨上〕

【點絳唇】鎧甲騰光，旌旗飄蕩軍威壯。拓土開疆，宋室歸吾掌。〔白〕鐵甲層層蕩朔風，銀蹄金箭踏巴東。夜來輕過雲陽北，誰不誇咱膽氣雄。自家李元昊是也。只因宋主仁宗，寵用奸臣夏竦、王拱辰等，萬民有塗炭之嗟，四海有倒懸之苦。風烟四起，豪傑争雄。俺每乘此之際，招集亡命，特起義兵，自號爲西夏王，固據寧夏一帶地方。且喜雄兵數萬，猛將百員，推俺爲主，共圖大事。昔日差御弟武德攻取甘州，一去不見奏捷。俺今統領大兵，親征甘州，接應便了。衆將官，傳令各營將士，擂鼓發炮，起兵前去。〔衆合唱〕

【普天樂】綉旗摇青旌向，虎符頒鸞鈴響。鎗刀聳閃爍秋霜，殺聲中虎奔龍蹌。〔合〕呀，看軍威雄壯，何難到洛陽。整鎧披戈，管取宋室封疆。〔報上〕冷月隨弓影，寒霜拂劍花。報去，二大王要見。〔報介，丑扮武德上，白〕主公聽稟，小弟呵，〔唱〕

【朝天子】人馬兒勇强，隊伍兒擺張，騰騰殺氣迷雲障。千軍萬馬踏番了戰場，逢着咱不輕放。

順吾的便昌，逆吾的盡亡。損傷，取城池猶如反掌，取城池猶如反掌，遠村城皆投向。〔净白〕妙吓，初次行兵，如此順利，皆是御弟之功。甘州須要精兵把守，不可疏虞。〔丑白〕委托雄兵守禦，不勞主公費心。〔净白〕御弟功勞不小，叫衆將官，再殺上前去。〔唱〕

【普天樂】仗蛇矛貔貅帳，隊深山營連壤。銀蹄驟鎧甲鏗鏘，畫角鳴金鼓聲長。〔合〕呀，看軍威雄壯，何難到洛陽。整鎧披戈，管取宋室封疆。〔下〕

第十四齣　大戰

〔衆將引文彦博上〕

【引】調和鼎鼐佐唐虞，奉旨提兵出帝畿。小寇有揶揄，看指日剿無遺髏。〔白〕鴻雁離離蜀魄啼，天兵四下接雲霓。來蘇六月夏畂月，獻馘西陲羽舞齊。下官文彦博，聖上命下官親統六師，剿捕元昊。我想賊首所仗者，是武德而已。多聞我之威名，寒心喪膽。只因他固據岐山，難以征進。他今徹了圍城，親驅大兵，與我决戰。衆將官聽令，今有元昊作反，人臣報讐，不與賊俱生。今者仰仗聖主天威，統領精兵數萬，罰罪進攻，以我直壯之師，當彼僞怯之賊，真是戰則必勝，攻則必擒，此正諸君立功之秋也。用吾命者，奏聞升賞；違吾令者，梟首示衆。〔衆白〕謹遵鈞令。〔末扮曹偉，四將隨上〕

【引】鳴鏑懸旅前驅，奮武功名自許。〔卒稟介〕曹爺到。〔生白〕今日交戰，何以克敵？〔末白〕老丞相龍韜豹略，神鬼莫測，兼以將士用命，滅此魂髏，有何難哉。少時交戰，待末將帶領火車兵將，埋伏岐山，略元昊必走此路，那時將火炮齊發，賊必擒矣。〔生白〕此計甚妙。衆將官，就此放炮起營。〔衆白〕得令。〔行介，同唱〕

【泣顔回】天兵旌旗閃，虎狼軍威鎮山川。風雲慘淡，驍騎勇耀争先。軍聲潮涌，聽馬嘶振耳參差喊。翹首見賊勢來前，奮雄威並力相持。〔同下。浄元昊、付武德帶衆上〕

【前腔】虎鬥龍蛟番江險，兩軍對壘輸贏便見。烽烟殺氣，揚威耀武争前。〔生帶衆上，兩軍對陣介。浄白〕來者莫非是文老兒麽？〔見介〕呔，我兵到此，早早投降，免作刀頭之鬼。〔生白〕汝是何人？早早通名。〔浄白〕俺乃李元昊便是。〔生白〕元昊，你擅侵邊疆，擾害黎民，還敢抗拒天兵，〔唱〕你逆罪滔天，侵封疆敢把乾坤亂。〔浄白〕文老兒，任你宋營有千員猛將，俺也不懼。〔唱〕惱一惱踏破中原，怒一怒地覆天翻。〔生白〕二將出馬。〔殺介，二先鋒各戰元昊、武德介，下。兩軍衆卒上，滚牌對棍介下。二先鋒、元昊、武德殺上，同唱〕

【千秋歲】蛇矛拈，光閃如飛電，催陣鼓暴豆驚天。來往盤旋，來往盤旋，如龍蟒翻身飛騰即轉。鎗使動萬化變，似梨花落雪片。各把威風顯，殺叫你魂不附體，魄喪黄泉。〔又殺介，元昊、武德敗下。二先鋒趕下。元昊、武德帶卒上，唱〕

【越恁好】奔馳四野，奔馳四野，忙忙似喪家犬。殺得俺殘兵，四下裏皆逃竄。〔武德白〕馬兒也跑不動了。〔浄白〕不如棄了馬，步過山嶺，逃命罷了。〔唱〕苦哀告皇天，苦哀告皇天，百忙裏突然間難覓山川。〔武德白〕主公身穿甲冑，難以行走，不如卸了盔甲，方好行走。〔浄白〕言之有理。〔卸盔甲介，同唱〕把甲冑戈矛盡抛棄，到處裏堆滿荒山。欽伏了老鬢髯，再不敢天朝犯。且藏匿深山，與農民爲

伴。〔下。曹領衆上，唱〕

【前腔】摇旗吶喊，摇旗吶喊，噗咚咚鼓振天。殺叫他魄喪，四下裏無歸見。〔白〕咱曹偉是也，奉文招討之命，帶領三千火炮軍在岐山埋伏，截殺元昊。呔，大小三軍，將火炮多多準備者。〔唱〕密雜雜相連，密雜雜相連，叫賊人有翅也難上天。把群雄逆黨，傾刻間盡皆誅殘。〔下。衆軍卒各推小車一輛，上架火炮，各暗四圍排放埋伏介。元昊、武德上，唱〕殺得俺汗透肩，無處求遮閃。料今番一死也難回轉。〔曹内白〕衆將官，將火車團團圍住者。〔衆各點炮介，打武德死介，下，曹領衆執鎗上戰介，擒元昊介，文引衆上，合兵，曹見文禀介〕啓上招討，李武德被火炮打死，元昊已擒。〔文白〕將元昊打入囚車。衆將官，就此班師。〔衆〕得令。〔同唱〕

【紅綉鞋】追路趕投夷蠻，夷蠻，屍骸堆就如山，如山。天兵洗滅狼烟，任走上焰摩天，脚騰雲趕上天，脚騰雲趕上天。

【尾】天兵今日清關陝，殺氣盡皆收斂。喜孜孜奏凱回朝慶太平年。〔下〕

第三卷

第一齣　慶功

〔生扮文彦博上〕

【引】瑞靄瑶光，夢繞梨雲錦帳。劍戟森茫，喜得成功歡暢。〔白〕羽檄征書急，金門拜將雄。賊寇起禍亂，一戰即收功。下官文彦博，叵耐李元昊興兵造亂，無可破他，賴有曹樞密用火攻將他擒住。昨日申奏朝廷，未知聖意如何下落。聖旨到來，自有分曉。左右，請曹老爺出來。〔雜〕是。曹老爺有請。〔曹樞密上〕

【引】將相神威軍民慶，喜天下仰瞻聖明。〔見介。文白〕賊寇無知，一朝誅滅，皆參謀神力。〔曹白〕此乃聖上洪福，丞相神機，小將何功之有。〔文白〕昨有捷書飛報朝廷，想聖旨到來，自有升賞。〔曹白〕皆賴丞相之福庇也。〔内白〕聖旨下。〔吹打，衆引旨意官上，白〕君恩須金剖，密秘黄金字。聖旨已到，跪。〔文、曹跪介。官白〕聽宣讀。詔曰：兹爾賊寇元昊，係一小邦，擅爾興兵擾亂城廓，賴有文彦博神機妙算，曹偉韜略勇猛，一計剪除，城池克復。有功當封，崇右在典。文彦博特進爵爲左丞相，加封潞國公。曹偉封武惠侯。將李元昊斬首示衆。望詔謝恩。〔文、曹白〕萬歲萬歲萬萬歲。有勞天使大人，多有得罪。〔官白〕恭喜二位，旗開得勝，馬到成功，可喜可賀。〔文白〕看酒來。〔官白〕下官還要回朝覆命。〔文、曹白〕薄酒洗塵，幸乞少坐。〔吹打，照常禮，定席坐介，合場同唱〕

【畫眉序】賓主會于初，饌與炊金泛醽醁。漫胡纓珠珞，綉帶羅襦，妝妍麗雉尾雲冠，壯軍威狼頭高纛。自來殺得賊寇伏，待將開豁雄圖。

【滴溜子】今日裏，今日裏，得侍光容。菲飲食，菲飲食，豈堪供奉。素教感靈沾寵，扶危濟困窮，仁風義勇。倘得功成，皆荷恩隆。〔同起介。官白〕告辭了。承恩來玉輦，覆命去如飛。〔衆引官下。文、曹同唱〕

【尾】旌旗散影龍蛇動，雙袖淋漓醉眼紅，遠塞鳴笳奏捷功。〔下〕

第二齣 計留

〔丑扮賈清風上〕

【光光乍】一意戀姣娃，心慕俏冤家。若得用心意美洽，真個快活光光乍。〔白〕我賈清風，女人不知見了多少，那有如此美貌。一夜不曾合眼。我見他言語之間，情意動人，猶如舊交熟識之女。他昨晚辭説今日出門，被我留住。我如今再向他殷懃，我早早起來，吩咐道人把那隻公雞殺了，再湊些素菜，叫他娘兒們吃早飯。想他娘兒兩個，這會定然起來了。我如今不免到後閣，與他寒温寒温，有何不可。不施萬丈深潭計，怎得驪龍頷下珠。〔下。老旦、小旦同上，唱〕

【一江風】自離窪，來至劍門下，雨雪從空灑。〔老旦白〕你我來到劍門，雨雪阻途，幸遇這裏賈道師相留，百樣殷懃，真是世間有此好人，〔小旦白〕也是我娘兒們的造化。〔老旦白〕又感他相勸我們暫住，少候天晴，再作登途。〔小旦白〕早是不曾説别去，你看今日雨雪還下，不然今日怎生行路。〔老旦白〕你我還可免强，只是你哥哥呵，〔唱〕受波渣，足跛疾難，這苦難禁架。〔付拄拐上，唱〕瘸疾苦恁嗟，痲疾苦恁嗟，麻酥筋疼加。這番猶勝初遭亞，這番猶勝初遭亞。〔白〕痛殺我了。〔小旦白〕哥哥爲何如此光景？〔付白〕我的腿走傷了，那裏動得一步。〔老旦白〕你是才好過來的，未曾受過折磨，以此疼痛，我想明日要走路，那裏行得。終不然你不同我娘女們去不成。〔付白〕死也是不去的了。〔丑上白〕釣餌安排鈎，專等上魚腮。〔上樓介，見介，白〕夜來簡慢，母子們不要抱怨。〔老旦白〕感蒙厚情，何以答報。〔付白〕我昨日虧了師父爺這壺酒，吃了穩睡了一夜。〔丑白〕昨夜受冷。〔付白〕睡得受受用用的，竟教腿疼醒了我了。〔丑白〕兄弟腿疼，在我這裏住這麼一年半載兒，管取痊妥。〔付白〕我正在這裏思想不去呢。〔丑白〕小道昨日備飯不及，只得草草，今日無可爲敬，宰了一隻牲口，爲早飯之敬。〔老旦白〕蒙師加意，但老婦爲進香還願，不食葷腥。〔丑白〕如此說，來意不專，單敬了二位罷。〔老旦白〕小女也是素。〔丑白〕小小年紀，如何吃齋？〔老旦白〕他是胎裏素，況是帶髮出家的尼僧。〔丑白〕如此更加敬重了。到要請教你老人家，令郎多大年紀了？〔老旦唱〕

【前腔】病連加，只爲孤苦難禁架，三七虔誠話。〔丑白〕小我兩歲。令愛今年青春有幾何？〔老旦唱〕女姣娃，二九盈盈，生成閨門大。〔白〕女兒從幼，時患災病，願許捨身出家，待等回來，再當完此心願。〔唱〕奈家逢四散花，奈家逢四散花，伶仃孤又寡。因此淚珠哽咽喉吞下，因此淚珠哽咽喉吞下。〔丑白〕我只道我的命苦，誰知你們比我更不然。如此所謂孫真人的虎，趙玄壇的虎，你的苦就是我的苦。〔老旦白〕法師有什麼苦處？〔丑白〕我自在娘懷抱，就死了老子，我母懷我八個月，就病得七顛八倒的，故在夫子老爺前許下願心，若此胎定足，月滿離懷，女兒送至女僧院爲尼，若是男胎，就送在廟中出家。生下我來一周，就把我母親病故，到如今單存着一身，豈不孤苦也。〔老旦、小旦、付白〕真是傷心極矣。〔丑白〕小道有句話，不好出口。〔老旦白〕但説何妨？〔丑白〕素日見了有年紀的老人家，極能敬重，就如我親生父母一般。〔付、小旦白〕怪道看見我家老娘，如此相待，可敬，可敬。〔丑白〕到今日兄弟姊妹全無。〔老旦白〕可憐。〔丑白〕如今這位奶奶比我的老母，二位就比我的同胞兄妹，可不成了完全人物，也不孤苦了。若然不棄，當拜稱老母。待燒香回來，令愛曾有捨身空門之願，我有個姐姐，在前村静貞庵出家，姑娘送到那邊出家落髮，至親相待，始得放心。令郎也不必另投師門，現今家師染病在床，先宜拜投。我作了老人家的兒，二位就是我的弟妹，焉有相忘之義。〔老旦白〕只是我們如此卑陋，有辱高風。〔丑白〕説那裏話來。母親請上，待孩兒拜認。〔老旦白〕這就有了，不勞拜罷。〔付、小旦白〕行個高禮罷。〔丑白〕那有不拜之禮。〔叩拜介。老旦白〕罷了。〔丑唱〕

【前腔】任萱花，壽享崗齡下，不老長春價。〔老旦白〕受禮了。兩個孩兒過來，拜了哥哥。〔付、小旦同白〕哥哥請上，兄弟、妹妹有一拜。〔丑白〕不消。〔付、小旦白〕一定要拜的。〔老旦白〕若不受拜，就不是手足了。〔付、小旦叩拜介。丑白〕罷了。〔付、小旦唱〕望恩加，隆重相攜，看視同胞迓。〔丑笑介，合唱〕相看手足迓，相看手足迓，芝蘭喜氣加。提攜教示迷蒙下，提攜教示迷蒙下。〔付浄乜道掇酒飯上，白〕酒飯有了。〔丑白〕你只把素飯取來，與母親、妹子用。〔乜白〕這個稱呼，到也親熱的緊了。〔丑白〕葷菜不要取來，我同兄弟到我房裏吃了飯，好拜師父。〔老旦白〕這也好。可要老身同去？〔丑白〕不消。母親、妹子竟用飯罷，不得奉陪了。〔老旦白〕你同哥哥用飯，好去拜見師父。〔付白〕曉得。〔丑白〕乜道過來，你送了飯，你把西邊的楊裁縫叫來。〔乜應下。付同丑下。老旦白〕我兒，你看那法師，如此情腸，相待你我娘兒們，不知可是真心？〔小旦白〕母親，〔唱〕

【前腔】任虛花，隨把閑情架，真假猶難話。〔老旦白〕便是。〔唱〕且隨他，機詐明知，將錯莫言罷。〔同吃飯介，同唱〕蔬菜勝席加，蔬菜勝席加，胡麻堪比加。提防他閑情風浪休心話，提防他閑情風浪休心話。〔付作道妝拄拐上，小旦笑介〕母親，你看我哥哥，竟是游方的道士來了。〔付白〕方才我義兄領了我拜見師太，十分歡喜，就將道巾服飾與我更換了。熱酒牲口擺在哥哥房裏，我還要去吃呢。〔老旦白〕這等，你去吃飯罷。〔付白〕隨方且作隨時道，酒肉消饞且解疼。〔下，老旦白〕我兒如此打扮，竟是個道家。〔小旦白〕正是。〔丑手執布匹上，白〕風流自有鑽心計，不在陳平六出中。〔老旦白〕老身蒙賴情高，小兒又屬道誼。今日就將兄弟托在此處，老身同你妹子拜別，明晨起身了。〔丑白〕天上雨雪纔止，路上泥水甚深，行走却也不便。〔小旦白〕哥哥，我母親只管在此，有費兄心，我母女們甚是不安。〔丑白〕從今以後，是骨肉至親，如何還是如此見外看來，到底不是親生兒子相待了。〔小旦白〕母親，既是哥哥執意不肯相捨，母子之情猶見。你今不允，豈不有費我哥哥一片孝心了。〔丑白〕賢妹之言，説得甚是有理。〔老旦白〕如此，你我且再住兩日，少等道途可行，再當告辭登途就是了。〔丑白〕這才是我嫡嫡親親的娘了。〔小旦白〕好個孝心的哥哥。〔丑白〕爲兒的無以盡孝，早已製選兩匹細布，將來替娘做件新衣穿，好去進香。也是爲兒的一片敬心。〔老旦白〕日食三餐，尚且羞愧難當，何敢又賜嘉惠。〔小旦白〕這是哥哥的孝念，總是受恩難報，還有你女兒相補，哥哥，却也何妨。〔丑白〕是了。難道妹妹就忘了做哥哥的好意不成。〔乜道上，白〕師父，我方才去唤裁縫，説道替人家做衣服去了，晚上才回。明日來罷？〔丑白〕再叫别人。〔乜白〕况且今日又是月忌，也裁不得老人家衣服。明日裁，後日做，只有兩日耽擱，路上也就好走了，師父也放心。〔丑白〕道人説得有理。〔老旦白〕只是娘女們多有攪擾了。〔丑白〕道人言説湊機深，〔老旦白〕已是螟蛉骨肉親。〔丑白〕但願今宵連潤澤，〔小旦白〕莫道無情却有情。〔老旦、小旦下。丑白〕乜道，快收拾晌飯，送到閣上去。〔乜白〕曉得。〔丑下。乜白〕這兩日把我們當家的心都使碎了。這件事情，有點子邪道，不知什麼功夫兒，他們竟攬上了。我乜道看這個光景兒，心裏也有些動火。等我暗裏防備，倘若撞見，我也吃他娘的個硼盆兒便了。〔作諢介。下〕

第三齣　行路

〔外扮張鸞道服上，白〕漁杆消日酒消愁，萬事忘情一醉休。却笑韓彭成漢室，功成不向五湖游。小道張鸞是也。向在方外雲游，習成術法精通。但只一件，不能報國於朝廷，且自沉埋于人世。近聞得鄭州有一聖姑，道玄廣大，法術驚人，不免訪問一番，多少是好。正是：命裏不該金紫貴，終須方外作山人。〔唱〕

【新水令】真游方外景偏賒，猛回頭生涯自別。天風無復有，瑞氣見還滅。霧谷霞賒，那裏是羽爲輪鳥爲寫，那裏是羽爲輪鳥爲寫。〔白〕想古今興廢呵，〔唱〕

【駐馬聽】對景堪嗟，對景堪嗟，楚漢爭鋒在那些，只剩得半輪明月。看韶光倏忽快也，白面郎紅顔婦，轉眼看都做了蒼頭老者。似莊夢蝴蝶，似莊夢蝴蝶。怎似俺無榮無辱青雲客，怎似俺無榮無辱青雲客。〔白〕天色將晚，且向前邊石穴内打坐一宵，明晨再作道理。〔張鸞上桌打坐介，内火彩，上青、黄、赤、白、黑五龍圍外介。外唱〕

【沽美酒帶太平令】須當要自明決，須當要自明決，前途路黑迷遮，隱隱茫茫焉可别。變桑田無多歲月，怎忍將此身磨滅。尋至道把玄機透徹，歸真境把迷途抛撇。俺呵，不由人傷嗟，嘆嗟，撇却了冤孽。呀，自超折血皮囊泥坑沙穴，自超折血皮囊泥坑沙穴。〔白〕天色已明，不免就此趲路便了。

〔下桌介。五龍下介。外唱〕

【尾】繁華地面都經歷，仔細看來都幻也，百歲光陰只瞬別。〔下〕

第四齣　誣陷

〔老旦聖姑姑上，唱〕

【懶畫眉】天雨間阻道途間，蒙賈清風周庇先，三餐吸遞受恩光。這是膝前方丈施德便，孝念供承結種連。〔小旦媚兒上，唱〕

【前腔】方纔梳罷掩妝奩，頓想清風奸貌言，他眉來眼覺暗神兼。似西廂張珙騷心現，我只做假意情殷語句傳。〔老旦白〕我兒，想賈清風百般情待你我，却有私心暗圖奸騙，你心下早知，我也看破，只不可道破他行藏。〔小旦白〕仔細看來，和尚道士没有老實志誠的。〔老作搖手介〕恐他們竊聽，反爲不美了。方才早膳已畢，他又去喚裁縫，與我做新衣。只是午後了，還不見來。衣服乃是小事，可不誤了我行路了。〔小旦白〕説不得，只索等等。〔乜道上，白〕吃他一碗，憑他使喚。老人家，我家師父同了裁縫在前邊客坐裏，等候你老人家下去裁衣服，快些去罷。〔老旦白〕我兒，你在閣上，我去就來的。〔下樓，乜道跟下又上，白〕我還上去取茶壺，好帶茶上來。〔老旦白〕正是，取壺茶來。〔下。乜道復上樓介，小旦白〕香公回來作什麽？〔乜白〕我方才想起一件事來，故此回來問你。〔小旦白〕説什麽？〔乜白〕你娘兒兩個連日便的馬桶，有倒的我來替你倒了，你們好再便干净些。〔小旦笑介〕何勞師父，不消，我們自己倒罷。〔乜白〕倒了，空費了我的心了。〔小旦白〕感蒙費心，何日相報。〔乜白〕不消報得，只求一樁事兒就完了。〔小旦白〕又是那一樁？〔乜白〕我只要和你厚厚兒，也不枉了我把你娘兒們請進來，可是麽？〔小旦白〕這却應該報答的。〔乜作摟、小旦作避介，乜白〕哎呀，我的乖乖。〔小旦白〕恐我母親上來。〔乜白〕這個，你竟同我到後邊夾道裏走走。〔小旦白〕有了，你今晚三更時候，竟在閣下榻上等我，等家母睡熟，即便悄悄下來，完你心事，如何？〔乜白〕我等不得了，就是這噲罷。〔内丑叫介〕乜道，送茶連點心送到閣上去。〔乜作忙介，白〕三更時分，我在底下等候，你可不要撒謊。〔小旦作笑點頭介，乜下閣介，丑上見介，白〕乜道，你在閣上做什麽？〔乜白〕我取茶壺烹茶來。〔丑白〕好好，送點心到閣上去。〔乜下。丑上樓介，小旦白〕哥哥來了。〔丑白〕老母親在那裏比尺寸裁衣服。〔小旦〕蒙哥哥費心了。〔丑作上偎臉介，小旦作羞介，丑白〕我爲你想迷了人，可以和你相交相交，我的就放下來了。乖乖，硬起來了。〔小旦推介〕恐怕我母親上來不便，怎麽好。〔丑白〕還有一會上來，快些。〔小旦白〕今晚約定三更時候，你在閣下榻上相等，待我母親睡熟，下閣來與你歡會，你道如何？〔丑白〕好便好，只是不要哄我。〔小旦白〕我不哄你，你可緊記在心，切不可忘了。〔丑白〕怎敢有忘。〔内乜道叫介〕師父，裁縫裁完了衣服了。〔丑作急下樓急應介，下，小旦白〕你看他二人都被我賺去。賈清風，賈清風，非我要戲與你，但恨你的緣分淺薄也。〔老旦上，唱〕

【黃鶯兒】施會枉徒然，奸狡頑愚暗使延，身如飄絮浮萍賤。〔上樓介，小旦白〕母親裁了衣服了麽？〔老旦白〕正是。〔小旦白〕顔色如何？〔老旦唱〕道兒細檢，顔色精選，老來遮體休嫌賤。〔合〕遂心田，何緣到此，往往受情牽。〔小旦唱〕

【前腔】追思牛鼻弄偷天，却似蛤蟆妄想鵝，無情難向尊前面。奇謀欲先，兩奸弄搬，三更演法相征戰。〔合前〕遂心田，何緣到此，往往受情牽。〔乜道上白〕飯已完備，我師父請老太太、小姑娘下閣。〔唱〕

【尾】菜根爛煮油鹽伴，豆腐葱熬加蒜。〔老旦、小旦作下樓介，同唱〕又早沉夕月掛偏。〔下〕

第五齣　奸淫

〔丑扮賈清風上，唱〕

【四邊静】心忙意急神不定，約在三更幸。織女會牛星，夙世當合境。〔白〕我賈清風，這幾日爲了這小冤家，費盡心機，感得他良心發現，已約就三更時分相會。〔内一更介〕才交一更，我只得早到那邊榻上相等。你看這榻上一塊硬板，可不扛了他的腰。我如今將我的被褥，預先鋪設停當，也見我有惜玉憐香之意。欲要再往閣下打個盹兒，又恐怕睡熟了，誤了時候，有辜他的美意了。也罷，等將被褥送到那裏鋪好，回到房内。早以沽下美酒，我且慢慢的消遣，等候到三更便了。〔唱〕先把鋪陳穩定，男女僥倖。石上種三生，撮合婚先定。〔下。内交二更介。付浄扮乜道上，唱〕

【前腔】佳期已約銀河正，〔内打二更介〕耳聽二更定。趨走悄然行，〔内作打䠀介〕嗚呼聲不定。〔白〕我乜道誤入桃源，皆是前生種就。那個小冤家，白日裏偶然我探探他的口氣，誰知他心軟不過，我説這兩日何等辛苦，服事你娘女們，却爲何來，你可知道麽，他説自有容補，我説千個容補，不如一個現成，定要頑頑，他説白日裏恐他娘來看見，就叫我三更天氣，閣下榻上等候。爲此，方才在厨鍋裏温了一鍋水，打頭上洗起，直洗到脚跟底下才住，恐怕他嫌我身上油紙撚子味，到把我推下床來，興致索然了，可不掃盡天下之大幸也。〔唱〕低聲竊聽，〔内打三更介〕三更交令。即付會州瀛，巫山雲約等。〔作摸榻床介。白〕好個有竅的玉人兒，先將被褥兒鋪得停停當當在這裏。〔作睡介〕有趣小姣姣，你既有我的心，該在此等我，早是我先來候你。〔内打三更介，丑上〕三更打了半日了，多喝了幾鍾，脚底下有些浮浮的。〔走介，作摸門介，響介，乜驚喜起介，白〕有意思，這門有些響了。〔丑白〕所以先開在此了。〔丑作進門摸榻介〕小姑娘先在此等我了，小姑娘你爲我受冷了。〔丑作披衣上榻介，乜摟抱介，白〕你這時候才來。〔丑、乜親嘴，作鬍鬚扎丑介。乜慌下榻介，丑問介〕阿喲不好了，你是誰吓？〔乜白〕噫，這不是當家的聲音？〔丑又問介，乜白〕是我，乜道。〔丑白〕你不在厨下，來此做些何事？〔乜白〕你不在房裏睡，這裏做什麽來了？〔丑唱〕

【雙槽漿】我笑你半夜三更。〔乜唱〕我笑你榻床發睁。〔丑唱〕三更半夜有何因，房中不睡挨清涼。你出家不守規盟，都是你招風攬事鬧風情。〔乜〕我心中皆爲你相知聽令。〔丑〕放狗屁没些干净。〔乜〕怎生的猶嫌髒〔盛滚鍋水數盆〕〔丑唱〕鬥得我無依無定，只是難遣興。〔丑作搊乜道耳介，唱〕好隨咱陪取天明。〔乜搊丑耳介，唱〕混扯胡鬥到雞鳴。〔合唱〕色心膽，喪神魂，只落得陽陽布澤雨和平。〔同諢下〕

第六齣 分别

〔老旦聖姑姑上〕

【女冠子】雨雪凄凄，淹留廟宇，數日裏天光稍際。〔小旦上，唱〕萬般旖旎，風頻進，奸昧渾難識。〔付上，唱〕步履難移虧淹滯，養疾餘痊賴居此地。〔各見介，老旦白〕我和你寄居于此，已經五日，路上泥水料然乾燥，你我母子可行矣。但不知你腿足，可能行走？〔付白〕母親，孩兒步履尚疼，安心借此養疾，稍候老母有了落地，可通信兒，再去未遲。〔老旦白〕這個自然。你我在此多擾大法師，請出來一則拜謝，二則孩兒在此，托付與他。〔小旦、付白〕母親言之有理。大師兄有請。〔丑扮賈清風上，白〕風流興未盡，對面怎忘言。母親，爲何恁早？〔老旦白〕我母子在此，感蒙相留數日，心懷香願念切，且喜天晴，心如箭急，故請出來辭别登程。〔丑白〕再過了今日，路上也好走些，孩兒也放心。〔老旦白〕總然留住今日，明辰依然相别，到不如忽忽辭謝了罷。〔丑白〕老母執意要行，難以挽留。新做的衣服，早起送來了，待我取來。〔取衣介〕請老母穿了，表取孩兒一點孝心。〔老旦白〕難爲你，留在包裹内收藏，到華山换取新衣，進廟拈香，豈不干净麼。〔小旦白〕這也有理。待孩兒收拾過了。〔作包衣介。老旦白〕母女連日在此，多有費心，又蒙贈衣，請上受我一拜。〔拜介，丑同拜介，白〕折殺爲兒的了。〔老旦白〕此一拜，非爲别的，單爲的是我孩兒在此，多有仗庇。〔丑白〕這是我的兄弟，何必再三叮囑。〔老旦唱〕

【催拍】受深恩微寸耽，蒙高誼多情萬感。〔丑唱〕此行非同小看，此行非同小看，你娘女登程，保佑平安。〔小旦唱〕今别去後會何難。〔丑唱〕心難斷愛娟娟，心難斷愛娟娟。〔白〕賢妹，愚兄有句話，只是説不出口。〔小旦白〕莫非心事難言麽？〔丑白〕我和妹子鍾情一片，只怕你同老母去後，豈不苦殺了。〔哭介，小旦白〕哥哥，我也捨不得你，只是老母執意要行，我也没及奈何。〔丑白〕想等你回來，再也不能够了。〔丑哭介，唱〕

【急拍】除非是在來生，緣堅分淺，同死悵會和方完。〔小旦唱〕暗昧情牽，暗昧情牽，再世歡娱，有世完緣。〔同唱〕〔合前〕今别去後會何難。心難斷愛娟娟，心難斷愛娟娟。〔老旦白〕就此告别了。〔同唱〕

【哭相思半】今朝别去會何年，只恐關山間别先。〔老旦、小旦下。付唱〕路途把滑當仔細。〔丑哭介，唱〕單思淚咽下好潸潸。〔下〕

第七齣　設計

〔丑扮冷公子，四院子隨上，丑唱〕

【普賢歌】溪頭石鏡甚稀奇，故令家人去盗取。誰知頑石皮，明光没半厘，依舊將他來抛棄。

〔白〕吾乃冷家公子。家君曾爲學士，獨養區區一個，受承偌大家私，目中一字不識，那曉也者乎之，不愛詩云子曰，最喜幻術巫著。自家冷公子便是。我這裏語溪崖有一石鏡，明光閃爍，人人説是寶貝，故令家人盗竊回來，放在中堂，備了筵席，請了許多朋友親戚，到家賞玩，那曉得仍舊是塊頑石，好不掃興之極。要他何用，少停不免叫家人原抬了他去罷。閑話少説，前日有一朋友，薦一方外野人到此，名唤豐净眼，説他能會呼風唤雨，遣將拘神，聚魔召魂，各様異術，妙不可言。只是我不曾眼見，今日不免唤他出來，試他一試。小厮們，請老豐出來。〔衆白〕曉得。豐法師有請。〔豐上，白〕來了。

【引】學就秘術邪教，雲游天下名高。〔白〕公子，貧道稽首。〔冷白〕請了。請坐。嗆，豐法師，王敝友書上説你的法術高强，到要請教，你會些什麽把戲？〔豐白〕公子聽者，幼把天書習講，常把秘訣來藏，能知天地與陰陽，慣曉拘神遣將。兼會追魂攝魄，魔王聞令而降，任他銅漢鐵金剛，見我也須膽喪。〔泠白〕怎麼說，那活人魂魄，都勾攝得來麽？〔豐白〕正是。〔泠白〕那人不死了？〔豐白〕自然。〔泠白〕不信這樣利害。〔豐白〕公子若不信，可尋一人，待我當面一試，便知我的手段。〔泠白〕我家下人，是使不得的，左近的人，一發使不得了。〔衆白〕大爺，小人有個主意在此。〔泠白〕你有什麽主意？〔衆白〕我們如今，到外面尋一過路面生之人，將他哄到家中，把他與法師試演，人若果然死了，等待夜間，將他屍首撇在溪中，又並無人知覺。此計如何？〔泠、豐白〕有理。〔合唱〕

【大迓鼓】欲知玄妙巧，須是當場眼見，方識技高。速尋孤客前來到，將他一命霎時消。〔合〕那怕青天，那怕青天，諸神鑒昭，諸神鑒昭。〔泠白〕速尋孤客到吾廬，〔豐白〕試法將他喪冥途。〔衆白〕計就月中擒玉兔，謀成日裏捉金烏。〔下〕

第八齣　試法

〔白猿公上，白〕管領天書敕令嚴，修文院内掌牙籤。蛋僧眼下身遭厄，須救迷途重見天。我乃猿公神是也。今有蛋子和尚被豊净眼試法追魂喪命，我想此僧真心學道，前者來盗天書，使他未遇而去。我想天書，三年之後數定該他所得，後來興妖滅妖，這段大事，全賴此人，我若不救，可不誤此一節大事。不免遣雷部衆神前去，將聚魂瓶擊碎，救出蛋僧便了。雷部衆神速降。〔五雷公、四閃電上，白〕大仙有何法旨？〔猿公白〕爾雷部衆神，可速到冷家莊將豊净眼打死，聚魂瓶擊碎，放出蛋僧真魂，不得有違。〔衆雷電白〕領法旨。〔繞場舞下。猿公白〕從空伸出拿雲手，提起天羅地網人。〔下。净蛋僧上，唱〕

【寄生草】烟霞侶，行脚派，遍江湖去游方。白雲出岫無拘向，衣鉢何處求真藏，誰人悟得生來相。晝行乞鬧市街方，夜來投宿孤峰上，夜來投宿孤峰上。〔白〕我蛋子和尚立心要盗天書，誰想緣分淺薄，空走了一遭，只得又等一年工夫。故此前來雲游一回，不覺來到永州地方。聞得此處有一語溪崖，崖下一塊石鏡，照人髮鬚根根可數。滿望到此隨喜一番，不料那石鏡被人竊取。直恁無緣，只得在石崖傍暫息片時，也是好的。呀，遠遠望見一簇人馬飛奔而來，不知何故，俺且避在松樹後邊，看他動静便了。〔坐介。丑扮冷公子，家人抬鏡上。公子唱〕

【前腔】官家兒，風流子，逞豪華熱鬧場。身經到處皆欽讓，滔天勢利如山樣，架鷹牽犬專胡闖。行凶縱酒似閻羅，眠花卧柳先鋒將，眠花卧柳先鋒將。〔白〕自家冷公子便是。這語溪崖下有一石鏡，照人眉目皎然可愛，是我悄地教人盗去家中，誰想他竟成了一塊死石頭。要他何用，不如抬了來放在原處。小厮們，將那石鏡依舊放在那裏。〔衆作安石介，净偷望介，丑見介，白〕那是甚麽人，伸頭縮腦的，莫非是個剪徑的毛賊？〔手下問介〕禀爺，是一個和尚。〔丑白〕是個和尚，叫他來見我。〔見介，净白〕公子在上，貧僧稽首了。〔手下白〕咗，撒野的秃驢，見我家大爺，頭也不叩一個，他是冷學士的公子，誰人不識。〔丑白〕罷了，出家人不消行禮罷。請問師父仙鄉貴表？〔净白〕貧僧乃是泗州城人氏，發心要朝各郡名山，經過貴地，不知公子前來，有失回避了。〔丑白〕長老何名？到了敝鄉掛單在於何處？〔净白〕貧僧在迎暉寺出家，法名叫蛋子和尚，到貴處並不曾落于寺院，只風餐露宿而已。〔丑白〕難得有緣相遇，此到敝村不遠，欲屈長老到舍備齋，幸勿見阻。〔净白〕多承大檀越厚意。〔丑白〕小厮們，牽了馬，我同長老步行回去。〔走問介〕敢問長老多少年紀？〔净白〕貧僧虚度一十九歲了。〔丑白〕那一月？〔净白〕十二月中旬。〔丑白〕此間已是敝莊。人來，領長老到彩蓮舫居住。可用葷酒？〔净白〕貧僧從來不戒葷酒。〔丑白〕分付筵席款待。〔衆應帶净下介，丑白〕院子，快請豐法師來。〔院應下，丑白〕這個和尚，且喜是個遠方來的，我就將他試演老豐的法術，有何不可。〔付浄扮豐浄眼上，白〕慣作虧心事，誰管上有天。〔見坐介。丑白〕蒙王公子相薦法師到此，今日偶遇一個游方和尚，我已引他到彩蓮舫居住，生辰年紀俱已開寫明白，何不將他一試？〔付浄白〕如此，收拾壇場，管取他死在目下矣。〔丑白〕吩咐快設排壇場。〔衆應，排坛場香燭令牌介。丑傍坐介。付浄踏罡步斗，内響法器介。付浄上法台坐介，摇鈴燒符介，唱〕

【豹子令】正乙法師在中央，在中央。奉請值日衆神王，衆神王。勾魂使者休遲慢，速速降臨赴壇場，若還不到定遭殃。〔燒符介。内火彩，出四勾魂使者，繞場舞介，白〕法師相召，有何使令？〔付浄白〕吾奉太上老君，速拿游僧蛋子和尚真魂到壇，急急如律。〔響令牌介。四鬼白〕領法旨。〔下。付浄白〕公子着人去看那和尚怎麽樣了？〔丑白〕院子，快去看來。〔院應下，又上，白〕稟法師，那和尚只覺的頭暈眼昏，心忙意亂的。〔付浄白〕如此好也。〔又步罡摇鈴燒符介，唱〕

【前腔】正乙法師在中央，在中央。奉請喪門衆神王，衆神王。追魂使者休遲慢，速速降臨赴坛場，若還賣放定遭殃。〔燒符介。内火彩，出黑白二無常、喪門，高巾，長身，上守坛傍立介。付浄白〕吾奉太上老君，速拿蛋子和尚真魂，急急如令。〔響令牌，内擂鼓，蛋僧魂上，繞場走介，下。付浄又步罡介〕

【前腔】正乙法師不可當，不可當。令牌響處鬼神藏，鬼神藏。五方神鬼齊聽令，追取生魂到死方，若還遲誤定遭殃。〔響令牌介。四勾魂使者攝蛋僧魂上，裝入瓶介，蛋僧從地井下。火彩，五雷四電上，繞場，打付净下台死介，擊碎瓶介，衆雷下。衆院子同丑慌介，白）不好了，豐法師死了，七孔流血，真乃奇也。

〔唱〕

【駐雲飛】一見心傷，白日青天入鬼鄉。四肢如冰樣，横躺亭階上。嗏，自作當自當，自作當自當。天理昭彰，未害他人，先把殘生喪。〔白〕人來，快快用棺木將屍首裝了，一面修書回覆王公子，再着人來。引那和尚去罷。〔衆抬付净屍下。丑唱〕這樣方法不算良，這樣方法不算良。〔下〕

第九齣　二盗

〔外白袁公猴臉白髮白鬚上，白〕

看破先天玄又玄，物觀塵世自生憐。我白袁公是也。今乃五月五日，上龍霄峰壁。蛋僧二盗天書，他不知天書的妙處，二盗空回。以此幻身前來，指點一番便了。從空伸出拿雲手，提起天羅地網人。〔下。浄蛋僧上，白〕求道如登萬仞山，層崖須用小心扳。其中盡有無窮趣，只在心頭一念堅。我蛋子和尚，心想天書，去歲竟空走了一遭，今日又是重午之期，少不得抖擻精神前去。俺迤邐行來呵，〔唱〕

【越調鬥鵪鶉】則俺這兩袖清風，早離了永州城下。想前番受怕躭驚，怎些兒遭刑來犯法。險做了對獄吏的條候下，蠶空的司馬。〔白〕我想去歲那一番的光景呵，〔唱〕俺本要妙術堪誇，反成了家常話靶。説着那天字兒吃驚，提起這書字兒害怕。這的是緣堅分淺，枉受波渣。〔白〕俺看這一帶路徑，與他處迥然各别。〔唱〕

【調笑令】白茫茫斷岸涌平沙，怎肯不魖不魀的甘心罷。我細思細想細詳察，終須要見個根

芽。奈心兒二番來戲耍，不枉了奔走在天涯。〔白〕早不覺又來到石橋梁下，你看這橋下波濤水勢呵，〔唱〕

【天净沙】依舊的浪滚流沙，碧沉沉一望無涯。〔白〕哎，蛋子和尚，蛋子和尚，你好不濟也。前番捨命過去，今是二犯中原，難道到怕起來不成。〔作拽衣跑介，唱〕那怕你嶺險嵯峨弄滑，顯英雄來叱咤。直向白雲深處，邁步奔踏。〔白〕且喜又過來了。想着去歲只管閑游，却誤了正經勾當，不免竟入洞去便了。〔進介〕且喜進得洞來。但不知天書，放在甚麽去處。〔望介，喜介〕哎，遠不出千里，近只在目前。這兩邊石壁上鐫滿許多天字，不是天書，却是何物。只是一件，好生惱人，他都弄在這石頭上，搬又搬不動，抄寫又無筆墨，怎生是好。眼見得又成畫餅也。且住，雖不能抄寫，我便心記兩句回去，也不枉辛苦一場。〔作拭眼看介〕吓，那裏一陣香氣逼人，待我看來。〔看介〕吓，不好了。爐中烟起，猿公又歸洞也。此時不跑，還挨遲怎麽。〔跑介〕造化，造化，又跑過來了。跑得力軟筋疲，不免歎息一回。〔坐介〕我蛋子和尚，生的好命苦也。兩番進洞，受了多少辛苦，耽了無窮驚駭，莫説天書，連一個字兒也無曾記在肚裏。〔哭介〕哎，好苦命人也。〔末扮老人上，白〕隔牆須有耳，窗外豈無人。我袁公因蛋子和尚二盗天書，兩次空回，故此化身前來，指引他一番。你是什麽人，在此啼哭？〔净白〕貧僧自幼出家，立心要學個驚天動地之術，聞知白雲洞中有天書秘訣，因此不辭辛苦，欲求一見，誰知一連二次，毫無所得，故此痛哭。〔末白〕這洞老夫連年也曾進去，天書也不用筆寫，也不消心記？只帶潔浄白紙，向白玉爐中虔誠發願，替天行道，不敢爲非，禱告已畢，用紙向那有字的所在模去，若是有緣的，就模出字來，無緣的一字也是没有。〔浄白〕長者想必模得有麽？〔末白〕老夫年邁，用他不着了。請了。閑來再會。〔浄白〕多謝長者指引。〔末下。浄唱〕

【煞尾】實指望風雲際會勛名大，那曉得一場笑話。從今後把衣鉢收拾起，待來年纔畢了心中牽掛。〔下〕

第十齣　求藥

〔中净扮石頭陀上〕

【光光乍】和尚入深山，身着紫偏衫。專聽鐘鼓知飯熟，誰知就裏藏機變。〔白〕自從披剃入叢林，不理彌陀不念經。每日街頭施妙藥，屠刀底下學長生。自家石頭陀便是，又名石羅漢。志氣軒昂，真有拔山之力；身材雄偉，果稱蓋世之英。怎奈幼年間不行正道，屢遭縲紲，只得削髮爲僧，以爲隱身之策。雖則名在空門，其實心同强寇，酒肉不礙，道替我設方便法門。静裏可參禪，與人間偷安大路。昔年雲游，曾遇異人，傳授我飛身之術，只是怎得覓一男胎，炮製成藥，服之可以飛身。因此來到黔陽，假以念佛施藥爲由，哄騙愚民，就中取事。徒弟們走動。〔雜扮衆僧，各執錫杖敲法器噹噹介，丑戴五佛冠，錦袈裟赤膊綁香一谷上介，齊念佛介〕南無消災延壽藥師佛。〔見介，衆白〕師父有何話説？〔石白〕我們既到此處，少不得要做些假張致出來，稱此人烟湊集之所，與我陳設起來。〔衆應，齊坐地介，念佛讚〕爐香乍熱，法界蒙薰，蓮池海會盡皆聞，氤氲遍法門，南無香雲蓋菩薩摩訶薩。〔三聲。石白〕阿彌陀佛，十方善男信女，檀越居士，我貧僧乃是行脚僧人，廣開方便，普濟群生，施捨良藥，手

到病除。有緣者快來會我，阿彌陀佛。〔唱〕

【皂羅袍】這的是青囊靈驗，度衆生仙方，海上流傳。良緣普度廣無邊，重重波裏慈航見。靈山一會，都是有緣；消災解厄，種下福田。天龍八部離危難，天龍八部離危難。〔石白〕阿彌陀佛，有緣的快來會我，不可當面錯過。〔衆扮求藥人上〕大家快走。〔同唱〕

【前腔】羨高名四海傳，遍求良藥，手到安痊。群生福田得均沾，婆心布滿黔陽縣。家家户户，兩兩三三；相呼相引，攜手同牽。惟求老幼無災患，惟求老幼無災患。〔白〕來此已是，大家向前相見。〔衆各言病介，石作付各藥介，衆各下，内中邢孝白〕老師太，我家妻子得一症候，身懷有孕，已足六個月了，該用甚麽藥？望師太慈悲。〔石白〕有六丁之喜，非同别症，若猛浪下藥，恐生不測，必須切脉方可。〔邢白〕這等就請到寒舍。〔石白〕住在那裏？〔邢白〕離此不遠。〔石白〕徒弟們收拾先歸寓所，我去就來的。〔衆下。石、邢同唱〕

【一封書】轉步向家園，今番診視着意看。〔邢唱〕一事敢直言，渾家是我枕席歡。自幼結髮偕伉儷，不料今朝有病纏。乞垂憐，望周全，夫婦恩深感百年，夫婦恩深感百年。〔下〕

第十一齣　看病

〔老旦扶貼旦上，唱〕

【桂枝香】何曾經害，好難耽待。舉目但見飛蠅，晝夜渾無寧奈。〔老旦白〕我兒，你的病這幾日可略好些麽？〔貼旦唱〕似枯魚病鶴，似枯魚病鶴，魂飛何在，這等不魐不魀。怎擺劃，體怯難移步，風寒頭懶抬，風寒頭懶抬。〔邢上，白〕多病所需惟藥餌，微軀此外復何求。〔石上，白〕神醫手到知輕重，寄語東人不用愁。〔邢白〕來此已是寒舍。老師太站着，待我先去説一聲，再來相請。〔進介〕母親，孩兒請得一位游方僧人，善醫奇病，如今現在門首。〔老旦白〕快請進來。〔邢白〕家母有請。〔石進揖坐介。老旦白〕幸遇老師太，我媳婦三生有幸。〔石白〕老安人放心，貧僧得異人傳授，能治一切古怪奇症。先拿右手來看脉。〔看介〕再拿左手來。〔又看介〕我知道了。〔邢白〕是什麽病症？〔石白〕他這病呵，〔唱〕

【前腔】不是憂囊愁袋，不是風寒傷懷。不是饑飽失却匀調，不是勞碌太過分外。〔老旦白〕到底是什麽病症，師太用心下藥，自當重謝。〔石白〕貧僧乃是捨藥結緣，豈爲貪利。他這病源，乃胸膈臟悶，四肢軟弱無力，腸中作楚，頭眼眩亂，不思飲食，幸而有緣遇我，這是丹藥一粒，此時就服，包管疼痛立止。然後再用固胎煎劑，自然全好。〔老旦白〕多謝老師太。〔石作付藥介，唱〕試看我手到安然，試看我手到安然，管取周身輕快，真個神醫莫賽。放心懷，丹沙一粒消百種，定是熊羆叶夢來，定是熊羆叶夢來。〔白〕你母子二人扶他進去，用淡薑湯送下，就止疼痛。〔老旦白〕曉得。〔扶旦下。石白〕有趣，今日纔訪得一個男胎，不免在此多住兩日，打聽他丈夫出外之時，那時設法剖胎，有何不可。正是：踏破鐵鞋無覓處，得來全不費工夫。〔老旦、邢同上，白〕老師太真是仙丹，方才服下去，其疼立止，那裏這樣快當，我母子感恩不淺矣。〔石白〕還有一事，適間看令正脉息，竟是一位令公子哩，恭喜賀喜。〔老旦白〕只求大人病好，那些都是小事，隨他罷了。〔邢白〕快些收拾齋飯款待。〔石白〕不消。貧僧少不得還在此處多住幾日，慢慢再來取擾，就此告辭。〔老旦白〕今朝喜得遇高賢，〔邢白〕一粒潛消傾刻間。〔石白〕請了。誰信婆心藏犬肺，先天元氣始周全。〔下〕

第十二齣　取砂

〔丑扮知縣，衆役皂隸隨上〕

【引】烏紗銀帶坐琴堂，休笑我沐猴模樣。〔白〕縣令厚稱百里侯，只貪錢財不分憂。甘棠遺愛思前任，唾駡由他在後頭。自家黔陽令是也。自到任以來，訟簡刑清。奈地方鄙小，淡薄非常，並無出産養廉。思量起來，不如把辰砂弄他百餘石，送到我家貨賣，到有數倍賺頭。左右，唤地方進來。〔雜應唤介。末扮地方上，進見叩介，丑白〕地方，本縣在任，是個極清廉的官府，宦囊如洗，我要差你們取些辰砂，孝敬我老爺，也是你一點好心。〔末白〕啓上老爺，辰砂並非此地土産，出在沅州府的，如何取得來？〔丑白〕我不管沅州不沅州，我只要一百石辰砂，若無有，重責三十大板。出去。〔雜吆喝，末出介。丑白〕咒駡由他咒駡，好官我自爲之。吩咐掩門。〔丑同衆下。末白〕這是那裏説起。没奈何，只得派衆百姓前去一番，完他這段心願罷。正是：吸盡民間髓，看他飽載歸。〔下〕

第十三齣　刨胎

〔老旦扮邢母上〕

【引】孩兒應差遠方，家中母女顛連。〔貼旦扮邢妻上〕未審何日得回還，望斷天涯歸雁。〔老旦白〕媳婦兒，自你丈夫被縣令派往沅州取砂，未曉歸期，你又懷孕在身，如何是好？〔貼旦白〕這一帶鄰居，男子出外，都將家眷移在親家去了，惟有我婆媳二人，獨居此地，好凄涼人也。〔老旦白〕天色已晚，關了門罷。〔同下。石陀頭上，白〕水懺難消無明火，慈悲不勝狠心腸。假若出家成佛道，絶無地獄有天堂。自家石頭陀，前日來此捨藥，想邢家那一男胎，恰好天緣湊巧，他丈夫出差遠去，家中並無多人。不免乘此天晚，前去調戲一番，再取血胎，有何不可。來此已是。阿彌陀佛，我是前日捨藥的僧人，聞得小娘子貴恙全好，今日特來募化一餐齋飯。〔貼旦白〕丈夫奉差遠去，不方便得，另日再來罷。〔石白〕天色已晚，並無寺院投宿，就在此打坐一宵，明日再行。〔坐介。净扮蛋僧上，唱〕

【鎖南枝】天將晚，日靠山，腹内空空身上寒。不料沉墜在深淵，怎得把程途盼。〔白〕來到此處，不料天晚，一望並没村舍居民。且喜那邊有兩間茅草房子，牆下坐着一個和尚，想是化緣的。不免同他坐過一宵便了。〔唱〕往前走，路又遠。權打坐，圖方便，圖方便。〔坐介。石白〕什麽人，大膽敢與我同坐？〔浄白〕長老，弟子是游方的和尚，因見天晚没處投宿，望長老慈悲則個。〔石白〕呸，還不快走遠些，少要延遲，吃我一頓好打，你還不認的我石羅漢的利害。〔浄白〕長老，你我俱是佛家弟子，慈悲爲本，方便爲門纔是，就合伴同坐，又有何妨礙？這樣動火性。〔石白〕還要多説，快走。〔浄白〕不必動火，我去就是了。此處不留人，還有留人處。〔走介〕且住，我看這狠秃驢，不是個好人，在此不是奸淫，定是竊盗，惟恐我在此礙眼。我有道理，乘此黑夜，躲在幽避去處，看他怎樣動静。〔虚下。石起望介〕那秃驢去遠了。〔又尋介〕料他不敢不去。夜已深了，此時正好下手。娘子開門來，開門來。想是睡熟了，不免打進門去便了。〔打進介。老旦、貼旦慌上，見介，白〕老師父何故没禮，寅夜打進門來？〔石白〕俺石羅漢今夜特來取你那血胎，要合長生藥料。〔老旦、貼旦跪哭介，同唱〕

【前腔】雙膝跪，乞見憐，雙膝跪，乞見憐。慈悲心地須放寬。可憐懷孕在身邊，權當超生願。〔石白〕哀告也是枉然，要想活命，除非再世。〔老旦、貼旦哭叩介，唱〕年衰老，又孤單，年衰老，又孤單。望佛爺，行方便，望佛爺，行方便。〔石白〕誰聽你花言巧語。〔怒介，唱〕

【撲燈蛾】心中似火撚，心中似火撚，陡起殺人念。那怕哭嚎啕，這剛刀怎肯相容也。〔脱衣拔刀介。二旦哀告介〕爺爺饒命。〔石唱〕只圖你血男，誰管你寡女孤單，這回兒叫你含冤。〔作揪貼旦坐椅上用刀刨腹介，貼旦大叫死介，用青帕蒙臉介，老旦哭介〕兒吓，死得好苦也。〔蛋僧上，立桌上望看介。石唱〕我好意將你幸

免，少悲嚎，誰人管你苦與甜。〔浄跳下介，白〕好禿驢，你好大膽，寅夜在此殺人。你往那裏走？〔唱〕

【前腔】料應你行奸，料應你行奸，寅夜將他騙。既是出家人，惻隱心何處生長也。〔石白〕你這禿驢，也來送死了。〔浄唱〕凭你金剛，管叫你同見老閻。〔兩人對打拳脚介，浄打石倒地介〕〔石白〕好打，好打。師父饒命罷。〔浄唱〕狗殘生實難放緩，狠拳頭，叫你一命喪黄泉。〔打死介。浄白〕怎麽死了？我只道你是天下有名的好漢，少林寺出尖的把式，原來是個不禁打的死禿驢。〔老旦白〕多謝爺爺報仇。〔浄白〕他氣絶而死。天已大明了，把屍首移在門外，再作道理。〔二人抬屍下。邢孝上，白〕交納公事畢，特地轉家門。〔進介，老旦哭，白〕兒，你回來了，可憐媳婦死得好苦也。〔唱〕

【山坡羊】閉柴門飛來禍災，昝遇凶徒把柔枝摧朽。嘆媳婦一命歸陰，生查查驀地遭毒手。〔邢白〕老娘，怎麽樣了，請説個明白。〔老旦唱〕淚交流，南柯一夢休，殺取血胎難消受。我是霜中剩蕊，他是柳栢風前鬥敗柳。〔白〕昨晚有一和尚，行乞化齋，坐在門首，就是前番捨藥的那僧。到了半夜，打進門來，要取血胎，將你妻子殺死在地，還來害我。虧得這位長老，陡然報仇，將凶首打死。你道慘也不慘。〔邢呆介〕怎麽有這等事，我妻子屍骸在那裏？〔老指介，邢見，抱哭介。老旦、邢同唱〕堪憂，夫妻不到頭。冤仇，懷恨幾時休，懷恨幾時休。〔老旦同邢抬貼旦下介。浄白〕老人家，你兒子回來了，好好殯葬你媳婦。大仇已雪，吾當去也。〔邢白〕禪師，説那裏話，難得這樣好人，必定要經官旌獎。〔浄白〕不消，不消。〔扯浄下，同唱。合前〕堪憂，夫妻不到頭。冤仇，懷恨幾時休，懷恨幾時休。〔下〕

第十四齣　受賞

〔雜扮皂隸引丑縣令上〕

【引】宦囊無底，惟恐訟文遺漏。〔白〕下官黔陽縣令是也。吩咐開門放告。〔衆開門介。末邢孝引净蛋僧上，進介〕稟老爺，特來討旌獎。〔丑白〕甚麼勾當？〔邢白〕小的妻子，身懷有娠，被一游僧夜間殺了，要取血胎，虧了這一位長老將他打死。二人的屍首現在，特來報知老爺。〔丑白〕果然是個好漢。邢孝，你自家埋葬你妻子的屍首，留下這和尚，本縣有用他之處。〔邢應下。丑白〕吩咐賞這和尚十兩銀子作路費。和尚，我有幾石辰砂，煩你送到慶元府去，千萬不可推辭。〔净白〕貧僧願效犬馬。〔丑白〕人來，將他送到城隍廟住下。待我修完家書，着他起身前去便了。〔衆隨丑下。差人帶净介〕師父請走。〔净背白〕且住，我聞知此人是個貪官，我豈肯作他的使令之人。不如悄地去罷。明知不是伴，事急且將隨。〔下〕

第十五齣　三盜

〔浄蛋僧上，白〕

【西江月】鮮眼濃眉隆準，肥軀八尺身長。威風異相貎堂堂，吐語洪鐘響亮。葷素都不忌戒，勇力賽過金剛。天教降下蛋中王，不比尋常和尚。〔白〕俺蛋子和尚，今日又早端陽節届，早備下紙章，專候午時，好進雲封仙洞也。〔唱〕

【北新水令】堅心牢守届端陽，得奇術也顯得把仙封闖。〔白〕且住，昔年進洞，因閑觀景界，以此誤了大事，我如今切不可。〔唱〕貪看洞内景，專意覓奇章。〔白〕苦守三年，難道又化了不成。此遭不得天文經緯呵，〔唱〕一死何當。〔作捲衣介。看雲介，白〕此時方交辰刻，午時尚早，我且到棚中寧息一回，有何不可。〔唱〕我這裏且寧神穩静養。〔作進棚向石床上睡介。外袁公化身上，唱〕

【南步步嬌】神通廣妙原無兩，忠直無偏向。〔白〕吾乃白雲封洞中袁公神是也。奈因職受天宫，掌秘文院，因將《如意寶册》鐫刊洞内，不想天機漏泄，將我執縛勘問。蒙九天玄女娘娘庇護，免加罪責，革去原職，賜我袁公神，看守白雲封洞。每逢端陽午時，至天門赴卯點名。今爲神僧蛋子和尚欲思奇術，在山下苦守三年，未能得此奇秘天文。我耑爲世上少此奇章，若有人得去，傳留在世，亦是一段好事。若誠念得此，功名富貴易如反掌。急地裏還怕不信，今既有此人，苦守堅志求授，我何不乘此機緣，爲此化身前來，指點他一個明白。〔唱〕魆地向他行，白白明明與他細講。〔白〕你看神僧酣卧，我須指明便了。神僧，你志求秘術，不可有錯時光也。〔唱〕好候正時良，把天文印取忙回向。〔下。净夢喊，白〕知道了。〔醒起看介〕好奇怪，方才夢中呵，〔唱〕

【北折桂令】見分明指示端詳，道取就裏，機密毫錯時光。〔白〕是了，一定是神人見我志心求此，恐怕又有阻隔，可不又費一年的功夫了。也罷，我今結束停當，竟到橋邊等候便了。〔作掛袋執棍介，唱〕收拾取緊扎心忙，好將這翁履牢綁。提禪杖奔馳即往，莫誤取晴朗時光。〔作走介〕俺只得急往奔慌，暫住橋傍。俺這裏静守時辰，白雲收便得奇章。〔下。外白袁公猴臉執拂塵穿蟒玉上，唱〕

【南江兒水】節届天中瑞，龍霄近侍忙。今辰莫誤收雲障。〔白〕已到午時，則索赴闕。守山神將何在？〔衆扮神將上〕袁公呼唤衆神，有何法旨？〔外白〕爾等速將白雲收斂者。〔衆白〕領法旨。〔衆作收雲捲幔介。外唱〕行行疾疾收雲障，暫離屈曲山峰上。共往天門仙仗，速駕雲車，將卒繽紛清蕩。

〔衆神將引外下，從内轉出白雲洞門，繞場介，下。净執棍介，上，唱〕

【北雁兒落帶得勝令】俺只爲秘靈文術佳章，〔作奔橋介〕忙忙的走數丈窄橋梁。白雲收時辰至，〔作進雲封洞介〕好仙景恁蹌踉。〔進看介，山上設白玉爐，唱〕呀，玉爐中烟滅甚清凉，〔傍看介，八字屏青巾幔帖斗方寫奇文篆字介，唱〕果然有文奇刊刻白玉光。〔取刀紙介〕忙忙的紙章兒將烏雲染，〔用手摸介〕急急的把靈文印百章。〔兩傍印到介〕神忙，緊緊的來收捲。聞香。〔作看玉爐烟起介。白〕不好了，玉爐烟起，想必白雲封洞了，我若遲滯，就不得出洞了。〔唱〕出雲封免禍殃，出雲封免禍殃。〔下。衆神引外上〕

【南僥僥令】〔唱〕神欽天旨仰，守洞掩雲光。〔衆神守洞介。外唱〕萬丈雲深如屏界。〔白〕衆神將，撲雲放霧者。〔唱〕放雲飛漲洞詳，放雲飛漲洞詳。〔外進洞門介，下。衆神將放雲帳介，下。净奔上，唱〕

【北收江南】呀，喜孜孜天書今得呵，急急的步徜徉。〔作到棚介，倒地介，白〕哎呀呀，忙殺我也，跑殺我也。且喜天文經緯已得，也虧俺苦守三年，方能得此奇寶也。〔唱〕這靈文難得罕稱揚，喜得稀秘寶篆竊金章。〔白〕我如今展開一看。〔作打開紙呆介〕呀，怎麽説，我費了千辛萬苦，指望入洞印得奇術靈文，你看一字皆没。〔看介〕這是何故？〔思介〕是了，敢是我蛋子和尚没緣，不能得印奇書也。〔唱〕思命薄猶量，思命薄猶量。〔白〕我這些造化而不能得成，要我這性命何用。罷罷，我不免投水自盡罷。〔唱〕留得個清清静静免流常。〔作投水介，外袁公化身上，扯住介，净白〕你看我和尚，福薄命分有限，我要尋自盡，你也不必扯住我。〔外白〕你何故生此急性，却爲何事，可將底細原由，訴告于我，却也不爲遲。〔净白〕既是老丈好意，你教我告聞。〔外白〕請道。〔净白〕我和尚志原不凡，來此白雲封尋討天書，苦守三年，今日得到洞内，我把天書盡數皆印，出得洞來，你看張張盡是白紙，並無一字。

老翁，你道奇也不奇？ 咱家悲思苦命，總活在世，也没有什麼好處。〔外白〕原來如此，你也不必性急，你且納住雄心，我對你細説原因。〔浄白〕你且説完了，我再投水自盡便了。 你説，你説。〔外白〕老漢從近白雲封長老，悉知靈文妙意，你説印就上面，却没字迹，這是那篆文分有陰陽，若是陽文，却向日照，即有字現，若是陰文，從月下照徹，你將筆來一樣描出，自然無錯。〔浄白〕又有此妙意之處，老丈不説，我小僧那知就裏。〔外白〕你如今總然一張張描出，你我只見字樣，一張張龍鳳形文，却也認不出來。〔浄白〕認不出來，這便怎麼處？〔外白〕我與你今日會面，却有緣分，一法指明了你罷。〔浄白〕感恩不盡了。〔外白〕此奇文字迹，凡人皆不能認。〔浄白〕只是怎便得遇神仙，才得明白，這却又是難提目了。〔外白〕不是這等説，有此奇文，就有此奇人可識。〔浄白〕望老丈一發求示明白。〔小外白〕你今留心相訪，有個聖姑姑，善能認取奇秘天文。〔唱〕

【南園林好】訪天涯定當可詳，但逢奇應知異章。 這就裏當從説向，免心急莫怨傷，免心急莫怨傷。〔浄白〕老翁明示，我僧人謹記。〔外白〕要知聖姑的踪迹，那來的人深知就裏。〔指介〕你去問來。〔外下。 浄白〕在那裏？〔看介〕没有人。〔四看介〕呀，説了半日的話，那老翁怎麼就不見了，好奇怪也。

〔唱〕

【北沽美酒帶太平令】怪驚疑細忖量，怪驚疑細忖量。 使咱們費商量，好叫我手足慌忙没主張。〔白〕不覺天色昏黑，月現微光。 我且將所印的奇文，依那老丈的言語，月下照看如何。〔作取紙月下照介〕哎呀呀，有趣，有趣。果然一些也不差，喜殺我蛋子和尚也。如此看來，我每每夢中指示的袁公，與我方才講話的老翁相彷，一定是袁公點化。不免望空拜謝便了。〔拜介，唱〕感神力蒙恩浩蕩，指明咱天文字樣。有聖姑留心體訪，深究學奇書無兩。〔白〕我如今每夜在月光之下，描出字樣，白日裏遍訪聖姑便了。〔唱〕俺呵，也不辭山長水長，打點取聖姑方向，呀，術書得縱横伎倆。〔白〕我如今在包内取出火㶩，取個火兒點起，把那草棚兒燒取，連夜離了此地。〔作放火介〕

【尾聲】看焰騰火發沖天上，白晝如同一樣，借此光芒别此崗。〔下〕

第四卷

第一齣　祝告

〔小生楊春上，唱〕

【慶升平】玉曆初更，春朝新景，人人會也堪稱。門楣遍整，覺是另光陰，是處瞻王春正。〔白〕届朔今云紫色韶，五更遥聽爆聲高。漫空碎舞章箋蝶，疑是天家布錦飄。庭户换，著聯毫，桃符吉句遍吟嘲。芝階砌境迎仙道，歲更臘底又新朝。下官姓楊名春，益州人也。向爲内院巡檢，因懼宦奸，故爾引疾告休。有妻畢氏，姿容淡雅，賢淑温良，最喜清修樂善。祖遺萬貫，家富肥饒。今乃新正元旦之期，以此冠裳濟楚，又兼甲子初更，未曾告天酬德。且回書舍，填疏焚送神紙則個。清心甘隱深林士，勝似皇家俸禄餘。〔下。貼旦扮畢氏，梅香隨上，唱〕

【女冠子】夫榮妻貴堪稱，好施樂善佳名。〔白〕妾身畢門之女，千金適過楊門。只是憶念家尊，未能盡其孝道。這也不在話下。新春令届，更喜壽域臨逢。梅香，中堂喜神，當發錢糧升表，請老爺上香。〔梅香進，請生上，院子捧疏二道作供桌上介，貼旦白〕鮮茶供獻齊備，請相公上香。〔生〕吩咐家下男女家人齊至中堂，隨我拜告天地。〔貼旦白〕快快喚來。〔梅香喚介。內扮四院子、四梅香上。院子白〕請家主上香。〔內吹打，生上香，衆院子隨拜介。扮二功曹暗上，高立介〕

【錦堂月】〔衆同唱〕合辨虔誠，香焚寶鼎，篆烟瑞靄祥庭。遥誦霄凌，天天降吉星呈。念忠直義透雲從，願山河君遐齡慶。〔生焚疏，功曹接下。衆合〕朝臣幸，願萬壽無疆，聖德隆興。〔生白〕請夫人上香禱告，帶領家奴叩拜。〔貼旦作上香，衆梅香隨叩，合唱〕

【前腔換頭】神明，鑒取奴誠，奴修合善，成因祝讚霄凌。有常志，隨共同盟。永石堅樂濟生靈，望照默佑神明正。〔作焚疏，功曹接下。衆合〕朝臣幸，願福禄綿綿，家道隆興。〔生白〕自今以後，家下人等，俱稱員外、安人。〔衆白〕老爺，何故如此？〔生白〕我既已跳出名疆，何必沽官宦之名。〔貼旦白〕這也有理。從今以後俱依官主吩咐便了。〔衆應介，生白〕你我卸去了官裳。〔貼旦白〕妾身還未曾拜壽，如何就卸却大衣？〔生白〕你我已隱林泉，甘作布衣之士，何必還沾惹皇家的公服。〔貼旦白〕這也有理。〔生、貼旦作更换衣冠介，貼旦白〕員外請上，待妾身拜壽。〔生白〕生受安人了。〔末扮蒼頭上，白〕主人寬大風儀舊，檢點蒼頭是伯人。稟家主知道，昨日主母付銀一百兩，命老奴庵觀寺院，男女僧道俱個均散。〔取帖介〕皆有存帖，乞主人銷算。〔貼旦白〕俱個分散，不必説了。今日新正元旦，又是家主壽誕，看酒過來，待妾身慶祝千秋。〔生白〕生受安人了。〔定席介，衆男女叩介，合唱〕

【僥僥令】春光逢春慶，庭耀照三星。春域春杯今稱映，賀嵩齡福德，駢臻榮。〔生白〕想你我既行善事，何不做個長策。〔貼旦白〕俱憑員外。〔生白〕依我每常周濟，三六九日，俱是沿街分派，若遇風雪雨阻，那些窮人雖然得了錢財，盡皆拖泥帶水，深爲不便。〔貼旦白〕員外，如今待要怎麽？〔生白〕我如今欲將西園蓋造善院，裝塑金容佛像，倘有僧道遠來，招接留住，四圍再搭起棚廠，相留無倚孤苦窮流，周濟飯粥，庶得免受飢寒餒凍之苦，可不是兩全麽。〔貼旦白〕員外善念，不可更改。〔生白〕蒼頭，你可唤匠做，將西園照我吩咐畫成圖樣，擇吉興工。錢糧木料、磚瓦灰費等物，俱在安人處支銀打點。〔末應介。同唱〕

【尾】善人自有神相應，行好事惟天所命，作善終須極樂成。〔下〕

第二齣　夢會

〔貼旦武則天，四宮官、二將官隨上，貼唱〕

【點絳唇】神鬼模糊，住居荒墓，風雲佐。人女稱孤，唐室曾龍座，唐室曾龍座。〔白〕非妖非怪亦非仙，居御墓時任聖顔。氣運心迷數劫棄，以前由是武則天。朕自大唐初基，殺戮太甚，後至唐末，有黄巢出世當令，雖然男女現身不同，爲魔一也。俱朝位日，每行善事，造塔塑像，功德無窮。先發清净心，後獲布施福。但我當時求福，原爲轉世爲男，怎知反至留於幽冥，可嘆，可嘆。原葬遭黄巢之亂，百年朽骨，重被辱污，金玉之類，被掘一空，致爾羞恨。目今因緣將到，感蒙上帝查録，在世果累累疊疊，折善積尤，曾奏明著籍，宜轉世爲男，出身托生富貴之家，復舊之根。前女身爲帝王，既出世爲男，肯居人下之理乎？又云二十八年發迹，當在於河北與復王業。但我生世，羨慕張六郎之美，稱其貌似蓮花，彼亦愛屬於朕，結就此種，情深不淺。況有誓私，説世世願合爲夫婦，造就下百世鴛鴦。朕早以注定，又豈料六郎羞貌而斃，亦托魂異類，名狐媚兒，以此定照私盟，有此牽情未斷。倘朕出世，而候狐氏成眷，永遺後玷也。我今尚未出世，須先施驅得媚兒，轉居人地，方可合締歲齒，完取先後之姻眷。我如今不免遣風神前去，以便施行便了。衆風神何在？〔內扮四風神執黑旗上，舞介，白〕令召我等風神，不知娘娘有何法旨？〔貼旦白〕爾等聽朕吩咐：今日有文修狐種，屬老名聖姑姑，攜女媚兒，游山訪道，路經朕冢而宿，你等先吊陰陣鬼風，阻彼去途，使其母女避風而止，暫棲我冢邊，汝等可掩其魂，已倦睡熟，而昧游魂，引入幽境，見朕之後，待四更仍施狂鬼陰風，攝取狐媚，任從落墮劫運。爾等毋違朕令。〔衆白〕領法旨。〔四風神舞下。貼旦唱〕

【新水令】因初造取著婚牘，朕轉世生成王佐。完成鴛鴦譜，了結宋山河。劫數當圖，看運興復圖王業佐，看運衆復圖王業佐。〔衆隨貼下。老旦聖姑姑執傘、小旦狐媚兒背包上，唱〕

【步步嬌】三春景暮貪行路，日落沉西没。雲飛烟霧鎖，昏暗迷離，母女相顧。〔小旦白〕往常行路，神思頓爽，怎麽今日脚軟身酥，精神散亂。〔老旦白〕想是你這幾日路途勞倦了。看這樹林古墓，正宜棲止。歇息歇息，明日就好了。〔小旦白〕只是心身發冷，却是爲何？〔老旦白〕你也不小了，這些世景，還不知道。但凡人生處世，春景之際，最難相護，百病生發，冷熱自然，宜謹慎才是。〔小旦白〕孩兒知道了。〔四風神上，執黑旗舞介，小旦作冷介，老旦冷介，白〕霎時陰風驟急，迷泥飛速，眼目難開，甚也奇怪。〔小旦白〕母親，我們方才該闇闉一程，投一個廟宇棲身，也還不十分受此寒冷。〔老旦白〕這也不妨，還有娘親在此。也罷，待我和你到那墳牆脚下少宿，挨過此夜便了。〔作風捲介，合唱〕聽風陣似冬初，緣何三春風凜形骨措，緣何三春風凜形骨措。〔扶小旦同睡介，下，净風神引老旦又上介，净白〕隨

我來，你是何等人，擅自騷擾我管轄之地？〔老旦白〕老婦女是行路的。〔浄唱〕

【折桂令】那裏是娘女登途，本是巖窟修藏，獸種綏狐。〔老旦白〕他知我形貌，定是神靈了。我且上前哀告。我母女專爲貪走程途，有錯宿店，暫借此間借地安身的，望乞相容方便一二，感恩不淺。〔浄唱〕俺不是慈航普度，説什麽迤逗因何。〔老旦白〕相問足下，是人是神？我母女雖然冒瀆，望乞寬容，不要驚嚇我的愛女。〔浄唱〕俺不是文臣武將。〔老旦白〕不是凡夫，敢是天神下降了？〔浄唱〕也非是天降神魔。〔老旦白〕老婦愚蒙，望乞明言。〔浄唱〕你要知明白之乎，少會取唐主王武。〔老旦白〕我好不知就裏。〔作走介。浄白〕你往那裏去？〔老旦白〕我去看看小女，恐他尋我。〔浄白〕你且慢顧與他者。〔作扯介，老旦白〕你扯我到那裏去？〔浄唱〕那許你移步從容，一霎時引入宫壼，一霎時引入宫壼。〔内擂鼓介，浄帶老旦轉場進宫門介，浄下。老旦四下看介，白〕你看巍峨畫棟，玉案端然，這是何方地面，好難猜解也。〔唱〕

【江兒水】真意實難度，香焚金暑爐，莫非是仙堂巧設神仙座。〔内吹打介，老旦唱〕氤氲鏗鏘笙簫和，響叮噹悠韵飛琳珞。〔内宫官唱道介，老白〕你聽喝道之聲，却是何地面，叫我一發疑猜了。〔二旦扮宫娥提燈上，白〕我等奉娘娘聖旨，相迎聖姑姑到後殿相會。〔老旦白〕有勞了。〔唱〕怎知我聖姑明座，攜咭叮噹珮環遥路，攜咭叮噹珮環遥路。〔宫女引老旦下。内吹打，四宫官引貼旦武后上，唱〕

【雁兒落】幽冥裏琳瑯響玉珂，引隊隊幽魂入南柯。喜得個有轉人輪界，再希圖坐朝堂樂太和。

〔内吹打，宮女提燈引老旦上，白〕聖姑姑到。〔宮官白〕不得近前，就此俯伏朝參。〔老旦白〕草莽民婦，叩見娘娘。〔貼旦唱〕

【得勝令】俺則見銀鬢似雪老婆婆，是多年修煉號姑姑。有道德真仙態，却原來無端一牝狐。〔白〕平身。〔老旦起介，貼旦白〕賜坐。〔老旦白〕小民婦侍立，不敢坐。〔貼唱〕謙和，宣伊論因情故。休得要裝魔，你是我再生緣妻阿母，你是我再生緣妻阿母。〔老旦白〕山野醜類，人所不齒，不知娘娘有何見諭？〔貼旦白〕卿果是非人。自嫌你狐中之人，朕乃人中之狐，讀駱生《檄》，至今寒心，朕反愧卿耳。〔老旦白〕娘娘何出此言？〔貼旦白〕吾乃唐初武則天后，朝臣欺蔽，言道朕爲誅戮太甚，公道何在。〔老旦白〕原來是國后，民婦有慢君之罪。〔唱〕

【僥僥令】恕類無知過，頻頻連稽首。罪切可寬徵肚，念朽木草野水疏，念朽木草野水疏。〔貼旦白〕朕本世尊一統，今猶滯幽冥之中。〔老旦白〕娘娘何故如此恁卑爾？〔貼旦唱〕

【收江南】恨黄巢無故生亂呵，致朽骨被重污。把玉皿金盡掘鋤，因爾的妝殘卑陋令人朽。〔老旦白〕草寇黄巢如此無理，娘娘神靈何不禁之？〔貼旦白〕但凡殺運到時，乃天遣魔王臨世。朕當日權天下之時，誰能禁朕？朕獨禁黄巢乎？〔老旦白〕娘娘在世，多少功果，佛事不少，因何尚滯冥途？〔貼旦白〕然而修善功果亦多，怎禁居心不净，修成魔道也。〔唱〕但天帝查着因果，但天帝查着因果，善功行重重遣降作男途，善功行重重遣降作男途。〔老旦白〕娘娘萬千之喜了。〔貼旦白〕朕前世女身，尚爲帝主，何况成男，亦當掙居南面。〔老旦白〕娘娘功行，塑佛建塔，定成氣象。〔貼旦白〕但卿女媚兒，早已定數，合爲朕配。〔老旦白〕娘娘復得稱孤，豈少三宫六院，美貌妖嬈，怎麽選此異類之女，豈不有玷聖體。〔貼旦白〕夙世之牽連，焉肯心違。朕之發迹，當在河北。從今二十八年，復與卿于貝州相見。你可琢磨道術，以佐朕命。〔老旦白〕我母子正爲訪道而來，不知道術在於何處？〔貼旦白〕朕有十六字，你可牢牢記取，必有應驗。逢楊而止，遇蛋而明，人來尋你，你不尋人。〔老旦白〕記得了。〔貼旦白〕三年之内，必有所遇，行住一般，不須急躁。若得道之日，可往東亨，度取卿女。雖然改頭換面，自然認矣。天機宜密，不可輕泄。倘八十公聞知，爲禍不小。〔老旦白〕請問娘娘，不知八十公是何人？〔貼旦白〕漢陽王張柬之也，乃五王之首，於朕世世作對，卿宜避之。〔老旦白〕感蒙娘娘指示，待我拜記。〔唱〕

【園林好】受指取十六字圖，受記取機衡夷悟。這是乾坤變設，告祝語應希遂，告祝語應希遂。

〔内喊介〕軍兵殺來了。〔貼旦白〕軍兵殺來了，快些躲避。〔老旦白〕挈帶婆子逃命。〔推老旦衆奔下，老旦作慌介，衆扮軍兵趕圍介，下，老旦奔上，醒介，小旦跟上，老旦叫介〕帶我逃命。〔小旦白〕母親爲何這等喊叫？

〔老旦白〕滿身冷汗。〔小旦白〕母親爲何如此驚駭？〔老旦白〕原來是一場大夢。〔唱〕

【沽美酒】喊聲呼軍反圖，喊聲呼軍反圖。這異變有之何，施則爲踪迹影形無，這事兒罕然難誤。〔小旦白〕可説與孩兒知道。〔老旦唱〕悄悄的莫言聲露，恐泄漏機關福禍。俺呵，密深機果，法深折度。呀，堪笑取夢謊無度，堪笑取夢謊無度。〔四風神上，執旗捲小旦下。老旦慌介〕好一陣大風，我兒在那裏？我兒在那裏？怎麽説一陣狂風，把我媚兒刮去了。〔哭介〕我的兒吓。如今只存老身，好不孤苦。且住，猛然想起，好個嚴半仙，説我女兒有厄，果然應也。天色大明，平風静浪。那邊横着一片破石，〔看介〕鎸着大唐武則天皇后神道。這等説，夢中所遣，乃天后幽官了。〔唱〕

【尾】把夢中言語諄諄囑，母子零丁分個土，再得重會完全再訴苦。〔下〕

第三齣　捉拿

〔雜扮四都鬼上，唱〕

【駐馬聽】鈞旨嚴查，惡貫盈盈罪重加。律調不赦，犯法無邊，懲罪當罰。奉差提解問虚花，如遲猶恐難禁加。〔白〕我們乃秦廣王殿下都鬼是也。只因賈清風騙財貪淫，不以正補心胸，造孽深重，今犯色欲迷心病疾，奉閻君敕旨，捉拿惡犯者。〔衆鬼白〕大哥言之有理。勾魂牌上限定子時，我等就此前去。〔同唱〕不得閑暇，不得閑暇，若逡巡怠玩，其罪嚴加，其罪嚴加。〔下。丑扮賈清風病形、乜道扶上，唱〕

【前腔】慕想冤家，切切思思皆爲他。我的媚姑娘，和你鍾情一片，割肚牽腸，日夕憂加。堪堪半載病沉嗟，想你風流嬝娜心情乍。使我暗想冤家，使我暗想冤家，如何一去，不見回家，不見回家。〔付净扶丑坐介，白〕師父，你的病可好些麽？〔丑白〕好甚麽。〔付净白〕你把那些閑事丢開，保重病體要緊。〔丑白〕你那裏知道我的病，就是神仙也醫不好的了。〔付左黜上，白〕雁去無憑準，魚書不見臨。師兄，我母妹去了半年，不見回來，我欲去尋覓，若然一見，一同回來，伏侍與你，不知師兄意下如何？〔丑白〕最妙的了。我枕匣内有些散碎銀子，你就盤纏前去。若見了我乾娘乾妹子，千萬來此見我一面。你説我把病都想出來了。〔付白〕這個自然。師兄好生保重病體要緊。〔丑白〕只怕我有點子保重不來。〔付白〕説那裏話來，我去了。〔丑白〕路上小心。〔付下，丑白〕只怕迅速光陰難延候，寬心且候有情娘。〔付净白〕你老人家坐坐，我去取些果子來與你吃。〔丑白〕仙果難醫心内病。〔付净白〕煮些粥湯你吃何如？〔丑白〕死時那用潑凉漿。〔付净背介〕那裏的賬，弄出這樣没涵養的病來害，叫我整整的服侍了半年，越發沉重了。看這個光景，有限的時候了。你看耳輪人中，都是上道的樣子。等我取些湯水來。〔下。丑白〕我的知心有意的妹子，怎麽一去就不回來了，連夢我也不曾做一個，好狠心的人，叫我時時刻刻想念着你。〔唱〕

【下山虎】伊心忒歹，我不是薄幸喬才。記取臨行語，你到有心回來。叫我時刻思嬌態，恐伊瘦骸。慕想音容，風流俊才。出語情長，挨肩凑懷。愛你口齒香噴，杏臉桃腮，杏臉桃腮。怎得你回來，把我離情訴哉，勾却相思一筆開，勾却相思一筆開。〔付净捧湯衆鬼隨上，付净白〕粥湯在此，師父吃一口。〔丑倒口吐介。丑白〕我那裏吃得下去。〔付净白〕師父的病，如何起的？又道是心病還將心藥醫，你告訴我。〔丑白〕老道，我就告訴你，也是不中用的。〔付净白〕是了，想必爲那一宵，榻床上起的病麽？〔丑白〕打從這段根由上起的。〔唱〕

【前腔】雲情雨態，風木感懷。兩下相思害，到如今懨懨病哉。嬌容天涯外，不見回來。使我割肚牽腸，思慕嬌色，但是合眼，人來訴懷。睁眼相看，依然兩折開。蓮心難采，荷葉破壞。祈賴神靈，鬼使暗差。早會我把相思解，救我姣才，辦炷心香發靈台，辦炷心香發靈台。〔付净白〕你今告訴，我才知道這段情由。他哥哥去尋他妹子，想必不日就回來了。〔丑白〕你去取盆水來，待我净净臉。〔付净應下。衆鬼搥桌介，丑白〕你們都是什麽東西，來在我跟前胡鬧。〔鬼白〕賈清風，你命盡禄絶，陽壽已終，我等奉閻君令旨，前來拿你。快隨我們走，省得我們動手。〔丑白〕這等説來，我要死了。〔衆鬼白〕誰要你活。〔唱〕

【駐雲飛】我命盡悲哀，乞恕清風意興衰。可放些兒載，萬感恩非大。嗏，〔衆鬼唱〕休得倖胡柴，休得倖胡柴。閻君命差，即速隨行，也免刑加械。〔丑唱〕可憐我一霎將傾命盡該，可憐我一霎將傾命盡該。〔作提丑繞場下，内扮替身扶桌死介。付净捧水上，白〕師父，水來了，净面。怎麽不應？阿呀，不好了，師父絶了氣了，不免作急叫人來收殮便了。〔内打三更介〕夥計們快些來。〔内扮四人上，諢介，抬屍下，付净白〕師病原來爲怪精，思想病害少神靈。閻王造就三更死，那肯留人到五更。〔哭介〕嗳呀，我的師父吓。〔下〕

第四齣　借居

〔老旦聖姑姑上，唱〕

【出隊子】奔波歷遍，奔波歷遍，大地茫茫受盡難。雲山秀水峻嶺巖，溪越層巒訪戴川。迢遞行來，不覺又晚。〔白〕我聖姑姑，聞得此處有個楊善人，聞他最是善門。曾記則天娘娘托夢于我，説是遇楊而止。定然老身有幸，遇此良善，也未可知。一路問來，説此間已是楊春門首。我且端坐在此，若有人來問，我且將些機便言語答應。想他乃是明性之人，自然參悟。我且在此坐待則個。〔坐介，末、院子上，白〕門庭樂善冥幽静，不惹閑非涉遠塵。老人家，你可是化齋的麽？〔老旦白〕正是，相煩稟知善人，老身特來會他。〔末白〕老人家，却不知我家主人，做善事有個定規，但逢初一、十五方能布施，平常閑日，概不打發。若在此侯見，恐誤了你的工夫。〔老旦白〕若不得一見，我自有道理，你自去做你的事，不勞通報。〔末白〕我也没有這等閑工夫，來與你説長道短。我且吃我的晚飯去。〔老旦白〕你看那人竟自進去了。我如今略顯妙法，驚動他内眷，定然出來見我。〔作轉坐介，吹打，且扮聖姑姑的替身從天井雲兜下，鳳冠蟒帶繞場引正旦上介。正旦白〕雲隱巍然現，金光降下凡。何來仙客，入我庭幃？〔聖姑姑不應，走下，正旦隨下。聖姑姑上，正旦又隨上，聖姑下，正旦白〕忽然不見了，真正奇怪。〔生楊春跟聖姑姑急上。生白〕纓絡鏗鏘韵，金容從壁生。〔聖姑下。生白〕那位仙眷，不得進我内室。〔正旦白〕員外，何故大驚？〔生白〕院君，可曾見一位仙眷至内室麽？〔正旦白〕説也奇怪，方才果有仙眷從空而降，忽然不見了。〔生白〕也是如此，這也奇怪。〔正旦白〕莫非你我夢裏不成？〔末急上，白〕主人在那裏？〔生白〕蒼頭，爲何如此驚慌？〔末白〕説也奇怪，方才老奴在門外去，只見一個老婦，坐在門首，男女即言主人放齋定規，初一十五，閑常並不布施，我自進來吃飯，不多時只見化齋的老婦，站立跟前，頂帶纓絡垂珠，霞光遍體，唬得男女魂不附體。追趕男女奔至内室，忽然不見了。〔生白〕果然有此異事，蒼頭所見，和你我俱是一般了。快些去看那化齋的老婦，可還在門首麽？〔末應下，生白〕院君，若是化齋的老婦仍然端坐門首，定是他化現你我，也未可知。〔正旦白〕正是。〔末上，白〕好奇怪，好奇怪，老奴方才出去，見那老婦瞑目端坐，依然在門首。〔生白〕定有緣故了。你我一同出去，迎進中堂，試問來因，便知其故。〔正旦白〕説得有理。〔生、正旦同出門介。生問介〕那老人家，你是化齋到此，還是另有他事而來？〔老旦白〕請問善人，可是楊善夫婦麽？〔生、正旦白〕正是。〔老旦白〕你二人積德修因，老身特來助善指示。〔生白〕請問上姓？〔老旦白〕無名無姓，道號聖姑。〔生白〕這裏不是講話之所，請到中堂。〔老旦白〕請。〔同進介，老旦白〕老身稽首了。〔生、正旦白〕不敢。請坐。〔生白〕請問聖姑，從何處來臨，乞道其詳。〔老旦唱〕

【啄木兒】蒙垂問，聽訴詳，從域臨成應分掌。讚名揚稱羨賢良，山水色今果然朗。今來古往從心上，慈悲浩蕩真情狀，天地恩波欽敬仰，天地恩波欽敬仰。〔生、正旦唱〕

【三段子】聽情語講，見聖姑言出無爽。風儀語朗，話頭出西來無上。〔老旦白〕端爲訪善到此，今遇賢良善男信女，豈非是萬全之幸了。〔生、正旦唱〕啓容供奉西園養，晨昏叩問慈悲望。同視蓮台樂境方，同視蓮台樂境方。

【前腔】〔老旦唱〕今來投仰，信緣法無窮妙廣。〔生、正旦唱〕皈依正當，皈依正當。〔同拜介〕望收録指明膝養。〔老旦唱〕願參悉聽清音朗，晨鐘暮鼓歸法仗。〔生白〕我有西域僧留下梵字諸經，無人認識，欲求聖姑辨明，明日同赴西園佛堂。〔唱〕求把大意名標乞示詳，求把大意名標乞示詳。〔老旦白〕西來佛意我詳明，〔生白〕幸遇神仙指判分。〔正旦白〕祈聽長生春不老，〔老旦白〕耐心自有大乘臨。〔下〕

第五齣　斬媚

〔净關公，周倉、關平、從神隨上，净唱〕

【新水令】丹心耿耿受天封，志堂堂凛霜義重。英豪無二比，秉節藴空濛。職享恩隆，龍霄闕穩守至尊雲踪，龍霄闕穩守至尊雲踪。〔白〕赤心義膽世無雙，磊落雄豪鎮國邦。志在春秋功在漢，成神秩史姓名香。某關聖真君，名貫古今，威揚萬世，受天爵追封。心如日月，護佑皇王國土，均沾百姓香烟，佑保群黎，消除災障。今當輪值仁皇朝座，須索駕雲至候龍庭。衆神將，隨某駕雲，金鑾巡查，須索走遭便了。〔雜扮馬夫帶馬介。净、衆唱〕

【折桂令】駕雲行速至龍庭，伺值日霄冲馬甲隨行，將猛縱横。俺只見簪纓護擁，盡列勛名重。晉台街珠斗霓虹，又都是文璧夔龍。鞭静鳴鐘，方顯得聖德巍巍，致令着神護庭彤，致令着神護庭彤。〔雜扮風神引小旦媚兒披髮落地介，風神下。净白〕何來的怪物，神將們，將他擒執。〔雜作擒介，净轉場高台坐介，雜捉小旦跪介，净唱〕

【得勝令】俺這裏端坐整金容，速獲取從空女嬌聯。我則見黑髮垂肩，如失魂吊影嚴芳叢。〔白〕

你是人？是鬼？是魅？如何踪風捲至金殿？好把真實明白說來。〔小旦哭介。浄唱〕恁待要朦朧，若含糊虛誣控。你把情踪，把衷腸實迹上呈供，把衷腸實迹上呈供。〔小旦白〕爺爺在上，聽奴道來。〔浄白〕實實的說上來。〔小旦白〕可憐我是名家之女，從路迷荒處，陡風驟起，將娘女分散至此。求爺爺恩憐。〔浄唱〕

【收江南】你待要荒唐一派哄，惱的俺髮冲冠。既然是民女怎踪風？緣何的腥腥狐臭正騷風？定然是妖種，定然是妖種。〔白〕周倉，與俺將他洗剥了。〔付浄脚踢剥衣，小旦作露形狐尾介。付浄白〕啓上真君，原來是妖狐現形。〔浄唱〕

【沽美酒】我這裏神目自玲瓏，我這裏神目自玲瓏，假言詞暗昧萌。朗朗世界恁狐叢，我可也忠心輔佐聖明公。〔小旦哭叩介。浄唱〕

【太平令】誰許你咽咽哀控，清静了寧平一統，那容你狐群做踪。見狐媚怒發眉横，眼出火光生雷動。〔白〕周倉。〔付浄應介。浄唱〕將狐媚莫容寬縱，登刀頭血流空聳。恁呵，施神威除祟清中，靖海宇平融。怎瞞咱神目雷迴，怎瞞咱神目雷迴。〔付浄舞刀，狐作滚地，刀砍下介。付浄白〕妖狐已誅滅了。〔浄〕就此回宫。〔唱〕

【尾】升平朝野真稱誦，值侍供縛驅邪蟲，永享榮爵受秩封。〔下〕

第六齣　訪姑

〔净扮蛋僧上，唱〕

【出隊子】雄威萬丈，雄威萬丈，志氣昂昂透碧光。不禮法王於金剛，偏習飛砂走石揚，耀武稱威自做敢當。〔白〕三年志守白雲封，受盡艱辛苦萬叢。須信堅心猶似鐵，機緣凑合仗袁公。俺蛋子和尚，蒙袁公指明總路，得盗天書。他又説道，天書雖得，當尋聖姑姑，方成大道。蛟龍得雲雨，豈是池中物，得遇風雲上九霄。爲此俺追想聖姑姑定是個有道法的人兒，我今尋取相投，奈無機會相引，故把芭蕉面上寫訪聖姑三字，若是聖姑姑看見，也就來招呼於咱了。俺自離了白雲封洞，在路曉行夜宿，早是數月矣。一路行來，已到汴梁交界。又聞得聖姑姑住居鄭州，我如今早早會他一會，叫他指引咱的禪關，豈不是好。只索早早趲行去也。〔唱〕

【點絳唇】身雖在釋教名高，心懷猛勇。平生性，氣吐霓虹，志居丘山並。朝暮間習煉力號，悶來時遣鬼拘神，剪强扶弱，伏虎降龍。鐵棒一舉千斤重，環眼睁開神鬼驚，雄糾糾氣冲冲，雄糾糾氣冲冲。〔白〕俺平昔裏也不看佛法，也不念心經，只要習演些奇術秘法，俺就快活殺也。〔唱〕悶來時呼風喚雨，興來時剪紙爲人馬步軍，魑魅鬼緊隨身，五遁三術五路行。任他銅肝與鐵膽，管叫逢咱也戰競。渴來吸盡黄河水，饑時平吞天上雲，非誇口句句真。爲訪成仙了道人，傾刻裏有影無形，傾刻裏有影無形。〔下〕

第七齣　取討

〔生扮吴興德上〕

【引】母死未曾埋，只爲家無奈。没親少眷實難哀，這苦誰顧貸。〔白〕自幼生來命運迍，父亡無靠又孤貧。嚴霜偏打枯根草，災禍長隨受苦人。小生吴興德便是。先父吴貞，亡故三年，誰料老母昨日病故，不免到焦員外家借几貫錢鈔，殯葬母親，多少是好。嗳呀，且住，昔年先父借他五兩銀子，本利還完，他將文約勒措不與。如今又去惹他。吓，也罷，寧可將我身軀典賣於人，安葬老母，再作道理。正是：上山擒虎易，開口告人難。〔唱〕

【香柳娘】我只得往前街後街，我只得往前街後街，自將身賣。〔白〕賣身，賣身嗳。〔唱〕没人答應無如奈，想時乖運乖，想時乖運乖。母死不能埋，無人肯相愛。〔合〕念貧兒可哀，念貧兒可哀，痛母暴屍骸，無棺怎遮蓋。〔末扮楊老伯上，白〕慈悲勝念千聲佛，作惡徒燒萬炷香。〔見介〕吴大哥那裏去？〔生白〕楊老伯在此。〔末白〕帶的是誰的孝？〔生哭白〕老母昨晚辭世了。〔末白〕煩惱大哥，爲何賣身？〔生白〕家下貧寒，無錢葬母，只得賣身。〔末唱〕

【前腔】孝親心可哀，孝親心可哀，看你一身狼狽，家徒壁立誰倚賴。總只爲乏財，總只爲乏財，空自淚盈腮，伶仃遭無奈。〔白〕也罷，吓，吴大兄，這是老夫方才賣穀的五兩銀子，都贈了你罷。〔生白〕既然如此，待小姪寫個傭工的身契，老伯收了。〔末白〕大兄差矣。寒家自來施財，何曾圖償。我不過念你一點孝心，賣身之事，再休説起。不必挨遲，速速歸家，安排葬母去罷。〔生白〕多謝恩伯了。〔末白〕願天長生好人，願人長行好事。〔下。生嘆介〕我想世上那有這樣好人，我吴興德日後倘若發達，必當重報。〔唱〕

【前腔】嘆皇天降災，嘆皇天降災，一家破敗，逢人只得先哀哉。這苦根怎培，這苦根怎培，幸喜遇賢才，賣身肯相貸。〔合前〕念貧兒可哀，念貧兒可哀，痛母暴屍骸，無棺怎遮蓋。〔净扮焦員外，二手下隨上。净唱〕

【前腔】跨青驄遠來，跨青驄遠來，討完租債，加鞭更得些兒快。〔生走過介，净白〕小厮們，那戴白帽子的，可是吴興德麽？〔手下白〕是他。〔净白〕叫他過來。〔唱〕急擒拿莫挨，急擒拿莫挨，細細問明白，待我追前債。〔生見净介，生白〕員外爺好麽？〔净白〕你老子當日借我五兩銀子，至今三四年，本利不還，這是怎麽説？〔生唱〕

【前腔】乞員外上裁，乞員外上裁，本利總不該，何必將咱怪。〔净唱〕這狗才欠乖，這狗才欠乖，花言支派，欠銀錢反來圖賴。送官衙莫挨，送官衙莫挨，叫他受非災，借契尚存在。〔白〕自古子債父還，父債子還。或本或利，拿來於我。〔生白〕先父在日，本利俱還過了。〔净白〕你的借約尚存，還敢强辨？〔生白〕待我回家，將我老母葬埋了，再與員外明白此賬。〔净白〕他手中拿着什麼東西？〔生白〕没有什麼。〔净白〕看那一隻。〔生白〕這是我賣身葬母的五兩銀子。〔净白〕拿過來。〔手下搶，與净介。净白〕好，有了本錢了，利錢改日送到我家裏來。〔生白〕員外，將銀子與我罷，那是買棺材的。〔净白〕扯他送官。克己情交久，財明義不疏。〔净、衆下。生哭唱介〕

【駐雲飛】寃苦難伸，拿我銀子爲甚因。母死無錢殯，撞着奸豪吝。嗏，舉意太不仁，淚紛紛。苦只苦家道貧寒，親喪黄泉，那有人來問。〔白〕我如今不免趕到他家，拚却性命，於他爭執一番便了。此一回去，他若有銀還我便罷，若不肯還我，不免自刎死在他家罷了。〔哭介〕老娘吓，〔唱〕慈向前行我後跟，慈向前行我後跟。〔下。功曹上，繞場下〕

第八齣　全孝

〔净焦錦上，白〕

恨小非君子，無毒不丈夫。小子們！〔院應介〕吴興德到來，爾等不許容他進門。〔生上，唱〕

【出隊子】惱恨强暴，惱恨强暴，中途無故來相較。使我心内怒難消，將銀奪去吾好懊，趕到他家把命相拋。〔白〕來此已是，不免進門去。〔净白〕大膽的狗子，敢追我前來。〔生白〕你將我葬母的銀兩奪來，我豈肯與你干休。〔净白〕不干休待怎麽？〔生唱〕

【駐雲飛】告訴伊曹，死喪隣邦來相絡。奈我家業焦，母喪誰相效。嗏，切齒恨伊曹。〔净白〕小厮們，看棍棒伺候。〔生滚白〕焦錦賊吓，我想惻隱之心，人皆有之，誰似你蜂蠍之毒，虎狼之意。道不得連舟相贈，哀憐孤苦，焚券濟貧，大義堪誇，那似你如狼似虎，竟不念我老母屍骸暴露，强自奪取，於義何安，於義何安。賊吓，我切齒恨伊曹，我切齒恨伊曹，料難開交，今入黄泉殺身全大孝。焦錦，焦錦，只教你禍到臨頭怎得消，只教你禍到臨頭怎得消。〔自刎死介。院子白〕員外，吴興德自刎死了。〔净白〕這便怎麽樣？〔院白〕員外，後花園有一口枯井，將他屍骸丢在裏面，用土掩住，誰人知曉。〔公曹暗上，聽介。净白〕使得，快些打點。再三不用親囑付，〔院白〕想來都是一會人。〔抬屍下。公曹記，下〕

第九齣　判斷

〔生扮秦廣王，雜扮判吏、金童玉女、牛頭馬面、衆鬼卒隨上，生唱〕

【北賞宫花】執法凛霜猶耿耿，正烏台輝于明鏡。乾坤浩杳杳，善惡定當懲。巍峨雲幔彩，迷色有清。照然處登峻險，油山劍狠，怎如那修善當心正，怎如那修善當心正。〔坐高台介，衆鬼吏參介，生白〕善惡分彰是兩途，休言業鏡恁模糊。從空自有先知算，世人愚蠢莽扶疏。我乃幽冥秦廣王是也。蒙玉帝敕旨，轄掌三途之輩，善送天堂逍遥之境，惡者受地獄無窮之苦。生生死死，萬萬千千，真是昭彰有証，毫無半絲虚爽。《感應篇》傳遺留在世，直待末劫已終，方可同銷鐵案。〔鬼上，白〕有無頭冤鬼，告伸冤枉。〔生白〕帶上殿來。〔鬼應介，帶小旦狐媚首蓋紅帕、手提首級上〕泉路忙忙杳，來明白白冤。〔作跪介〕大王爺。〔生白〕那女鬼，是何人首級？ 應有地方土司城隍詳解，何故闖冥伸冤？ 明明訴上來，當替爾震惡懲奸。〔小旦白〕聽女犯訴來，〔唱〕

【紅納襖】啓冥主清懸寶鏡明，念女狐受取多凌并。娘女們同行遭風梗，使飄遥驀入宫院庭。正遇着鎮乾坤神威遠大夫子卿，不分白執拿捉小娉婷。道我是奸魅，斬却致使含屈也，望神明判斷陰陽復命生。〔判吏呈妖底案介，生看介，白〕你是妖狐，冲褻金鑾，是關夫子保護朝堂，定見妖氣迷離，故爾擒斬，罪所當該。你今反言誤斬，命屈含冤，來此伸告，你非人身誤失，如何判斷。任你隨風逐影，自有管妖擊邪之神收汝。鬼卒，將此妖狐，趕出殿庭。〔衆應作打，小旦提首級下，鬼卒稟介〕啓上大王，解到亡魂一名。〔生白〕帶鬼魂上來。〔衆帶丑上，生白〕賈清風，你既然入道，當行正本，方顯三教秉法，如何輒昧心田，欲淫子女？犯愆尤深，折壽宜該。只叫你重重受取惡罪，禁持不枉也。〔丑白〕大王，鬼犯實有善於世。〔生白〕你將行善根本，出世作爲，一口供招上來，我當憐惜可也。〔丑白〕鬼犯呵，〔唱〕

【前腔】念出世作人兒有証明，見義爲我甘心把身命傾。有落難吾當割肉相加贈，奉娘親也曾割股名揚定。〔生白〕如此孝意爲重，百罪可銷除了。〔丑唱〕論犯鬼見義當令行，化齋糧捐官亦替懲。無冤無故拘入在冥中也，須知道天網恢恢不枉興，須知道天網恢恢不枉興。〔生白〕原來如此德全。自古道百事孝爲先，當其罪可援了。查取來文，死後幾日時光了？〔吏白〕首七已過。〔生白〕哀哉，吾主司諸事，並不有枉世人，今誤勾德行之人，我當贈祿，復還人身便了。〔唱〕

【憶多嬌】積孝經，宜享齡，誤華圖拘仁德明，當發遣送出生。〔合〕莫誤行程，莫誤行程，處世男兒享家厚誠。〔丑叩介，生寫文介，丑唱〕

【前腔】蒙放生出世塵，吃素除葷當誦經，修善今知標白明。〔生合前。下〕

第十齣　畫媚

〔外張鸞上，唱〕

【北端正好】看雙丸如梭縱，忙忙的疾似飛鴻。看不了綠水桃紅，染惹取遍踏崆峒，見翻逐如痴夢。〔白〕貪名逐利一場空，渾似浮蝣猛焰逢。試向高賢問寂静，道家參透紫金鐘。某張鸞是也。夜來山巖打坐，偶有護法神報道，有一段大因果在汴梁都地，如何不去成就。即爾醒後，却是浮謳夢警。想我出家瞭道之人，焉有此等牽連之兆。是了，定係前緣廝少相欠，免不得從那熱鬧場中完此，方顯俺道人不打誑語。或者那有緣的早遇着我張鸞，福分不小也。〔唱〕

【滚綉毬】覷紅塵渾似蝶，急穰穰一似蜂。戀功名撑持如霸雄，笑韓孫瓊宫。勇項羽力拔山兒戲，羞愧見江東。做頭敵致表英雄漢，怎如俺出家人息氣吁風。看桃花發蕊些而日，惡利罡風花不紅，直恁的朦朧。〔媚魂上介。外見介，唱〕

【倘秀才】忽悠悠怨氣冲，定睛兒覷，分明是鬼冤魂，却原來是宿孽冤種。我則將這山坡究，細細的究根宗，得問情衷。

【叨叨令】俺只見飄飄嫩質俏臨風，却原何血淋漓濺得個衣紅，可憐見劍棄玉芙蓉。問東君有甚麽孤踪把人驚弄，多因是半逞風流恩情大，因此上一縷清風向黃泉送。兀的不悶殺人也麽哥，兀的不痛殺人也麽哥。恁可也休得隱幽踪，端的是原何命裏遭顛弄。〔魂白〕求爺爺救我殘生則個。

〔外白〕此言差矣。〔唱〕

【倘秀才】俺不比薩真仙活嬌容，俺不是藥聖祖治活蛟龍。你今受無限苦叢，冥王好心憫道，義動情衷，思量取成就陰功。〔魂白〕求爺爺超生。〔外白〕你要俺施顯妙法麽，這也何難。現出本形，於我觀看者。〔魂現形介。外白〕妙吓，我只道尋常之貌，原來恁般風流也。〔吹打介。外唱〕

【滚綉毬】眼看着喜孜孜俊美容，嬌嬈貌似嫦娥織女丰。〔白〕俺有道理。〔吹打畫介，唱〕顯我這筆力兒做美無窮，筆鋒淡掃俊芳容。看其貌則少口氣，送伊到出世中作軍戎。配合就良緣當凑合，管叫你娘女又重逢。興王定霸英能異，定把你掣劍掄鎗定武功，休忘取施救仙翁。〔吹打介，白〕且喜畫完。你可暗入畫中，待我送你到逍遥去處。聽指嚮即出，不得有違。〔魂白〕領法旨。〔下。外收畫介，白〕我只道多大因果，原來是這一段大因果。〔唱〕

【尾】聊將這筆展鋒，畫做個女姣容。清凈處即顯伊功，不枉了我費心機作陰功。〔下〕

第十一齣 講經

〔小生扮楊春上，院子隨上，白〕

善事因從念，根源自發生。雲空妙相現，見葉仗慈成。我楊春，自招聖姑姑西園佛堂供奉，看來多有道意不凡，應分不淺。今日閑暇，一則參理神像，二則試問修行大意。〔末院子白〕已到西園門首。〔生白〕叫一聲。〔末白〕開門來。〔老旦上，白〕已知來意，説試把道源論。〔作開門介。生參禮介〕請聖姑姑居正。〔老旦白〕道不欺釋。〔生白〕仙意通津。〔老旦白〕重蒙善念。〔生白〕合分前因。聖姑姑居此，只是有穢仙顔。〔老旦白〕足可清修，素心合意。〔生白〕蒼頭，早晚供給，勤慎莫誤。〔末白〕理會得。〔生白〕請問聖姑修行學道大意，願祈指教。〔老旦白〕志誠修學者，非難易得，只怕法不通真，欲進而不能進，欲退而猶難退也。〔唱〕

【耍孩兒】慈悲一體心無量，慈悲一體心無量。法運祥生禍福揚，兆非瞑目無神降，從空大地蓮花放。雲幢寶蓋飄中颺，顯體金身相。這個是西來有意，儘透徹般若慈航。〔生白〕我聞此一番開示，心徹玄明，令人拜服。〔叩介，老旦白〕好道則道，同登極樂，明心見性，佛界逍遥。成道雲程，金經出口，無字可照。〔生白〕小生得有西域金經，上書西方佛意，自想不識何經名號，乞求聖姑指明其號。〔老旦白〕這有何難。〔生白〕蒼頭，可送過寶經，與聖姑詳認注明。〔末捧經供桌介。老旦白〕待我看來。〔作看介，唱〕

【前腔】金經妙，道場揚；三乘經，傳世廣。心意周恩是法王。〔作寫介，白〕此乃《心經寶卷》。〔生白〕原來番字皆通。〔老唱〕這是非非想想應天幌，這是非非想想應天幌，彌勒彌陀寶法裝。〔作寫摽介。生白〕是《彌陀經》。〔老旦唱〕朱言佛語玲瓏朗。〔提筆寫介，生白〕是《佛印金經寶録》。〔老旦唱〕救苦菩提大志剛。〔又寫介，生白〕是《觀音經》。〔老旦唱〕萬千咒諸佛降。〔又寫介，生白〕這是《諸佛品咒》。〔老旦唱〕惟靜中一念，法號雲光。〔生白〕諸經已皆詳明，惟求朝夕指明道教，以便晨暮演誦，寶經實出聖母，無量功德也。〔老旦白〕當得。〔生白〕請上，待弟子拜感。〔老旦白〕豈敢。〔生白〕弟子敬服，實乃道妙無窮。〔末白〕請員外茶廳待茶。〔生白〕請聖姑姑款用小齋，再求指示。〔老旦白〕請。詞壇可稱名良會，〔生白〕機風可逐近蓮台。〔下〕

第十二齣　見姑

〔浄蛋僧上，白〕

千山皆歷盡，萬水盡盤旋。俺蛋子和尚，一路問來，人都説是這邊有個夫婦雙修的楊善人，齋僧布施，不免化他一齋，有何不可。〔看介〕好一所大第宅院，我且坐在此，看可有人出來。〔坐介。出芭蕉扇放介。生、丑扮家童捧盒提壺上，白〕東君信佛道，奴婢受辛勤。〔作見介〕你這僧家，坐在此做什麽的？〔丑白〕可是化齋的？〔浄白〕正是。〔丑白〕這扇上寫的是什麽字？〔生白〕訪聖姑。〔丑白〕如此説來，你可要見聖姑姑麽？〔浄白〕爲訪聖姑而來，怎説不要見。〔生白〕如此説，你起來。我們正送細齋，前往西園，你何不隨我們到那裏，就可相見了。〔浄白〕多感，多感。〔丑白〕隨我們這裏來。〔浄白〕踏破鐵鞋無覓處，得來全不費功夫。〔生、丑白〕大師父，這裏就是西園了。你在此等等，我們進去，與你説知便了。〔浄白〕相煩足下，自然相謝。〔丑白〕只是進去怎麽説？〔生白〕素日如何稱呼的？〔浄白〕我們是姐弟。〔丑白〕姐姐是道姑，兄弟是和尚，這也有趣。〔老旦上，白〕道法無窮奥，〔小生楊春上，白〕相同博古今。〔生白〕小人們方才送細齋供奉聖姑，有一僧人來訪聖姑，是小的引來。〔丑白〕是聖姑的兄弟。〔老旦白〕怎麽，是兄弟到了？〔小生白〕恭喜令弟到來，我且回院，再當求教。〔老旦白〕有誤功成了。〔小生白〕豈敢，道通非一旦，日長如小年。〔小生同生、丑下，老旦白〕遠來的長老請進。〔净上，白〕今朝喜得仙顔見，不枉奔波跋踄難。〔見介，老旦白〕請坐。請問尚人，從何處來此？如何知我名氏？乞示來由。〔净唱〕

【耍孩兒】堅心慕道白雲往，歷盡勤劬空自忙。三年勞碌雲封闖，天書得印金身望，天書得印金身望。悲艱難明意急將，袁公神親囑講，要明此《如意寶册》，去尋訪聖姑通章。〔老旦白〕原來如此，可取來我看。〔净向袋内取紙介，老旦看介，白〕果然是無價之寶，何愁萬法不明。好，我想靈文今已得凑機會，你我潛心究進，料得成功。〔净白〕若得聖姑傳法，我蛋子和尚决不相忘。〔老旦白〕但今且别漏此機關，先把小法抄念精煉，再進大法，功成便了。〔净白〕聖姑姑言之是也。〔同唱〕

【尾】珍異寶無雙，抄録究疾忙。俺悉知就裏無虚爽，和你們誦天書好把諸法仰。〔下〕

第十三齣　認母

〔丑扮左黜上〕

【普賢歌】人人道我是妖精，本來面目認得真。廟主又歸陰，無地可安身，因此前來探母親。

〔白〕自家左黜兒，一向在劍州關帝廟中，住了許久日期，誰知那賈清風病重在床，也只在早晚歸陰。況且乜道人與我不睦，眉眼高低，俺那裏受得。因此辭了賈清風，特地尋找母親、妹子。又不知我母聖姑，在于何處。前日遇一游僧帶信，方知他住在楊巡檢家中，故此前來。此處已是他西園門首了。裏面有人麽？〔净蛋僧上，白〕黄犬籬邊吠，知是有人來。〔見介〕足下何來？素不相識。〔丑白〕聞知聖姑姑在此，我是他孩兒左黜，特來尋訪。〔净白〕請進，隨我來。〔老旦上〕

【引】孩兒久别無音信，終日牽縈方寸。〔丑見介，白〕母親一向好麽？〔老旦白〕我兒你來了麽？〔丑白〕來了。此位何人？〔老旦白〕是我前世兄弟。〔丑白〕這等説，就是我的舅舅了。〔各禮介，坐介。净白〕請問聖姑姑，那天書上如何修煉，望乞指示。〔老旦唱〕

【皂羅袍】其中妙意難盡，包羅萬象高深。無窮變化裏邊存，打破機關分凡聖。能升能降，能縮

能伸。天神地祇，水怪山精。相隨左右聽吾令，相隨左右聽吾令。〔净、丑同白〕我輩一向如同睡裏，今日大夢方醒也。〔同唱〕

【前腔】嘆我愚痴體蠢，今日恍然悟透高深。向來門外枉修真，無人指引前途信。天罡微妙，使我知聞；地煞靈應，不錯毫分。今日纔得心懷稱，今日纔得心懷稱。〔同唱〕

【尾】好把天書收得穩，這是圖王定霸根本，莫比尋常一樣文。〔下〕

第十四齣　索債

〔胡浩上〕

【引】清閑快樂任悠游，足食豐衣不用求，安享度春秋。掛錦披羅，珍饈入口。〔白〕自家姓胡名浩，字大洪，從來做事不公平，人家欠我偏能討，少要挨遲，利上加利，一世也算不清。我胡浩，祖居東京，略稱豪富，雖然不比陶朱，也與石崇相彷。門前開設三座當鋪，左邊一個主管，專當金銀首飾；右邊一個主管，專當紬綾衣服；老夫同一主管料理中間，專當古今器皿、書畫圖籍。不羨他拜將封侯，説什麽鐘鳴鼎食。〔院子上，白〕啓員外，欠債的李相公到了。〔胡白〕教他進來。〔院白〕李相公有請。〔生扮李文廣上，白〕生來時運蹇，家寒拆應貧。員外拜揖。〔胡白〕只把銀子與我，拜甚麽揖。〔生白〕員外恩德須放寬，小生家道甚貧寒，有日自當相完信。〔唱〕

【風入松】停嗔息怒望哀憐，容分訴話不相瞞。家貧如洗無措辨，見員外羞愧無顔。〔胡白〕誰與你之乎者也，快還銀子來。〔生唱〕遭凍餒實難展轉，容寬限再償還，容寬限再償還。〔胡唱〕

【前腔】心頭怒發恨窮酸，巧支持一片花言。錢財不與相違欠，惱得人氣滿胸間。既貧寒將何準算，速還我莫遲延，速還我莫遲延。〔生白〕小生家下，百無一有，望員外寬容幾日。〔胡白〕人來，他家下有什麼，盡情盤來。〔院白〕他家一無所有，只有一個如花似玉的婦人。〔胡白〕是他什麼人？〔院白〕是他妻子。〔胡白〕果然生得何如？〔院白〕標致。〔胡想介，白〕也罷，我與你好商量。我年高無子，正要娶妾，你没有銀子還我，將你妻子準算與我爲妾，日後我還看顧你。〔生白〕這怎麼使得。〔胡怒介，白〕欠我的銀子不與就使得了？快寫退婚文約來。〔生白〕員外，這退婚字，也使不得。〔胡白〕叫人來，將他鎖禁空房，斷了他的飯。〔院白〕李相公，應着寫罷。〔生哭介。胡白〕看紙筆與他。着人叫李媒婆來。〔生提筆哭介，唱〕

【前腔】雙毫未舉淚先彈，無門告窮苦含冤。將妻準算酬恩券，典胡宅做妾爲偏。妻與夫兩無埋怨，當存照不虛言，當存照不虛言。〔胡白〕將文約拿來我看。立退婚文約人李廣文，因欠胡宅銀兩，員外要將廣文妻邢氏準算爲妾。不好，重寫。你這麼寫：因度日不過，將妻什麼氏，同媒説合，情原賣與胡名下爲妾，價銀二十兩整。如有親族争論，有夫李某一面承管。恐後無憑，立此存照。

〔生唱〕

【前腔】强豪逼迫折良緣，無門告窮苦含冤。手中那討昆吾劍，誅賊首解恨除奸。〔白〕員外，〔滚〕你乃豪門富室，何愁美麗嬌容，我妻乃是貧房陋婦，怎入高門，望乞你把洪恩大赦，萬代銜恩，决不相忘。惻隱之心，人皆有之，惻隱之心，人皆有之。員外，你且須方便望周全，你且須方便望周全。

眼睁睁恩割義斷，暫退婚可保傷殘，當存照不虚言，當存照不虚言。〔院上白〕啓員外，李媒婆到了。〔丑上，白〕員外爺，好麽？〔胡白〕老李來了。好，添上個名字。〔丑白〕什麽勾當？〔胡白〕我要娶房妾。〔丑白〕誰家的？〔胡白〕就是李相公的妻子。〔丑白〕好。幾時過門？〔胡白〕就是今日過門。〔丑白〕轎子有了麽？〔胡白〕有了。院子過來，你同他們拿吉衣一套，打發新娘上轎，同來才好。你可先來報我知道，再去迎親。〔生送字胡介，胡白〕這纔寫的是。拿一兩銀子，於李相公買茶吃。〔虚白。胡白〕我今遣你去迎親，〔院子白〕謹尊主命敢辭辛。〔生白〕吞聲氣忍無門訴，鐵石人聞也淚淋。〔下〕

第十五齣　盡節

〔旦邢氏上，唱〕

【山坡羊】嘆年來時乖不利，守家寒孤貧夫婿，兩個人舉目無親，眼睜睜一命歸泉世。運蹇危，行東又奔西。〔白〕嗳，天，兒夫一去，身邊並無分毫，倘被胡家扭住，索取錢財，家中百無一有，他將何物償還。教奴心下怎不憂愁，教奴心下怎不憂愁。〔唱〕好教奴家枯腸枯腸楞腹難支也，只恐他行入禍機。嗟吁，身寒腹又飢。尋思，何年是了期，何年是了期。〔白〕奴家邢氏，嫁於李郎爲妻，已經二載之期。偶遭不幸，家業凋零。前者借貸胡宅白銀二十兩，還去一半，尚欠十兩。屢屢着人上門取討，再三哀告，執意不肯遲滯。今早有人將我丈夫扯去，這時不見到來，真個苦殺人也。〔生同媒、卒三人上，生唱〕

【前腔】苦寒儒運遭顛沛，不由人偷彈珠淚，五行中命犯孤鸞，半途間拆散鴛鴦對。心意灰，冤情訴向誰。世上死別生離也，只恐猿聞腸斷悲。〔合〕忙歸，同妻說就裏。聲低，血淚濕透衣，血淚濕透衣。〔白〕來此舍下，二位可在外面少候，待我說明，再來奉請。〔雜、丑白〕速些。〔生叩門介，白〕娘子開門來。〔旦上，白〕官人回來了，事體怎樣？〔生白〕胡員外銀子不要了。〔旦白〕不要銀子，是他好意。真乃仗義疏財之人。〔生嘆氣介，旦白〕官人爲何嘆氣？〔生白〕銀子麽不要，他説叫你前去，到他跟前説一句話，就不要了。〔旦怒介，白〕啐，你好没志氣。自古男女授受不親，你借銀子，叫我去於他説什麽，你枉爲男子。〔生白〕你還不信，外面二位請進來。〔雜、丑白〕小娘子拜揖。〔旦白〕二位是何人？〔生白〕這是胡員外掌家，這是保山李媽。〔旦白〕他來我家何事？〔生白〕胡員外無子，要娶一妾，因此把你……〔旦白〕把我怎麽？〔生白〕嗳呀，妻吓。事到如今不得不説了，你自到我跟前，苦受二載飢寒，我今那有銀子還他，那胡浩逼勒於我，要你準算於他爲妾了。妻吓，你丈夫怎忍割捨。〔旦白〕天吓，世間有這等不平事。上有王法，下有官法，胡浩霸占良人的妻子，該當何罪？〔雜白〕住口。我員外也不論王法，也不論官法，倚憑財勢，自然有法。〔媒白〕這麽個財主不嫁，掉了造化了。〔旦白〕吐，他富他自有，我貧我自當。任他所爲，我自甘心一死。〔媒白〕請換了吉服上轎罷。〔旦白〕誰换什麽吉服，快些把這裝裹拿去。兀的不痛殺我也。〔倒介。生白〕妻子醒來，妻子醒來！〔旦唱〕

【孝順歌】苦殺我貞節婦，烈女身，烈女身，嗳，天，蒼天怎不開電睛。奸徒富不仁，倚勢欺貧困，成起禍因，成起禍因。〔白〕李郎我的夫，我自嫁於李門，二載夫妻，豈料你身遭不幸，家業凋零。食不能充口，衣不能遮體，苦熬無怨，指望後來有個峥嶸之日，夫貴妻榮。又誰知蹇遭豪霸，勢壓平人爲婚。天理何存，天理何存。夫，不想你我今朝兩拆分。〔合〕恨奸徒，起禍因。平白地，生災釁，平

白地，生災釁。〔生唱〕

【前腔】我是個寒儒輩，弱士身，弱士身，仰面告天天不應。〔旦白〕丈夫，你的心腸好狠，未曾舉筆寫退婚文約，你的心酸也不酸？手軟也不軟？〔生白〕爲丈夫的，難道是鐵打的心腸不成。〔唱〕假若不依從，假若不依從，夫婦遭淩并。没奈何將妻許應，没奈何將妻許應。〔旦白〕我寧死李門，决不再嫁。〔生滚〕我的妻，你今不去，他豈肯於我干休，必須尋事，誣害於我。只索前思後想，若還違拗，禍及於身，將你割捨，出乎無奈。此事不得已了，妻，〔唱〕我渾身是口難訴分。〔合前〕恨奸徒，起禍因。平白地，生災釁，平白地，生災釁。〔内白〕李相公，快些走出來，有要緊的話講，快些來。〔生白〕來了。娘子，外邊有胡家的管家唤我説話，就來。你收拾收拾，準備上轎。〔内白〕李相公，只管慢騰騰的。〔生白〕來了。〔下。旦哭介，唱〕

【前腔】我心自忖，恨不平，恨不平，分薄緣慳前世因。香必斷頭焚，造下牽連恨。〔白〕我想損身事小，失節事大。不免進内將短刀自刎而死便了。〔進内拿刀介〕刀吓，你就是我邢氏的對頭了。夫，我也顧不得你了。〔唱〕將刀自刎頸，將刀自刎頸，猛然心自醒。〔白〕邢氏，你好痴，爲何死在自己家裏，反致丈夫吃累官司。有了，不免將刀藏在身邊，行到半途一死，叫他人財兩空便了。〔滚白〕我想世上亡身進節，古來有之。我邢氏不能够留芳于百世，怎肯遺臭萬年，怎肯遺臭萬年，到不如斷頸死了節操貞。〔合〕風波險，平地生。這冤屈，無人証，這冤屈，無人証。〔生上，哭介〕妻吓，〔唱〕

【前腔】你休悲痛，保重身，保重身，丈夫無能將你輕。二載過光陰，虧你擔飢凍。難割捨恩愛情，難割捨恩愛情。要相逢南柯夢，要相逢南柯夢。〔院子、媒婆、花燈、鼓手、彩轎、吹打上，衆唱〕

【江頭送別】笙歌韵，笙歌韵，歡聲多相應。花燈亮，花燈亮，月光交映。打疊愁眉，新妝音净。且莫擔擱，早上鸞乘，早上鸞乘。〔生旦哭介，同唱〕

【尾】娘行永別肝腸迸，從此後再無歡慶，除非是夢裏相逢説苦情。〔衆白〕快請娘子上轎。〔旦上轎介，生號哭介，下，衆吹打，雜白〕抬起轎來。〔四公曹上，高立，各記文簿。衆同唱〕

【撲燈蛾】良緣是前修，良緣是前修，今生無差謬。富貴於貧窮，算來半點不由人也。天排成就，巧婚姻把人情受，從今後恩愛都休。一對鴛鴦兩處投，一對鴛鴦兩處投。〔旦〕虧心將來報應昭彰也。奸人玷玉，光瑕怎遭塋污，思量起進退無路。罷，到不如我自刎一命喪荒丘，自刎一命喪荒丘。〔媒白〕落轎。〔看介〕不好了，剪刀攮氣顙哩。〔衆〕快奪剪刀。〔衆奪介，旦抱媒婆出轎滚介，噴彩死介。媒白〕救人來。吓，唬殺我也。他拿剪刀攮喉顙，我去奪剪刀救他，他便抱住了我不鬆手，不是我扭着臉，險些兒把鼻子啃平了。抹一抹。〔雜白〕小娘子絶氣了，只好抬了死的去見員外罷。〔媒白〕不要忙，我有主意。如今將死屍裝在轎内，竟抬回李家去，只説員外不忍你夫妻離別，送回來了。抽他到房中，咱們回身就走。任他有擎天的本事，員外也不怕他。〔雜白〕你們過來，將婦人裝在轎裏，用紅衣蒙頭，抬着走吓。〔同唱〕

【四邊静】急急忙裹這屍骸，轎抬死裙釵。烈性真奇怪，自刎咽喉壞。好事成敗，佳人還在。只少一口氣，有甚大妨碍，有甚大妨碍。〔下。四公曹繞場舞介，轉向天門擊鐘介，内火彩出，天官接善惡簿，各分下〕

第十六齣　啞判

〔火彩，二皂隸上，舞板牽馬，净扮老判官，雜各扮書吏、鬼卒，同做科介。衆都鬼帶丑賈清風上，做手勢報門，告進，遞犯單，判看，打丑介，批來文，衆鬼帶丑下。判下座，衆做帶馬，判騎行，同衆做科，轉場下〕

第五卷

第一齣　升殿

〔速報司上，唱〕

【點絳唇】位在天齊，第三靈位無私敝。〔秦廣王上，唱〕凶惡心虧，速報難瞞昧，速報難瞞昧。〔速報司白〕居職速報屬天齊，正直無私握柄樞。〔秦白〕堪憐節孝身遭逝，即向靈霄奏是非。〔速白〕小聖東嶽速報司是也。〔秦白〕孤家冥府秦廣王是也。〔合〕今日有表上陳，玉帝尚未登殿，且到朝房等候便了。聖主未登金殿上，賢臣且退玉階傍。〔同下。馬、趙、温、關四天將上，舞介，四輔弼、二仙女隨玉帝上，唱〕

【混江龍】香烟縷細，群臣蹡蹡叩丹墀。俺則見仙官仙吏，又見那玉笏金珪。鬧攘攘均天樂奏，密匝匝儀仗逐隨。簇擁着幾行兒文臣武將，擺列着數層兒九曜奎巍。這壁廂斗女天罡和風雨，那壁廂二十八宿共雲雷。又只見霓虹霧雪，齊來朝萬壽雍熙，齊來朝萬壽雍熙。〔衆神朝拜介，玉帝白〕

靈霄寶殿碧琳琅，鸞鳳紛紛舞翱翔。玉女前驅報羽蓋，金妃列後奏笙簧。朕乃昊天金闕玉皇上帝是也。位居天主，惟好生而惜物；執統元辰，布萬類已生春。列日月而分陰陽晝夜，設四季而别春夏秋冬。生五行分金木水火土，定虚實設南北與西東。開三教創四業治于人間爲業，降人皇設地府惟其同志好生。今當早朝，衆卿有事早奏，無事退。〔速白〕臣速報司，有短章奏聞陛下。〔玉白〕奏來。〔速唱〕

【油葫蘆】惟臣的謹奏椿椿是共非，汴京城有豪强兩富居。胡浩的逼勒邢氏喪軀，李文廣冲霄怨氣迷天地。有孝子鬻身殯母吴興德，被焦錦淩并他虧。兩件事實實悲悽。更憐那貞節婦、孝男子平白地爲冤鬼，望降旨善惡賞罰莫羈遲，望降旨善惡賞罰莫羈遲。〔玉白〕卿家平身。〔秦白〕臣冥府頭殿秦廣王，有表奏聞陛下。〔玉白〕奏來。〔秦唱〕

【天下樂】容惟臣一一從頭奏至尾，言怎敢遲啓因依。有劍州賈清風墮罪甚深丕，貪色欲壞了陰隲，污三清敗行德，種種的惡孽實難移。

【哪吒令】還有起節孝的二鬼，痛無辜逼勒，生拆散夫妻，喪冥途甚悲。兼有個狐媚，負含冤一魄，哭啼啼似呆痴。哀哀訴幽冥地，被伏魔屈斬化爲灰。〔玉白〕二卿所奏相符，人間有此惡端，豈容不報。二卿聽旨，把速報司所奏胡浩、焦錦，爲富不仁，逼死孝男節婦，理當報應。其節婦邢氏捐軀全節，孝子吴興德鬻身殯母，遭横身亡，情實可憫，理該旌獎。再據冥王奏稱賈清風污穢三清，恣貪淫欲，亦當照報。妖狐媚兒擅入宫幃，意在戲人，斬之正當。况張鸞已將妖魂遣入畫圖，今又命狐媚兒與胡浩爲女。胡浩先遭回禄之災，後受飢寒之苦，十八年後降以滅族之禍。焦錦逼死孝子，即將賈清風與他爲子，使他痴憨愚蠢，壽限十八歲，中箭而死，焦錦受絶嗣之報。况賈清風情因媚兒動念，色欲迷心，七情感傷而亡，命月下老注三個時分姻緣，有名無實，完此孽緣。至于孝子吴與德，送往狄青爲子。節婦邢氏，送往包文拯爲女。其寒孺李文廣，命梓童開化，注他聯科及第，福禄雙榮。二卿速歸，施行覆旨。〔二奏事起介〕領旨。〔玉〕傳旨散朝。〔唱〕

【煞尾】從來善惡神難昧，天網恢恢怎讓伊。那忠良節孝，終享安榮貴，試看造惡中生報應得奇。〔下〕

第二齣　賞春

〔外胡浩上〕

【引】臘盡春回，正逢三陽佳麗。家業豐厚足堪娱，奈膝前斑衣無繼。〔白〕豪華稱巨富，堆金積玉翁。生涯陶朱業，敢並昔石崇。老夫胡浩是也。一生籌論營運，挣下萬貫家資，良田百頃，童僕充盈。合郡鄉庶，無不欽仰。這也不在話下。今當元宵佳節，已曾吩咐安排酒筵，與院君共賞上元。院子，酒筵可曾完備？〔院白〕齊備多時。〔外白〕請院君上堂。〔院白〕曉得。後堂傳話，請院君上堂。〔梅香隨老旦上〕

【引】上元節届景芳菲，慶良宵共同歡聚。〔見介，白〕員外，唤妾身出來，有何話説？〔外白〕安人，今當元宵節届，安排酒筵與你共賞良辰。〔老旦白〕妾當奉陪。〔外白〕看酒來。〔衆白〕擺下了。

【梁州新郎】〔同唱〕晴光初暖，和風輕細，正直融和天氣。三春花柳，共慶燈月交輝。真果良辰堪玩，杯酒光籌，莫負良宵會。開懷暢飲也，樂怡怡，象板銀箏兼玉笛。

【賀新郎】〔合頭〕醁醽釀，真佳會，杯浮琥珀勝瓊漿味。休辜負，好良時。〔外白〕院君，你我空挣下一分家私，老夫年已半百，並無子嗣，後來胡氏宗祧，却叫何人承繼。爲此日夜焦勞。〔老旦白〕員外，人生窮通富貴，子女錢財，乃是前因注定，豈由人算，惟聽天命罷了。〔外白〕言雖如此，思憶到此，不由人心增感嘆。〔唱〕

【節節高】前生有何爲，罪業推，書香兀自誰承繼。〔老旦唱〕休生慽，莫痛悲，急懺悔。縈心枉自勞心力，人生早自天公注。且請開懷樂追隨，愁城暫爾相拋棄。〔外白〕將酒筵撤去。院子過來，目今年節已過，將去歲各莊未清賬目一一催討，就是向年所欠，亦不可遺漏。倘有刁惡之徒，不肯清還者，扯來見我。〔院白〕是。〔外、老旦唱〕

【尾】金珠廣有逞豪勢，須把吾言謹記。〔老旦白〕我和你，且自安閑樂時宜。〔下〕

第三齣　當畫

〔付扮主管上，白〕

爲富必不仁，爲仁必不富。若要仁富全，除非開典鋪。自家乃是胡員外典當鋪中主管便是。今日天氣晴明，夥計們，開了當鋪，掛出幌子去當。〔外張鸞上，唱〕

【不是路】月上樓頭，春暖溶溶瑞氣浮，紅塵垢，蟻争蠅攘幾時休。嘆浮蝣，朝生暮滅人知否，莫爲兒孫作馬牛。誰似我逃名叟，無榮無辱把柴門扣。〔進介〕啓簾稽首，啓簾稽首。〔付白〕你這道人好没眼力，我纔開鋪面，未曾發市，你就來抄化，請過一家。〔外白〕我也不是募化的，聞知寶鋪收當古畫，故爾前臨。有美人一軸，將來當取。〔付白〕既來當古畫，拿來我看。〔外付畫介，付白〕畫倒畫得好。你要當多少？〔外白〕不當多少，只當銀五十兩。〔付白〕又不是名人之筆，也不甚古，那裏當得這些。〔外白〕此畫呵，〔唱〕

【前腔】非是凡流，他乃月殿蟾宫度幾秋，因爲思凡垢，來凡世結綢繆。〔付白〕你這道人喇大話，喇到天上去了。你拿往别處當，我也不識貨。〔外唱〕你這凡夫俗子焉知否。〔付白〕我是凡夫，你難道是神仙？這道人好没趣。〔外白〕將物當銀，有甚麽没趣？〔小外、胡員外上〕鷓鴣鳴清話，人聲噥更多。〔外白〕員外，貧道稽首了。〔胡白〕罷了。吓，主管，爲何與這位道友争論？〔付唱〕員外聽分剖，無端潑道來相謳。小小畫圖，一軸誆誘，一軸誆誘。〔胡白〕原來這位道友，將畫當銀麽？〔外白〕正是。〔胡白〕不知要多少銀子？〔外白〕只當五十兩。〔胡白〕取來我看。〔看介〕這畫又非古迹名畫，如何要這許多銀子？〔外白〕雖不是古迹，實有奇異。〔胡白〕有何奇處？〔外白〕你將此畫，供奉在净室之中，〔欲言又止介，胡白〕爲何欲言又止？〔外白〕不是説話所在。〔内白〕請主管用飯。〔付白〕當不值與我無干。〔胡白〕我有主意。〔付白〕不管圖畫事，東君自主張。〔下，胡白〕請到書房。〔外白〕正宜擾坐，員外尊張。〔進介，胡白〕乞將圖畫，再借一觀。〔外付畫胡介，胡白〕畫得好，杏臉桃腮柳葉眉，輕盈體態亞西施，唇紅一點樊素口，小蠻腰舞似風吹。〔外白〕員外，還有妙處，掛在净室，沉香一爐，清茗一盞，用指將案連彈三下，仙女即能下畫，能歌善舞，妙不盡言。〔胡白〕只怕未必如此。〔外唱〕

【掉角兒】想卞玉沉埋已久，論此畫人世少有。絶勝似西子楊真，何必説緑衣紅袖。傾刻間，小蠻腰樊素口，露春纖襯金蓮即怨成偶。〔合〕姻緣輻輳，持觴勸酒。果然是春宵一刻，窈窕河洲。〔胡白〕如此説，我便收下。〔外白〕貧道從不打誑語。〔胡白〕這是白銀五十兩，請收了。〔外白〕貧道告辭了。

【尾】這丹青真難有，價值連城不謬，静意相求莫亂謀。〔送分下。主管吊場打諢虚白介。下〕

第四齣　下畫

〔胡浩上，白〕

自家胡浩，向有道人當了仙畫一軸，我再也不得工夫，不是酒醉，就是有事，故爾日來謹記在心，諸事暫且相避，專心試驗仙畫。若應道人之言，就是五千兩，我也不賣。不要閑説，我如今且到書房中去。〔作開門介〕待我焚香一爐。弟子胡浩，恭請仙子一會，望乞光降。〔拜介，唱〕

【風入松】寶珍無價美心瘋，疾步書幃親奉。香茶聊供誠心誦，今日裏偷閑相共，指彈桌攸然現容。聽歌咏睹春風，聽歌咏睹春風。〔白〕怎麽還不見下來，莫非那個道人騙我是了？他説桌上還要彈指三下，仙姬即下來。我如今彈取三指，看是如何。〔仙姬下介，白〕念胡浩俗子凡夫，今得會仙姬，乃三生有幸。〔小旦白〕我乃山人之女，得睹尊顔，仙緣奇遇。〔胡白〕聞仙女善舞能歌，若然不棄，請歌一曲何如？〔小旦白〕郎君所命，焉敢不遵。〔唱〕

【二犯江兒水】窺韓尋宋，我須是窺韓尋宋，輸情非慕寵。爲驥淹槽櫪，鴻困樊籠，降雲端蓮花涌。〔内吹打，小旦舞介，唱〕悟道出崆峒，吹簫向碧空。仙姿芳容，驀地相逢，怕伊行心内恐。天台會中，恍疑是天台會中，邯鄲一夢。〔白〕妾身告辭，明日再當領教。〔胡白〕再坐坐何妨。〔小旦唱〕急辭別邯鄲一夢，等閑間應回頭覓故踪。〔白〕暫離凡塵地，頻卑笑面迎。〔下。胡白〕阿呀，妙，妙，有趣，有趣。樂殺我了！ 真是無價之寶了。且將畫圖收起來，明日再焚香相請。珍重仙家當畫圖，烹茶蒙頂待仙姑。踏破鐵鞋無覓處，得來全不費工夫。〔下〕

第五齣　惑亂

〔丑扮師婆，雜扮二男二女，同上，唱〕

【駐雲飛】無慮無愁，走遍天涯任我游。自幼持符咒，誰能參得透。嗏，江湖任我游，江湖任我游，正是炎天時候。且自行術騙得錢財够，携兒帶女那顧羞，携兒帶女那顧羞。〔丑白〕終日忙忙那是家，〔二女白〕經年處處任喧嘩。〔二男白〕除邪看病能捉鬼，〔丑白〕頂禮收洗做生涯。老身姓蒲，嫁與艾門，不幸丈夫先逝。所生一男二女，兒子父仁，娶妻苗氏，女兒蓮姐，招贅高平。且喜孩兒孝順，女婿成人，婆媳和睦，母女同心，五口同力殷懃。這也不在話下。聞得博平縣出榜祈雨，不論士庶人等，能祈雨者，謝錢一千貫。此乃一樁好買賣，因此同我兒子、女婿，扮做仙官，女兒、媳婦扮做仙姑，應試的衣巾裝束起來，前去騙錢用用，豈不美哉。〔衆白〕來此已是博平縣東關，前面果有明示，無人看守。〔丑白〕你將污水穢他的告示，自然有人出來。〔衆將污水灑介。丑地方上，白〕吻，什麽人在此作踐，快跟我去見老爺。〔丑白〕我們是遠方來的，慣會祈雨，聞知此處招人祈雨，特來設壇。〔地方白〕你們是遠方來的朋友，會祈雨，怎麽男女混雜的？〔丑白〕我是仙姑，這是仙女，那是仙官。尊駕是誰？〔地方白〕你們是仙姑、仙官、仙女，不瞞你説，我也是個仙地方。〔丑白〕你這一方人民造化，遇着我等仙家，會祈雨澤，管取五穀豐登。〔地方白〕既然如此，隨我到縣，去見縣府便了。〔丑白〕只因此處把地荒，〔地方白〕黎庶農家心下忙。〔丑白〕若能降下甘霖雨，〔地方白〕所湊錢財任你扛。〔下〕

第六齣　求雨

〔丑扮縣官，衆役隨上，官白〕

久不降甘霖，心下縈方寸。下官博平縣令淳于厚是也。自到任以來，旱了半載，已曾禁屠斷宰祈雨，未得其應。以此出示曉諭，招取四方，不論僧道俗人，祈得雨者謝錢一千貫。地方看守曉諭，怎麽不見回報？〔地方上，白〕報，地方進。〔雜白〕進來。〔見介〕地方與老爺叩頭，有一事稟上老爺。〔官白〕稟何事？〔地方白〕有一夥男女，口稱仙姑，他會祈雨。〔官白〕在那裏？〔地方白〕都在衙前。〔官白〕請到後堂相見。〔地方白〕老爺請祈雨的仙姑到後堂相見。〔丑上進見常禮介。官白〕請坐。請問仙姑從何處而來？〔丑唱〕

【駐雲飛】聽訴其詳，小道雲游住遠方。山水同相伴，松柏爲林仗。嗏，維野亦非常，維野亦非常。敢誇强，唤雨呼風，神不相違抗。要與人家解禍殃，要與人家解禍殃。〔官白〕幾時赴壇？〔丑白〕就在明日。〔官白〕在于何所？〔丑白〕北關五里之外，搭一高臺，一丈八尺寬，三丈六尺長。〔官白〕所用何物？〔丑白〕五色紙，龍王神牌，五分香花燈燭，猪羊祭祀，净水一缸，懷胎婦人十名，不可遲誤。〔官白〕即差皂隸，查懷胎婦人十名，明日黑早赴壇。所用之物，俱個早備，毋得違誤。人來，送仙姑店房做寓。看轎。〔雜白〕北關外娘娘廟潔净。〔官白〕疾去莫遲挨，〔丑白〕修省赴壇台。〔官白〕只爲時逢旱，〔雜白〕祈天望雨來。〔同分下。丑、地方上，白〕旱澇天下有，敝處忒不堪。穀黍打成綹，高糧一撮長。河内更没水，井中徹底乾。自家地方邊小池是也。今有一夥道人，鋪壇祈雨，候他前來便了。閑人往後些。〔虚白。丑同衆男女插柳枝、執神鼓，衆百姓鄉民執柳枝隨丑同上。雜扮吏典上，白〕孕婦十名，到了没有？〔地方白〕來到了。〔二男道白〕候官府上香。〔吏白〕上司事忙，你們上壇罷，待我上香。〔吏上香叩介。丑帶衆打神鼓介，丑白〕早晨清净一爐香，謝天謝地謝三光。〔二女白〕一謝皇王萬萬歲，〔二男白〕二謝太子坐龍床。〔丑白〕上請玉皇張大帝，下請五湖四海老龍王。龍王爺出海府來的甚快，後隨着龜蝦將怎敢遲延。擺列着鄧雷部、辛雷部、張雷部、陶雷部四部雷將，緊跟着風婆婆、雨師師、閃電娘娘，量天尺四周圍共量萬丈，降清風下細雨潤澤田秧，千求靈萬求應忙忙快快，再焚香再斟酒再獻猪羊。唤孕婦上來，隨着我們布雲。〔地方白〕衆卿民，這是爲你們一方的事業，他們做法，你們都莫説混話。〔丑帶衆唱〕請東方甲乙木，東海龍王休遲滯，親到此降甘露。請南方丙丁火，南海龍王休誤我，親降雨非小可。請西方庚辛金，西海龍王速起身，親到此降甘霖。請北方壬癸水，北海龍王清秀美，親到此降令水。請中央戊己土，五湖龍王出海府，親到此聽押鼓。左旋旋右轉轉，行雨布雲真希罕。前點頭後點頭，天雨下的滿街流。黎民百姓都歡喜，今年五穀盡豐收。〔打長鼓介。

二男白〕咚咚押鼓響三聲，吾神正坐寶蓮宫。莫道虚空無神聖，五黄六月下寒冰。留名不留名？〔二女白〕留名。〔二男白〕頭也黄來面也黄，脱了黄袍徹底黄。吾乃不是别神聖，敕封金龍四大王。我方才正在寢宫歇息，忽聞一陣信香所過，原來你們祈雨。冰凍三尺，非是一夕之寒。久旱無雨，皆因心不虔。我今見你們誠心設供，吾神轉達龍王，借我黄河之水，賜你大雨一壇，五谷全收，方顯大王爺的靈應。你若不信，拿的你衆生們各各遭殃。〔白〕回馬。〔跌倒介，轉身醒介。丑白〕雨來了。〔吏白〕地方，外邊有雨麽？〔地方白〕好雨！頭裏還是陰天，這一回把日頭都幌出來了。〔吏白〕這等，把孕婦放起來，與他三貫錢，領他回家去罷。〔地方應，領孕婦下。吏白〕求了這一日，爲何没雨？〔丑衆白〕龍王爺不在家。這婦人懷的是個貴子，把住雨了，把那一個孕婦拿來求罷。〔吏白〕放你家的狗屁。〔衆鄉民白〕拿磚瓦打這狗肏的罷。〔衆打丑衆男女介。衆鄉民同唱〕

【水底魚】煽惑民心，舉意太不仁。良家婦女，無辜受災迍，無辜受災迍。〔衆道跑下。外白〕這些狗男女被我等打去了。衆鄉親有事的治事，得閑的同我們到縣裏，禀知縣主，再出明示，招取祈雨之人。〔衆白〕言之有理，一同前去。〔衆唱。合前〕。〔吏白〕今朝祈雨遇喬才，〔外白〕作賤良民理不該。〔衆白〕不是你我一頓打，〔外白〕他還在此亂安排。〔衆白〕打得有理。〔下〕

第七齣　焚畫

〔老旦扮胡安人，丑、梅香隨上，白〕

事不關心，關心者亂。往常我家員外，未晚至內，近來這些時，夜深人静，還在外邊，不歸内寢。況且我身孕六甲，早晚臨盆，還是不行正事不成，想來定然古怪。〔丑白〕我聽見他們説，員外這幾日在書房貪戀别人了。〔老旦白〕果有此事？這還了得。梅香，我同你今晚悄悄走至書房，看他真假。

正是：莫信直中直，須防仁不仁。〔下。胡浩上〕

【小蓬萊】廣寒仙子下瑶池，緑衣朱結更清奇。〔白〕老夫胡浩，自從那晚試驗仙畫，果然奇妙。真是天仙降臨，與我同歡，並無外人知覺。今晚耳熱眼跳，不知何意也。吓，是了，想必是畫中美人作念于我。不免將畫掛起來，相請仙姬下來，與我共樂，有何不可。〔外掛畫做彈桌介。火彩，小旦媚兒轉畫上介，唱〕

【園林好】方才個獨坐蓬瀛，急聞得沉檀香信，隱丹青徐步來臨。〔胡見介，旦唱〕我看他誠心禮把身迎，誠心禮把身迎。〔胡白〕仙姬請坐。〔小旦白〕但聞信香，妾身即至。〔胡唱〕

【江兒水】乞恕殷懃禮，聊表一念誠。爐烟裊裊焚金鼎，香茗半盞尊前敬，請仙姬聊飲消渴吻。且莫推辭休遜，似這般無限歡娛，猶勝似乘鸞跨鳳。〔小旦白〕你我朝朝相會，夜夜同談，這也是前生定就了。這事萬一不可對人説破了。〔胡白〕這個自然。〔唱〕

【玉嬌枝】心中暗忖，多嬌貌緑鬢朱唇。仙姬呵，從天降下非凡品，温柔旖旎真堪勝。凌風御氣與雲乘，倩人容易調紅粉。喜暫時相逢有因。〔小旦唱〕怕別離相逢更稀。〔胡白〕這又是解話來了。

〔小旦唱〕

【前腔】翠娥輕暈，慢輕移秀生襪塵。〔胡白〕仙姬不惜玉趾，親降小齋，即楚雨巫山之夢，不過如此足矣。〔唱〕尤雲殢雨何足論，親恩尤恐兩難分。〔老旦同丑上，唱〕須知仙子憶劉晨，武陵漁棹今應近。〔老旦聽介。胡唱〕喜暫時相逢有因，〔小旦〕怕別離相逢更稀。〔丑白〕如何有人説話？〔老旦白〕老無恥的，幹得好事。〔作打進門介，小旦上晝，下。老旦四下尋介。拉丑、梅香打介，胡躲介。老旦唱〕

【川撥棹】你今年將五十齡，胡行不怕人談論。〔胡白〕談論什麽來？〔丑〕員外，你悄悄而的罷。〔胡白〕你這小賤人。〔老旦白〕你還敢犟嘴麽？〔胡白〕不敢，不敢。〔老旦白〕我説這些日子更深夜静，方入我房中，誰知你心腸大變了。〔唱〕恠伊忒喪心，恠伊忒喪心，須與我説個明白，把偕老恩情一旦分。〔胡白〕院君一進門來，不問青紅皂白，言出不遜，所爲何事？〔老旦白〕住口。你只把方才説話的人還我，我就罷了。〔丑白〕就是那個物件。叫他出來，等院君瞧瞧，我也不説什麽了。〔胡白〕你這賤人，從幾時這樣無規矩。〔老旦白〕唤那女子來見我。〔胡白〕院君要看他，只是不要羅唣他。〔老旦白〕我不羅唣就是了。〔胡白〕丫環掌燈來。〔胡唱〕

【前腔】伊心狠，平白的誤陷人。那有個婦女聲音，那有個婦女聲音，掌燈來着意搜尋。若拿住罪吾身，拿不住怎見人。〔丑白〕快出來罷。〔雜梅香執燈上照介，衆諢介。胡白〕那裏有人，你們都在那裏説得是鬼話。〔老旦唱〕四下裏着意搜尋，這回兒定有因，管叫你没處存，管叫你没處存。〔白〕梅香，怎麼説没有人？〔丑白〕不知怎麼跑的這麼快，没了影兒了。好奇怪。〔老旦白〕一進門見了，我就去打他的。〔丑白〕奶奶你又來了，你都打的是我。〔老旦白〕我怎麼打的是你？〔丑白〕不是我是誰，罷了我了。〔老旦白〕這又奇了，明明是個女子，同你説話，就不見了。〔胡白〕那説話的不是人。〔老旦白〕不是人，一定是個鬼了。丫頭們，大家尋來。〔雜、丑同尋介〕這是空房子，藏在那裏？只有這軸美人圖，難道是他不成？〔老旦白〕管他是也不是，扯下來與我燒了。〔丑作應介，扯畫，外拉丑介，老旦扯畫碎介。唱〕

【尾】叫人展轉生嗔怒，卧柳眠花不是人。把此畫將來一火焚。〔胡白〕使不得，使不得，這是道人當的仙畫，如何燒得。〔老旦燒畫介，旋風介〕莫説是人，連畫也作怪。除非吞在我肚中，方消我氣。〔作吞灰介，貼肚疼介。丑白〕院君不耐煩，進去罷。〔老旦白〕今夜不許他進房來。〔雜執燈，丑扶老旦下。胡白〕好好的一幅美人圖燒了，又不叫我進房，怎麼好。有了，我如今把夫綱整齊起來，偏要進去。

〔内白〕誰敢進房來？〔胡白〕是我。〔老旦内白〕你怎麽？〔胡白〕我不敢了。没奈何，今晚權在書房歇宿一宵，明日再做商量。小小妝新式，飄飄步玉仙。誰知一片影，凋落鏡臺前。可惜了，可惜了。〔下〕

第八齣　催生

〔末院子上，唱〕

【不是路】不敢停留，要見當年岐伯儔。〔問內介〕借問一聲，此處有個張醫生，可知住在那裏？〔內白〕醫死了人，逃走了。〔末唱〕難邂逅，元壺方上冷如秋。〔外扮張鸞上，唱〕大哥，因甚由，三街六市何行驟？〔末白〕原來是仙長。如何久不到我員外家走走？〔外白〕我自與員外別後，依雲傍水，行踪不定。不知員外一向安否？〔末白〕我家員外雖然納福，只是我院君今日臨盆。我員外呵，〔唱〕遍訪名醫沒處投。〔外白〕我正要去看望員外，就與院君看看，却不是好。〔末白〕只怕仙長不會醫道的。〔外唱〕自岐黃後，長沙河間俱爲偶。〔末白〕既是這等，就請仙長同行。〔唱〕同歸家候，同歸家候。〔白〕來此已是，待小人先進去通報。員外有請。〔胡浩上，白〕醫人請到了麼？〔末白〕小人出去，正撞見了當畫道人。〔胡白〕在那裏？〔末白〕在外面。〔胡白〕不好了，一定是取那幅畫來了。〔末白〕不是取畫，他說行醫。〔胡白〕請進來。〔末白〕道爺，我家員外有請。〔外進見介，胡白〕仙長一向如何不來走走？〔外白〕員外容稟，〔唱〕

【掉角兒】念别來一年已周，喜相逢鬢毛如舊。〔白〕員外爲何不悦？〔胡白〕自别仙長之後，喜得拙荆懷孕，今日分娩，甚是驚疑。〔唱〕但未知催生如何？〔外唱〕且寬心放開眉皺。〔白〕我有妙藥一丸，名爲萬靈丹。只將一粒研細，用蜜湯送下，便能效驗。〔胡白〕如此甚妙。〔外付藥，胡接付末介〕院子，將藥拿去對梅香説，用蜜湯研碎，與院君服之。〔末應下。外、胡同唱〕慢凝眸，看傾刻裏響胞胎，便分剖不用憂愁。〔末上，白〕員外，院君服了藥，分娩了。〔胡白〕是男是女？〔末白〕是個小姑娘。〔胡白〕老年無子，却又生個女兒。可惱！可惱！〔外白〕恭喜員外，不要看輕了令愛，他日長成，聰明過于男子，事業勝于丈夫。我就與他取個名兒，叫做永兒，何如？〔胡白〕多謝仙長。〔外唱〕陰陽結媾，休輕女流。須知祖宗積德，自然天佑。〔胡唱〕

【前腔】感仙翁當年邂逅，喜今朝又逢蓬遘。媿無成恩澤寬流，這也是天緣奇偶。蒙伊家，賜仙丹，救吾妻，似盧醫，可稱良謀。〔合前。外、胡同唱〕陰陽結媾，休輕女流。須知祖宗積德，自然天佑。〔外白〕貧道告辭了。

【尾】看光景如駒驟，兒孫前定不須憂。只恐霜雪紛紛自到頭。〔下〕

第九齣　顯化

〔生楊春，貼旦畢氏，院子、梅香隨上，生、貼旦唱〕

【醉扶歸】誠心告懇真佛見，將我夫婦雙修慈念言。不指望因緣大地正根源，方寸之間二畝田。二六將來求明示，清心好記定當傳，清心好記定當傳。〔生白〕院君，夜來夢見準提顯化，應合夢示，以此你我前到西園，叩啓聖姑，未知緣法何如。〔貼旦白〕聖姑，神仙之根派，他有未卜先知之術，亦當定知。〔末白〕啓上員外，來此已是西園了。〔生白〕不必通報聖姑，我和你悄至佛堂瞻禮，一面寂睹聖姑做些功課。〔貼旦白〕説得有理。〔生白〕院子，在園外伺候了。〔末下。貼旦白〕丫環隨我進來。〔生白〕潛步參蓮座，〔貼旦白〕香臺馥郁飛。〔下。老旦扮聖姑，浄扮蛋僧，付左黜，同上〕

【前腔】借樂地養修習煉，借取他資費三餐共膳緣。怎了我心機一片大中緣，那能够法師即應果安填。〔合見介，老旦白〕賢弟所得的奇術，真是異法，奈無寂静之處。我頓生一念，未知是否？〔衆白〕不知聖姑有何念？〔老旦白〕那楊春真心信吾法道通佛，誠敬你我，當借此之財源，以蓄養你我之大事，何如？〔衆白〕聖姑約莫如神，只是一時不能向楊春面言，入我們的機會。〔老旦白〕我已早知覺兆。那楊春夫婦傾刻就到，爾等且到後面，不可出來。他夫婦此來，意欲求準提遇面，若要機會可圖，我當顯一神手，定能如願也。〔衆白〕只是那能佛來凑我。〔老旦白〕我自有機變，不必憂慮。〔同唱〕

全賴神高顯化本誠虔，潑天大事方謀占，潑天大事方謀占。〔衆下。梅香隨生、貼旦同上，唱〕

【皂羅袍】潛地蓮台稽免，禮金容連禮，頻頓連參。〔拜佛介〕念我楊春志誠虔，雙修善事無他念。〔老旦上，接唱〕神機布定，明傳法演。〔生、貼旦見介。參禮介，老旦唱〕蒙伊心善，養供老年，朝朝何必勤參便，朝朝何必勤參便。〔生、貼旦白〕我夫婦志心拜求，不知聖姑可遂愚衷？〔老旦白〕善人有何事，明白請教。〔生、貼旦白〕念我夫婦修行，非望成佛做祖，只因一念從心，欲求法示。〔老旦白〕我受賢夫婦誠虔禮敬，若有可爲之處，即當允命。請起。〔生、貼旦起介，老旦白〕望乞明言，老身當以忖度。〔生、貼旦白〕我夫婦呵，〔同唱〕

【前腔】志意皈佛微念，累累的普化夢示愚行。〔老旦白〕這是你夫婦誠修念虔，故爾佛道相親。但不知是何佛普化？〔生、貼旦唱〕準提妙像似身邊，今求聖母慈悲現。〔老旦白〕要明見準提金容麽？些小事兒，就見何難。但恐見時，欲不信心也。〔生、貼旦白〕説那裏話來，我夫婦心盼佛光垂照，焉有不信之理。〔老旦白〕如此虔心可至。待我佛前上香禮請，你們佛前參禮。〔生、貼旦白〕領命。〔老旦上香，生、貼旦隨拜介，老旦唱〕奈夫婦良善，金容照見。今求佛暇，光容顯前。使他潛心頓醒回頭岸，使他潛心頓醒回頭岸。〔白〕你夫婦俯伏。〔生、貼旦作俯伏地介，老旦轉身下，内細吹打，小旦扮準提上，

白〕楊善夫婦，抬頭看者。〔生、貼旦叩介〕菩薩。〔生、貼旦伏地唱介〕

【滴溜子】抬頭看，抬頭看，金光垂現。不由人，不由人，心驚膽戰。化屆金容斯現，拜連急現轉，佛雲獲旋。方見虔誠，頻到階前，頻到階前。〔化身白〕俯伏。〔生、貼旦伏地介，化身下，老旦上，白〕善士夫妻，平身。〔生、貼旦起介，白〕金容顯現，足見聖姑妙道無邊。容弟子夫妻拜謝。〔老旦白〕善念感動，故爾佛臨，與老身何謝之有。〔生、貼旦白〕若非聖姑，何有金容降瞻。〔老旦白〕老身欲尋别處静室養修，今幸賢夫婦來園，即從謝别。〔生、貼旦白〕正欲相求大道，何言他往？〔老旦白〕非我捨此，奈因此室即可單身容膝，現今姐弟三人，况且窄小難居矣。〔生白〕有了，我東莊有所空房，闌宇儘多，以可移居養静，如何？〔老旦白〕足感無地，受恩太過，無以相補。今乞借銀一千兩，老身的兄弟乃方外之能人，善爲燒丹煉汞，今將一千之數，煉成十倍，足顯老身報答素日之恩。〔生白〕這也妙。院君，聖姑之弟有此妙法，如今就將銀子交與聖姑。倘然汞得，家豐足用，亦可再施樂善，豈不是好。〔老旦白〕但自放心，管叫遂意。〔生白〕但不知汞成，幾時可就？〔老旦白〕煉汞一事，定期難限，三年不止，五年亦不可，十年難定。但此事干係非小，不可泄露機關，方可做此。〔生白〕這個自然。還有一説，家下人伺候齋飯，倘出入服役，怎能嚴密來？〔老旦白〕一些也不難。可將前後門户封鎖，菜蔬諸項，只留轉桶送進。我等在内，自宜置備，閑人不必在内。〔生白〕這又妙了。我等即回，打點銀子，即便送來。〔老旦白〕如此不留了。〔生白〕得此真消息，〔貼旦白〕神增百倍光。〔老旦白〕養成十年志，大業有謀方。〔生、貼旦下。蛋僧、左黜上〕我等所聞，聖姑作用有方也。〔老旦白〕今楊家夫婦信我，定然打點白鏹送來。你們快將行囊收拾，即往東莊去也。〔衆應下。雜扮衆家人抬皮箱同院子上，唱〕

【前腔】奉主命，奉主命，須宜往前。送白鏹，送白鏹，交明恐擔。〔老旦白〕你們來了麽？〔院白〕匣内銀封，足一千兩，俱有花押封定，今命送來，交明聖姑。我家主人，即請聖姑衆位就此即到東莊上去。〔蛋僧、左黜各背行囊上介，院子、衆家人隨聖姑同行介，合唱〕静悄人兒罕見，嚴森防範專，已是未來晚，已是未來晚。

【尾】十年事須消限，功成去後有奇先。再聽洗耳先生慢布傳。〔下〕

第十齣　寫册

〔袁公上，白〕

憶昔修煉將道成，敕賜文院守雲封。蛋僧三盜《如意册》，至今縈縈常掛心。吾乃袁公是也。今有蛋子和尚專心學道，苦志焚修，欲求玄妙之術，以顯終身之技勇。因此三至白雲洞，將寶册印去。他因不識玄妙，遂訪聖姑姑，講明精微，彼此修煉。聞知他在楊春西園，抄寫寶册，得新之時，欲將原印秘籍燒燬。不免前去，潛隱於側，等他焚燒，吾即將舊印秘册收回，仍歸本洞存貯，以見吾不失落塵世也。正是：潛身等奇册，須候燒化時。〔下。老旦上，唱〕

【高陽台引】靜志輸誠，虔心意秉，自云有分功成。〔蛋僧、左黜同上〕潛修加功進，精法册演寫分明。〔各見介。老旦白〕你們可將《如意寶册》抄爲五本小册，我自有用處。〔净白〕我動手起來。〔老旦白〕我兒，你又不會寫字，只好每日裏整治火食就是了。〔左白〕我這些時熬得不奈煩，如今吃些酒肉才好。〔下。老旦白〕待老身也來幫你寫。〔各取紙筆寫介，老旦唱〕

【高陽台】下筆清明，橫畫照引，如訛頓成虛并。精加功運，同普地深沉。大意荒疏，把機關盡敵餘澄。文徑，天文果然直有逕，怎加工着意深投應。記熟取，背出詳明。肆業有萬方引領，肆業有萬方引領。〔净白〕我已寫就兩本。〔老旦白〕好，寫得快，老身一本還未寫完。你一人可照此册，再寫兩本，共是五本全完。〔净白〕如此，待我再寫。〔寫介，同唱〕

【前腔】照騰如龍紋，筆法成楷樣。羡清處毫不失影，字真切休教錯混。清明，林書妙模雲烟柳，看露揮聯筆掃千鈞。越加功成，車白縹大專行。〔老旦白〕老身一本亦寫完了。〔净白〕我這兩本也完了。〔老旦白〕共是五本。既然留下真稿，即將所盗的大篇焚化，免了留傳作踐，皆是你我之罪也。〔净白〕説得有理。待我取火來。〔净下，老旦唱〕須焚，天文莫留世塵境，要將來送歸修省，要將來送歸修省。〔净上，白〕火有了。〔袁公神暗上。老旦同净焚册介。袁公出紙接下。老旦、净同唱〕

【尾】須知黽勉思省，切莫粗心有境。把惜寸光陰可比金。〔下〕

第十一齣　賀子

〔净焦錦上〕

【引】幸喜産麒麟，使我心歡慶。〔白〕無嗣長憂悶，喜得産俊英。三朝齊賀喜，草木盡皆春。老夫焦錦，年過半百，所生一子，這也是老夫陰德上積來的。這也不在話下。今日乃三朝之期，恐衆親戚前來慶賀。院子，準備洗三的果子伺候，着人請姨奶奶、舅奶奶到來。〔雜白〕請下了，想必就到。〔衆旦上〕

【引】侯門生貴異馨香，不負終身之望。〔梅香白〕有人麽？衆位奶奶到了。〔焦白〕道有請。〔衆旦進見介〕恭喜員外，得産貴子，可喜可賀。〔焦白〕衆位同喜。〔衆旦各出禮介〕這是些須薄禮，望乞笑納。〔焦白〕怎敢受此厚禮。〔衆旦白〕將小官人抱出來，我們看一看。〔焦白〕吩咐奶娘，將小官人抱出來。〔抱小孩上，衆看，諢介〕好，可曾取名？〔焦白〕還不曾取名，就請衆位取一名罷。〔衆旦白〕我們怎好僭，還是員外取名。〔焦白〕我觀此子，聲音洪亮，取名憨哥罷。〔丑白〕好，有個憨造化。列位姐姐，你我各贈詩四句，可要頂針續麻。〔衆旦白〕就是你老先請。〔丑白〕我怎麽好意思僭列位。〔旦白〕待我先來。憨哥，憨哥，兩耳肩馱。長大成人，禍少福多。〔又一旦白〕福多，福多，智比甘羅。文安天下，武定山河。〔又一旦白〕山河，山河，口大腮縮。不好吃飯，只攮餑餑。〔丑白〕餑餑，餑餑，項短身矬。不如摔死，煨了餎餎。〔焦白〕這是怎麼説，少時罰你三碗。看酒來。〔雜白〕擺下了。〔各坐，合唱〕

【畫眉序】寶鼎麝蘭氛，氤氳，華堂喜氣新。舞光輝四壁，不掛灰塵，紫霞杯滿泛金樽，碧玉盞瓊漿色映。開懷且把金樽捧，酒逢知己偏濃，酒逢知己偏濃。〔衆、梅香、院子又斟酒介。同唱〕

【滴溜子】今日裏，今日裏，開懷須暢飲。待來朝，待來朝，共享太平春。氣象新，志量深。願逢時對景，笑樂歡欣，笑樂歡欣。〔焦唱〕

【尾】今朝酒興添隆慶，從此班衣有繼成。〔衆白〕員外，〔合唱〕可羨你天鑒垂憐産俊英。〔下〕

第十二齣　點金

〔浄蛋僧上，唱〕

【北新水令】雲山秀水任咱游，道仙方由咱參究。水流花點度，水乘駕浮舟。歲月悠悠，指法兒無邊袖。〔白〕移山搗海不尋常，玩月從風雲水鄉。試問仙家誰考較，悶心只自悟天荒。我蛋子和尚是也。自從投棲聖姑，他見俺的妙法天書，蒙他每日心究相傳，又授武略與俺，他道目今應用相着。如今聽得貝州興旺，意欲使人往暗裏潛匿，招伏兵馬，好待我們到時應接。言雖如此，未知何日前行。只候聖姑法旨，以便同行起身。道言未了，聖姑母子來也。〔老旦上，唱〕

【南步步嬌】修仙不至緣因逗，胡分應須有，奇書易不謀。〔付左黜上，唱〕母子同依，供經心究。〔同參禮介，同唱〕猶問啓仙由，即將何項操戈冑。〔老旦白〕衆位免禮。〔各坐介〕我想時道將至，應宜用法。永兒尚有奮武之時，但與貝州王則有姻緣之分，彼借爾等之力，共當成其大事。〔浄白〕如此説，良緣有分，不必遲滯，當以相機而行可也。〔老旦白〕我已教他武備，待其長成，便能爲文。〔左白〕還望母親將兵家之技，究明深略，使弟子開路有方，轄兵對壘，皆無憂懼也。〔老旦白〕蛋師，可將刀法門

路，大意領略，對陣交鋒，指示他者。〔净白〕領法旨。〔净執刀舞介，唱〕

【北折桂令】伏雄威法正流行，急驟冲鋒，敵鬥相儔。左三路刀練兵收，右入構次引奇謀，運機變威權可修。假饒他戰辱重漚，就裏深偷，塵陷蜉蝣。那時交馬馳冲，再顯外武内文修。〔左白〕倘有不到之處，還望指教。〔老旦白〕這個自然。〔左、蛋白〕武備深明，但不知可能從勇。聖姑試看舞路，可有方法，再求細述大法。〔老旦白〕如此甚好，你我同到湖山寬地，試看何如？〔衆白〕使得。

【南江兒水】〔走介，同唱〕奇門遁刀法，猶深謀最籌。驅馳交往精明授，望天花蓋頂真英逗，星星點水雲含秀。果有英雄勢糾，可敵千軍萬馬，冲鋒威茂。〔老旦白〕我兒文武已成，可與上將相并，可喜，可喜。早晚還當追究大路，不可有忘。〔左白〕領命。〔老旦白〕想我等深蒙楊善人供給，至今三年有餘，但煉汞一節，並不曾完備心願，如何是好？〔净、左白〕但不知聖姑有何妙法？〔老旦白〕我如今意欲將此湖山石，用法點成金山，使楊家夫婦見你我誠實。他所費千金，有此相報。〔净、左白〕如此甚好。〔老旦白〕我兒，可去取净水一盅，待我施法也。〔左下取净水介，吹打介，老唱〕

【北雁兒落帶得勝令】俺這裏透天機大法搜，變金山贈義儔。試驗取奇中幻，好修持作異謀。呀，〔作劍畫指山介〕請仙通靈符咒，運化通法水周。石化金延明晝，道隨緣即便求。〔白〕吾奉太上老君急急如律令，敕。〔作揭袱單現金山介。净、左白〕聖姑大法施爲，真個無窮妙意也。〔合唱〕法幽，金山現成其後。難求，永長春復本留，永長春復本留。〔净白〕我受善人齋願，無可相報。聖姑鑄造金山，

誠恐有遭構奇禍，待我留此妙法，看守此金，勿使他人作竊。〔老旦白〕這也使得。〔浄做剪紙虎介，唱〕

【南僥僥令】手剪山猫像，奇形化虎彪，着護金山朝夕佑。咒水噴，發奇尤。咒水噴，發奇尤。〔噴法水，虎上介，下。衆唱〕

【北收江南】呀，宛活山虎現呵，真令人奇異有，好仙法感眼大乘稠。那時收貯又何留，使後來可休，使後來可休，毋貽俗事在綢繆。〔左白〕我受他數年供待，無以報之，待我畫留作謝，何如？〔衆白〕使得。〔左做剪紙畫形介，唱〕

【南園林好】巧丹青儀容畫留，做一個僧凡聖游。三師友雲形作逗，上丘比贈塵浮，上丘比贈塵浮。〔白〕畫已完。〔老旦白〕取來我看。〔畫聖姑、蛋僧、左黜三像介〕妙吓，真是仙風道骨，豐儀不凡。留掛堂中。〔掛介，衆白〕看畫上仙儀迥絶，真可逍遥也。〔同唱〕

【北沽美酒兼太平令】另請風駕别舟，另請風駕别舟，好乘鸞勝景游。鶴駕雲凫山嶺丘，是霞光袖透。妙靈鸞鳳雲巫岫，今日裏共行某後。占州城雲荒奄逗，成就却英揚威后，大奇緣好一天輻輳。俺呵，佐興業功修茂修，事和業君基共稠，呀，大文章須叫參透。〔老旦白〕趁今未覺，你我把這園門前後封閉。待我將夫人所贈之銀，原以奉還，留於箱籠，使夫人見之，以見我不貪財之説也。〔衆白〕聖姑妙算。我等就此騰空，即往貝州去也。〔同唱〕

【清江引】人間作事凡情逅，好做奇緣就。大業已完成，跳出紅塵岫，方不負數十年堅心守。〔天井下雲兜介，老旦、浄、左同上雲兜，火彩介，衆騰空起介。下〕

第十三齣　拜謝

〔生楊春，貼旦院君，梅香、院子隨上，唱〕

【粉孩兒】〔崑腔一齣〕殷殷的，向東園禮仙賢，叩虔誠仰聖姑合臨雲山。〔生白〕你我因聖姑求現準提之後，真是慈悲臨界，非同等閑。他師衆願以煉汞相酬，不覺已經三載。若成吾願，要那些財源何用，還當樂濟救危，也是你我夫婦行修不昧。〔貼旦白〕員外之言，深合妾意。〔生白〕久遠不曾叩參師衆，你我何不迅步游玩，到東園一往何如？〔貼旦白〕妾身相隨前去。〔合唱〕見香花野緑蕚垂鮮，恐芳菲殘蹈。青芋鳥聲喧，飛引迷眼，喜明園已到眉前。〔末扮蒼頭上，白〕主人到了。〔生白〕我且問你，那聖姑師衆在內，日逐供應，怎麼進去？曾見他們行事，怎生光景？一一告訴我聽。〔末白〕主人在上，自聖姑師衆來此呵，〔唱〕

【紅芍藥】門深掩如鑰天關，風雲透疾閉欄柵。〔生、貼旦唱〕真是仙山不煩厭，好成和一天機變。〔末唱〕疑嫌，毫不見人前，影形兒未曾睹面。好問關已到天年，難審他從何便。〔生白〕這纔是修丹煉汞之法，那外人自然難以知覺的了。〔唱〕

【耍孩兒】聽説潛然無迹現，這功成圓滿旋，遂心意頂戴龍天。〔末白〕二年前後，還聽得裏面嘈雜之事，今年四五月之間，茫然寂静。因有主命，不敢擅進内去觀看。〔唱〕欲前，恐主怒有犯愆，守規法不驚喊，因此的聲寂口掩。〔生白〕如此説，數月之間，不聞園内之事了？〔貼旦白〕相公，蒼頭既言數月無人影迹，今日你我到此，何不開了鎖，大家進去一看，便知裏面的就裏。〔生白〕這也有理。倘若有聖姑師衆出來問，只説叩問仙姑，把言語支吾便了。〔貼旦白〕快取門上鎖匙來。〔末應，作開門介。生、貼旦、衆合唱〕

【會河陽】剔透天關，審其便還，〔進介〕游廊曲折舊時前。〔末白〕前後没有一個人影兒，好生奇怪。〔生、貼旦唱〕影潛，毫没個人兒見，到庭堂現此無明鑒，〔衆看畫介〕正仙姑端莊現。〔生白〕原來聖姑師衆，留影而去了。你們大家前後看來，煉的丹汞留在何處？〔衆應下，生白〕前面金光燦燦，是什麽東西，待我看來。〔見金山介，唱〕呀，汞成，金立在花前現；汞成，幾萬金仙家煉。〔白〕院君，原來數年功夫，煉一湖山。〔貼旦白〕真是有道之人，可敬，可敬。〔生白〕家人們過來。〔衆同院子上〕裏面没有什麽存積。〔生白〕你們看看金山，可有動移之處麽？〔衆看驚喜介〕原來聖姑師衆，三年在此，煉得金山一座，真乃神仙也。〔院子白〕待我上去看來。〔院子上山看介，山下虎出介，院子跌下介。生、貼旦白〕爲何如此驚慌？〔末唱〕

【縷縷金】形如吼，虎斑斕，舞爪張牙異，把人餐。魂飛天外去，心驚膽戰。特地報與主人看，真是令人罕，真是令人罕。〔生衆同看介，真虎下，見紙虎介。生白〕原來是聖姑的仙術，恐人竊取金山，使其紙虎看守。〔梅香持銀上，白〕院君，空箱内有一包銀子。〔貼旦白〕這銀子是我送與聖姑的，二百兩銀子，一些也没動，原留還我之意。〔生白〕他一番仙念，留存金山報我。如今好把此注大財，不必聲揚，恐外面人聞知，恐生歹意，反叫禍逼。着人早晚看守，慢鑿搬回去便了。你我就此對畫軸，拜叩仙家，垂念之意便了。〔生、貼旦同拜介。合唱〕

【紅綉鞋】遥誠叩理仙賢，仙賢。感蒙仙照垂憐，垂憐。虔誠念謝蒼天，金山現在花間，留仙意後榮延，留仙意後榮延。

【尾】仙言無囑頻嗟嘆，説與人間驚罕。這是酬答應，頓使我魆地淹。〔下〕

第十四齣　遇仙

〔地方上，白〕

河底生塵，田中坼縫。樹作枯焦之色，井有泥濘之漿。炎炎白日，天如怒目之威。滚滚黄埃，草欲捶頭卧。擔錢換水，幾家奪買爭先；迎客款茶，多伴空呼不出。渾如汗詔乾封日，却似商牲未禱司。自家地方便是。派我看守榜文，這麽幾日，没一個有造化的挣這一千貫錢，今日且往家下吃飯，回來在此看守便了。〔張鸞上〕

【引】芒履方袍厭塵世，名山遍游。盡叫他聚頂三花，誰會得忙中回道。〔白〕聞知此縣出榜招人祈雨，不免略施小計，祈雨一壇，吾心爽快爽快。來此已是榜下，待我看來。有能祈得雨者，謝錢一千貫。〔丑睡介，外白〕老人家。〔丑白〕别混我，我的兒。〔外白〕誰是你兒？〔丑白〕得罪了道爺，我當是我孫子來混我。做什麽罷道爺？〔外白〕這榜文是招人祈雨的麽？〔丑白〕正是。〔外白〕前者一個道姑祈雨，可也應驗麽？〔丑白〕應驗倒好哩。〔外白〕這等，你要多少雨？〔丑白〕只要得三尺雨就够了。〔外白〕這個何難，我只道搬江抬海，這只消談笑之間，管你溝滿壕平。〔丑白〕不要説大話。你要是求不下雨來，你打臺後就跑了。〔外白〕只管放心，引我見你縣主，有了雨，你也有功。〔丑白〕我也有功？ 走罷，跟我來。〔唱〕

【水底魚】邁步如梭，天炎暑氣多。 祈得雨降，不負受張羅，不負受張羅。〔丑白〕快傳鼓請爺。〔雜白〕做什麽？〔丑白〕做什麽？ 祈雨的神仙爺來了。〔官上白〕何人來擊鼓，速稟我知聞。〔丑白〕地方稟爺，有一個道者，口稱慣能祈雨，請老爺快迎。〔官白〕請來。〔丑白〕道爺，上司有請。〔胡子扮快腿暗上。官見外介，白〕不知鶴駕降臨，有失迎接，多有得罪。〔外白〕驚動大人，慎勿見罪。〔官白〕請問法師大名，從何處而來？〔外唱〕

【玉芙蓉】張鸞自蓬萊，道號冲霄界，任遨游四海天涯。 誰識袖裏乾坤大，那曉壺中日月哉。〔合〕逍遥快，戀紅塵盡呆。 枉奔波塵世，怎似俺開懷，怎似俺開懷。〔官白〕快備素齋，款待法師。〔外白〕貧道不慣素食，到是葷酒方可。〔官白〕敝縣禁屠三月，那得葷來。〔外白〕從來禁屠不過虛氣而已，只好瞞過大人，做與公差罷了。〔官白〕豈有此理。〔外白〕大人如果不信，縣東劉宅擺酒，買肉四十斤，王屠宰猪一口，還剩得五斤，煮熟盛在櫃裏未動。〔官白〕那有此事。〔外白〕既然不信，差人到他家取看驗看。〔官白〕快去取來。〔雜應介，跑下。 外唱。 合前〕逍遥快，戀紅塵盡呆。 枉奔波塵世，怎似俺開懷，怎似俺開懷。〔雜提肉上，白〕肉到。〔官白〕怎麽問他來？〔雜白〕起先他不肯拿出來，小人猜着他心病，他方取出來，剛剛五斤，不敢要錢，只求老爺天恩免責。〔官白〕再取點心、酒來。〔雜白〕都

有在此。〔官唱〕

【前腔】感蒙鶴駕降蓬萊，也顯我虔心鼎鼐。救衆生普濟出荒災，若還祈得甘霖來，萬古名提勒石碑。〔白〕人來。〔合唱〕忙忙快，設壇場莫挨。請法師速行，祈雨好安排，祈雨好安排。〔外白〕有茶討杯吃。〔官白〕門子看茶。〔快白〕這些東西，難爲他，肚裏怎麼裝？〔門子白〕有這大嘴吃，就有大肚盛。〔外看點頭介，望門子拂打介，門子張大口介，官白〕這是怎麼説？〔快白〕門子打哈氣，把口張大了。〔官白〕想是無知多言，得罪仙真了。看下官薄面，恕過他罷。〔外白〕他好一付面孔，大人請看。〔門子白〕罷了我了，把蒼蠅飛進好些去了。〔官白〕真乃神仙也。〔快白〕什麼神仙，這不過是個障眼法兒。〔外點頭介〕這位是什麼人？〔官白〕是本縣的皂快。〔外白〕尊姓大名？〔快白〕不敢，賤姓陸，混名叫快腿。〔外白〕想是會走路的。〔快白〕罷了，纔一日走三二百里。〔外白〕好，稱得起快腿。所用之物，問誰要？〔快白〕一切等物，望着我要。〔外白〕那裏鋪壇？〔快白〕北門外五里之地，有陳設舊壇一座。〔外白〕也罷。預備香花、法水、新筆、硃砂之類。〔官白〕幾時起壇？〔外白〕今乃庚日，逢庚必變，遇甲方晴。大人速傳道家二十名，奏樂接請，大人與小道同行。〔官白〕法師先行，下官隨後就到。〔外白〕大人恐失官體，還要乘轎而行？〔官白〕到也不然。〔外白〕也罷，大人就煩這個快腿引我前去。〔官白〕你就跟法師同行。〔快白〕小的有許多公事未完，不能去。〔外白〕我看你伶俐。〔快白〕極來呆就是我。〔外白〕一定要你去。〔快白〕還有許多東西未治。〔外白〕叫別人替你。〔官白〕快去。〔外白〕存心報國救荒災，〔官白〕感蒙鶴駕降蓬萊。不送了。〔衆隨官下。快白〕道爺，我想我們本官理上大不通，論起來他乘轎，老道你該騎馬，一同就到了，怎麽叫你在地下跑。〔外白〕想是没有牲口。〔快白〕咱没有牲口？騾馬成群。〔外白〕爲何不與我騎？〔快白〕他給你騎？多少鄉宦望他借，他還不與，肯給你騎。〔外白〕這也罷了。〔快白〕老道，出了北關，高坡下岔路頗多，可别胡走，看走錯了。我在前，你可隨後。〔同唱〕

【縷縷金】走長街，過短巷，蹡蹡人烟密。出關門，步如梭快，前行莫挨。〔合〕大家早早到壇臺，當把靈神拜，當把靈神拜。〔外走下。快白〕老道？罷了我了，把他落在後頭了。説不得回去找他。我的祖爺老道。〔跑下。外上唱〕

【前腔】博平縣，好痴呆，恁的相輕慢。這無知，不識山玉，惱亂心懷。〔白〕你看這厮輕慢與我，不免耍他一耍。間斷鬼何在？〔鬼上白〕有何法旨？〔外白〕緊隨身傍，聽我使令。〔唱〕略將法術弄喬才，使他心驚駭，使他心驚駭。〔坐介，鬼下，快上，唱〕

【前腔】心急切，意匆匆，一股羊腸路。喘吁吁，遥望人踪影，前呼後應。若是撞着不容情，必竟將他領，必竟將他領。〔見介，白〕好祖爺，你在那裏岔了路了？剛才撞不見你，上司問我要人，我塑一個又曬不乾，我弄一個也長不大。〔外白〕咗。〔快白〕取個笑。道爺你先走，我後走罷。〔外白〕我先走，只怕你跟我不上。〔快白〕放心，走遍天下路，憑我兩隻腿。你就騎匹馬跑，我也在你頭裏。〔外白〕不要説大話。〔快白〕我坐着，你先走二十步我再走。〔外白〕這等，説過我先走了。〔唱〕疾似箭，走如飛，脚步堪堪緊。〔快白〕慢走，等等我。〔外唱〕自逍遥，鞋底生風快。〔外下，快趕下。外上，又唱〕疾似箭，走如飛，脚步堪堪緊。〔快上，白〕是怎麽着，慢些走，等等我。〔外唱〕自逍遥，鞋底生風快。〔外下，鬼上，快白〕跑殺我了。看着你到有些後勁。有了，待我拉住他，再走不錯。〔鬼衆擋住快介，快白〕這就悶急了我了。什麽黄子，擋住我的去路？〔鬼打快介，快白〕這是怎麽個意思兒呢？〔外上白〕不過是個障眼法兒。〔快白〕罷哩，惹下祖師爺了。①是我多了句嘴，求祖師爺饒狗命罷。〔外白〕起去，衆鬼速退。〔衆鬼下。外白〕近前來，捧了我的腦袋。②〔快白〕不敢。〔外白〕不妨。〔快白〕我就抱住。〔外白〕放手。〔快白〕嗳喲，不好了，把手長在上頭了。罷了，你上天入地，我只不能放手。〔外白〕我不計較你了，去罷。〔手開介。外白〕我想縣官理合同我前來，誰想他把我竟不在意，不免要他一耍。快腿，伸手過來，你去見你縣主，你説法師候久了，請老爺去拈香，只許步行，才見虔心。你説雨來了。他問在那裏，你説在這裏，將手與他一看，回來就走，不可違誤。〔快白〕曉得。〔快下，外白〕借得一壇雨，是我道家能。〔下。衆參官上，唱〕

【出隊子】欽承王命，執掌博平一郡民。更兼訟簡與詞清，益息民安得太平。鎮罕上蒼，不降甘

① 「師」字，原無，據下文補。

② 「捧了我的腦袋」，原在「敢」字下，據文義移至此。

霖。〔快上，白〕法師在壇候久，請老爺步行祈雨。雨來了。〔官白〕雨在那裏？〔快張手介〕雨在這裏。〔手内雷響介，内雷公、閃電、雨師、風婆走上，繞場下。官、衆役驚介，同唱〕

【水底魚】大雨紛紛，雷轟嚇殺人。何方躲避，前後不着村。〔官唱〕道法通神，①時刻大雨紛。員領靴帽，濕了個精打精，濕了個精打精。〔白〕看轎。〔衆白〕轎杆傷了。〔官白〕看馬來。〔衆白〕來了五六里，下的溝滿壕平，怎麽去取？〔官白〕離雨壇還有多遠？〔衆役白〕二里之遥。老爺，脱了走罷。〔官白〕這是什麽模樣，叫人回縣，另取靴帽來換。〔衆應下。官唱〕

【前腔】天不從人，暗裏有鬼神。〔白〕我想起來了，不該坐轎，只該與法師同行。這是他弄的把戲。〔衆役白〕這到不差。〔官白〕不好，不好，不知什麽東西扎住脚心了。與我看看。〔雜替脱靴看介白〕是個蒺藜。〔官白〕取了。〔衆隨走，唱介〕法師嗔怒，故此顯神通，故此顯神通。〔下〕

① 底本「道」字上有「前腔」二字，據《水底魚》句格删。

第十五齣　設壇

〔張鸞道服上，唱〕

【北粉蝶兒】道範仙裝，美珊珊道範仙裝，煉真修遨游世上。經凡塵轉乾坤變換滄桑，遭幾遍移星斗改山河大塊文章，恁其間有幾個圖霸稱王。好着俺經綸手，浴天日拘神遣將。〔白〕崆峒悟道有多年，不知物換幾千番。七日山中方一瞬，變却乾坤大地天。我張鸞，因雲游訪道，行至博平，適逢縣令祈雨，是我揭了榜文，許他今日登壇祈禱。你看擺設早已齊備，專候縣令來時，拈香作法便了。遠遠望見一簇人馬，想是縣令來也。〔暗下。衆人扮百姓插柳枝、執香，官府帶手下上，唱〕

【南泣顏回】祈禱甚奔忙，堪嘆民間黃壤。千里赤地，那得來甘霖慰想。喜高賢速降，庇蒼生久旱雲霓望。願上天早賜滂沱，好惠我黎元慶賞。〔到介，外上迎介。外白〕大人，爲何不乘轎來？〔官笑，白〕法師見笑。〔外白〕豈敢。〔官白〕怎麽此處没雨，前面下的溝滿壕平。〔外白〕那不是正經雨。請老父母更衣拈香，待貧道拜壇祈雨。〔内擂鼓三通，外禮罡布斗，縣官拈香參拜介。外登臺唱介〕

【北石榴花】俺則見金霓靄靄降真香，憑一點誠心達上蒼。盡個個躬身俯伏，步履趨蹌。階下旗飄，台上幡揚，只求那雨淋淋，只求那雨淋淋，甘露兒甦却民災障。敲得那令牌聲高，遠震天壤。早現出真面目，早現出真面目，霎時可也休遲爽，諷真言早早赴壇場。〔白〕虔誠奉請五湖四海龍王，風伯電母，都天雷部，水府一切神祇速降。〔内扮龍王、風婆、四電母、五雷公上，舞介，合白〕法師相召，有何法旨？〔外白〕只因博平久旱，禾黍皆枯，今縣令虔誠，萬民祈禱，早賜甘霖，休得遲誤。〔衆神白〕領法旨。〔衆繞場下。外下臺，白〕你看西北乾天油然作雲，刻下大雨來也，老父母作速謝雨者。〔官、衆唱〕

【南泣顔回】傾刻大地變汪洋，只聽得雷聲震響。迷天雲霧，似傾盆由禾頓長。看田間稱賞，謝神祇驀地來天上。仰賴着有道君王，從今後家家供養。〔衆神繞場行，雨介，下。官白〕多謝法師作用，傾刻溝滿壕平。生民粒食皆法師所賜也。手下的，取錢三千貫，奉謝法師。〔外白〕不過小試行道之術，救一方之厄，何以言謝，這個斷斷不收。〔官白〕些須薄禮，一定望乞笑納。〔外唱〕

【黄龍滾犯】承尊命解厄除殃，承尊命解厄除殃，小行權些微伎倆。止不過恩出窮蒼，止不過恩出窮蒼，怎當得軍民誦講。難消受萬民骨血我肥腸，難消受青蚨共白鏹。但求得黎庶歡心，但求得黎庶歡心，免受却炎蒸法網。〔左黜上，白〕喬裝面孔臨都會，爲訪同心契道人。哇，何處的游方野道，擅敢在此蠱惑民心，濫叨厚賜，快快放下與我均分。〔外白〕哇，這厮我看你貌不揚，相不堂，有何本領，擅自出此浪言？〔左白〕眼中太無人了。我且問你，有何本領？〔外白〕我立求一壇大雨，這便是眼見的本領。〔左白〕這何足爲奇，你看我的烏龍來也。〔内火彩，烏龍上，繞場舞介。外白〕黄龍早上。

〔火彩，黄龍上介。二龍相鬥介。外、左合唱〕

【上小樓犯】雄糾糾的牙爪張，惡狠狠頭角長。只看他萬點金鱗，只看他萬點金鱗，觸倒了石山，攪亂長江。玄天訣太上真傳，玄天訣太上真傳，奥妙肯向小民欺誑，顯神通何須謹讓。〔蛋僧上，唱〕

【疊字犯】咚咚耳邊震響，陣陣喊聲嘹喨。擺烏龍體勢凶，騁黄龍力更强。〔白〕我和尚來也，二龍回避者。〔二龍下。蛋白〕三教歸一，你二人何故，自相抵昂？〔左白〕禪師，你來得正好。我原非本心於他鬥法，特奉聖姑姑之命，來此相訪這個道友，共勸大業。〔外白〕我久聞聖姑姑大名，恨無機會可入，今既睹面，即當速往。〔官令白〕求二位法師留名。〔蛋、左白〕不留名姓到也罷了。〔官白〕既不留名姓，請到敝縣，少伸薄敬。〔三人白〕不消了。〔官白〕謝禮送到何處？〔外白〕不消人送，只命本境城隍收去便了。城隍速降。〔内扮城隍上，捧謝禮繞場下。衆驚介〕真乃神仙也。〔官白〕左右備下三匹良驥，待我遠送一程。〔左白〕我等出家人，不便騎馬，我們從水路而去也。〔官白〕此處河道不通。〔左白〕俺這葫蘆内有水。天青青地黄黄，五湖四海，在内包藏。平川陸地，早變汪洋。〔官白〕呀，驚殺人也。傾刻陸地成河。只是無有舟楫，怎生是好？〔蛋白〕老父母不消慮得，貧僧早已備下了。天青青地黄黄，利民通濟，道路橋梁。小小椰瓢，〔解介〕化作慈航。〔火彩，上大船介。官白〕果然好法力也。〔蛋白〕二位請上。〔三人上慈航介，同唱〕今朝幸會，兩下歡暢，欲聚首終不久長。分別去難忍徬徨，分

別去難忍徬徨。眼前分張，心中妙想，駕孤舟省得笑荒唐。〔衆下。官白〕真乃好法力也。左右，打道回衙。〔唱〕

【尾】今朝喜得神人降，真個是喜來天上，方信道法力神仙不可量。〔下〕

第六卷

第一齣　會姑

〔老旦扮聖姑，二童執幡隨上，唱〕

【點絳唇】道法天高，勒鍾鼎浩玄機妙。術法深昭，那怕官軍傲。〔白〕爲耽寂静住瑶池，渴飲瓊漿飽玉芝。莫道仙家多異趣，只争無有怨愁時。吾乃聖姑姑是也。昨遣左黜、蛋僧前去，招引張鸞，怎的還不見到來。〔左黜上〕

【引】麈尾輕揮，談笑封侯及早。〔蛋僧上〕不禮法華，不參大道，只圖名位崇高。〔同進見介，白〕聖姑在上，我等稽首。〔聖白〕我命你等去招引張鸞，可曾至否？〔左、蛋白〕我等奉聖姑之命，前去招引張鸞，已經到來，恭候法旨。〔聖白〕原來如此，快請。〔左、蛋白〕領法旨。張仙翁有請。〔張鸞上，唱〕

【引】千層浪裏歸來早，投麾下且安牢。〔見介，白〕聖姑在上，弟子張鸞稽首。〔聖白〕好，且喜你們俱已齊集，吩咐大排筵宴者。〔吹打，童斟酒，衆各入座介，同場合唱〕

【本序】張筵慶喜，聽笙簧迭奏，聲徹碧霞清霄。洞天福地盡游觀，真是花柳堪描。歡笑，象板銀箏，蓬萊仙島，山珍海錯列佳餚。〔合〕盡今日歡歡喜喜，樂趣滔滔。〔聖姑白〕今日且喜僧道歸心，大事可望。但吾女媚兒命逢劫數，身喪輪回，轉生洛陽，與胡浩爲女，算來今已長成一十四歲。時節已至，待我化一貧婆，前到洛陽，將《如意寶册》傳授於彼。他雖改頭換面，其性靈心巧如一。仗得列位相扶，後來共成大事。〔衆白〕聖姑所言甚是，我等一一領命。〔聖白〕老身暫且相别，就此前去。〔衆〕排開儀仗，待我等恭送一程。〔行介，同唱〕

【古輪臺】罷香醪，一派仙音奏九韶。拍手齊唱升平調，人心争效。想列土分茅，正好前催後哨。金鐙鞭敲，功成天造。他行管叫染鵰鶚，皂蓋飄飄，掩映着紫綬金貂。相看歡笑，掛印封侯，偉功非小。犁庭將穴掃，還音妙，管叫個個定封褒。

【尾】捲旗且自歸山早，好把兵機究考，莫待臨期枉費勞。〔分下〕

第二齣　贈冊

〔小旦永兒上〕

【引】紅粉輕勻妝翠鈿，明鏡中芳心自憐。門掩珠簾，金爐春晏，睡起一餐紅綫。〔白〕蓮步盈盈出畫堂，珠翠正新妝。這裏芳心冰潔，不比玉山斷腸。日月飛飛，光陰彈指，頃刻滄桑。莫向凡間片話，自知骨格非常。奴家永兒，乃胡員外之女。自從生長以來，家訓嚴肅，不曾放出閨門。今日大雪，不免步出庭幃，閑玩一回。好一天白雪也。〔唱〕

【好姐姐】聯綿，風雪漫天，耐姣姿寒威不淺。冰肌玉骨，何處聞嬋娟。門兒掩，梅花青瘦如人面，試拆取天生幽韵鮮。〔唱〕

【醉扶歸】畫堂中紅爐獸炭生光焰，更裙釵十二列神仙。誰知我凌波踏破玉花殘，青系髻挽空烟斷。常言薄命是紅顔，羞怯怯綉袂鴛鴦伴。〔下。丑扮賣餅人上，唱〕

【油核桃】小經紀東西奔趕，顧不得長聲叫喊。你看鵝毛碎碎空中剪，一霎時江山似玉輾。〔白〕好熱烘餅。〔老旦聖姑上，唱〕

【前腔】人老邁飢寒怎免，大雪裏何人相援。陰功不必看經典，布施囊中一個錢，布施囊中一個錢。〔丑叫賣餅介，老旦白〕大哥，你賣的是什麽？〔丑白〕烘餅。〔老旦白〕也好吃？〔丑白〕香油白糖做的，咱不好吃？ 你往後些，別掉了我餅上虱子。〔老旦白〕你給我個嘗嘗。〔丑白〕拿錢來再嘗。〔老旦白〕你捨一個與我吃罷。〔丑白〕没開張哩，我不捨。〔老旦白〕我偏要你捨。〔丑推介，老旦白〕小羔子打人了。〔小旦上，白〕你兩人爲什麽争論？〔丑白〕我不説，你説。〔老旦白〕我從昨日到今，未得一餐，問他化個餅吃，他竟不與，反推我一跌。 小娘子，你説該也不該？〔小旦白〕他是老年人，怎受這樣飢寒。 賣餅的，我有十個錢與你，把十個餅與我。 老婆婆，這餅我送你，不要與他争論了。〔老旦白〕難得小娘子好意。〔丑白〕好意好意，把餅騙去。〔老旦白〕騙去騙去，你的買賣不濟。〔丑白〕不濟不濟，你説話放屁。〔老旦白〕我打你這狗頭。〔丑下，小旦唱〕

【解三酲】我看你鬢髮蓬鬆披兩肩，衣破損帶綬鞋穿。 陰沉風雪漫漫下，怎生受這飢寒。 你溝渠墮落真堪憫，我隻手提携那得全，空留戀。〔合〕怕老年窮困，窮困，難免迍邅，迍邅。〔老旦唱〕

【前腔】念我孤身無一錢，泥途裏救取見憐。 這餅呵，分明趙盾哀靈輒，千古德永名傳。〔小旦白〕你這等飢寒，何不將餅吃了？〔老旦白〕小娘子，你道我真個飢了？〔唱〕婆婆莫道年衰老，服氣還能接後天。〔小旦白〕婆婆這般模樣，還説大話，難道是神仙能服氣麽？〔老旦唱〕曹修煉，烏飛兔走，烏飛兔走，幾變桑田，幾變桑田。〔白〕豈不瞞小娘子説，吾乃九天門下聖姑姑，特來抄化人間，檢人善惡。今見小娘子如此好心，世間難得。不知小娘子可識字麽？〔小旦白〕我自幼讀書，頗能識字。〔老旦白〕這個却好。我有一書，名曰《如意册》，得了此書，隨你心中所欲，一時俱有。聽我道來，〔唱〕

【前腔】驂鸞駕鶴非凡眷，恁往來蓬島神仙。我見你憐貧敬老真堪嘆，想三生夙有緣。故將此册相傳授，報李接桃豈浪言。〔合〕思非淺，凡夫世上，世上，罕見真銓，真銓。〔小旦白〕聖姑請上，受奴一拜。〔唱〕

【前腔】嘆凡胎神仙難見，喜今日遭逢偶然。金書玉簡從來秘，謝多情忽見憐。須知到處行方便，提幫書青閨一少年。〔合〕思非淺，戀凡夫世上，世上，罕見真銓，真銓。〔梅香上，白〕員外、院君回來了，快進去罷。〔小旦白〕多謝指教，不得奉陪了。〔下，聖姑吊場换衣介，白〕做事須做徹，殺人須見血。神書雖已授了，但是永兒享用富貴，迷却本來，那肯留心于此。我有計了，不免請火部神來，將他住宅燒毁，金銀入地，使他身受飢寒，自然究取于寶册，有何不可。火部神將速到。〔火神上，從神隨上，白〕點靈光接太陽，星星放出可燎光。咸陽三月民俱盡，赤壁雄兵一焰亡。娘娘有何法旨？〔老旦白〕洛陽胡浩，爲富不仁，宜加回禄之災，以彰殫惡之罰。必要使他金珠寶貝，盡化烟塵，華屋名園，俱爲焦土，只留後亭一間，方許回命。〔火白〕領法旨。〔下，老旦唱〕

【尾】霎時便把風雲變，寶玉金珠盡化烟，從此貧寒怎度年。〔下〕

第三齣　焚宅

〔火神，四火卒隨上〕

【金錢花】娘娘法旨精明，精明。到此怎敢留停，留停。胡浩爲富太不仁。天庭怒，降災迍。崑崙火，要施行，要施行。〔白〕來此已是胡宅。火部們，就此施行者。〔衆白〕領法旨。〔衆火卒各點所執火鴉、火輪、火旗、火葫蘆，出烟介，火彩，炮竹，衆繞場下。胡浩、老旦、小旦慌跑上介，唱〕

【前腔】從天降下災星，災星。忽然火焰騰騰，騰騰。叫人膽戰與心驚。風隨火，火隨風。快快走，且逃生，且逃生。〔下。火神領火部上〕

【前腔】龍輪拿起如風，如風。雕梁畫屋應焚，應焚。綾羅衣物不留存。財和寶，化灰塵。應該富，做貧人，做貧人。〔衆火卒白〕啓上真君，焚燒胡宅已畢。〔火神白〕就此回宫者。〔衆下。胡浩、老旦急上，唱〕

【前腔】何罪觸犯天庭，天庭。今朝禍及家門，家門。恰似倒樹並連根。空嘆氣，枉悲聲。多管是，命將傾，命將傾。〔胡白〕院君，永兒那去了？〔老旦白〕我不曾見。〔同叫介〕永兒，永兒在那裏？

〔小旦上，白〕爹爹，媽媽，我在這裏。〔胡、老旦哭介〕苦殺你了，兒吓。〔胡、老旦、小旦同唱〕

【山坡羊】嘆時乖寒門不幸，驟然家空如磬。華堂前片瓦無存，四周圍一旦如灰燼。火焰生，烟騰氣味薰。誰料今日今日遭淩困，教人展轉愁懷也。似博望燒屯，似博望燒屯，人怎禁。傷情，前緣必有因。今生，昭彰報應明，昭彰報應明。〔胡白〕你看前後燒得片瓦無存，這般風雪，何處安身？〔老旦白〕員外，事急到此，也没奈何。只是我的永兒，怎受貧寒之苦。〔小旦白〕爹、媽不必憂慮，待等火熄，明日着人前後搜尋金銀財寶，重整家園，却不是好。〔老旦白〕我兒言之有理。〔胡白〕院君，好也，你看後園剩得花亭一間，正好存身。〔老旦白〕大家前去。〔胡白〕一場回禄把家傾，〔老旦白〕享富從來未受貧。〔小旦白〕思量萬般皆是命，〔合〕算來半點不由人。〔下〕

第四齣 掩金

〔内扮財神、土地、藏神，從神隨上，同唱〕

【點絳唇】奉命施行，敢不遵令聖姑命。掩息寶珍，無留絲毫分。〔土地白〕土地威嚴甚有靈，〔財神白〕一方敬我一方興。〔藏神白〕聖姑娘娘傳法旨，〔合白〕收掩金銀共寶珍。〔財白〕吾乃增福財神是也。〔土白〕小聖本境土地是也。〔藏白〕俺藏神是也。〔衆白〕我等奉聖姑娘娘法旨，昨宵胡員外所遭回禄之殃，今又命我等將他的金珠財寶掩在地裏，使他搜尋不見，日後自有出現之時。鬼判，將他的財寶，掘土掩住了，上了簿籍。即速施威掩，他來莫現形。〔衆應掩金介。同唱〕

【四邊静】疾忙快把金銀掩，休得相違慢。奉令要施行，莫使他行見。〔合〕聖姑施掩，久後方見。才顯報應明，怎敢相紊亂。〔下〕

第五齣　變米

〔小旦永兒上〕

【引】明珍財寶盡成灰，欲免悲啼，難免悲啼。躊躕獨自試神奇，未有人知，怕有人知。〔白〕天有不測風雲，人有旦夕禍福。奴家永兒，向來我父母錢帛最多，不幸前日一場回禄之殃，燒得片瓦無存，目下飢寒難忍。我猛然想起，前者聖姑姑授我的《如意寶册》，説道有難便能救濟。今日幸喜爹媽往隣舍閑談，不免取來試驗。倘有妙法可濟貧窮，也未可知得。〔看册介。唱〕

【香遍滿】册中妙義，參透好驚疑。符咒從來秘，若不是仔細參詳，怎解其中之意。〔白〕這一段，是剪紙爲馬的。〔唱〕想靈機造化，驅天駟受絡羈。〔白〕這一段，是撒豆成兵的。〔唱〕兵和卒忽成行隊，真個是驚天地。〔白〕這一段，却是變錢變米的。今日正用得着，不免依他作法便了。〔作法介〕天靈地靈，萬化變成。要錢錢至，要米米生。吾奉聖姑娘娘急急如律令。〔看介〕呀，果然許多錢米。好便好，如何瞞得爹媽？〔唱〕飢寒誰濟，爲聖母救垂危。化神符化了未多時，一霎間貫朽紅塵，堆積堪驚疑。〔滚〕我那爹娘，你孩兒因見家下貧寒，無以措辦。若不是聖姑《如意册》傳授與我，錢米何來，錢米何來？ 天哪，誠恐怕爹娘疑忌又生疑。〔唱〕又恐怕露泄天機，又恐怕露泄天機。〔胡浩同老旦上，白〕我兒爲何大驚小怪？〔小旦白〕没有什麽驚怪。〔胡、老旦白〕呀，這錢米是那裏來的？〔小旦白〕永兒不知。〔胡浩、老旦同唱〕

【尾犯序】好個女嬌痴，戲羅襦終朝只在深閨。錢米相將，却是從何而至？〔小旦唱〕聽知，守閨門不離咫尺，這錢米這錢米從天降賜。〔胡、老旦白〕爲何不叫我們來看？〔小旦唱〕還待要奔告親幃，陡遭着爹媽來至。〔胡、老旦合唱〕强持支，花言巧語，一發盡成虚，一發盡成虚。〔胡白〕老乞婆，這都是你之過也。〔老旦白〕怎麽是我之過？〔胡唱〕

【前腔】平時不肯緊防伊，自生來愛養姣痴。〔小旦唱〕爹爹你休怨娘親，休怨娘親，你孩兒未審何罪。〔老旦〕聽啓，老桑榆止生一女，眼睁睁怎加不義。〔白〕員外，〔唱〕老身清白閨門，日與女兒爲伴，這的是從天降禍，好叫我空生閑氣。此事亦爲奇。〔合〕强持支，花言巧語，一發盡成虚，一發盡成虚。〔胡唱〕

【前腔】何必説甚的，分明是，分明是家門風化淩夷。〔白〕這妮子，不打死，要他何用。〔打介。唱〕我清白家間，怎能容你。〔白〕有話快快説來。〔小旦唱〕傷悲，本爲着恩救他人，豈今日反招狼狽。〔胡老唱〕聽伊語，頓令人疑忌，明説可饒伊，明説可饒伊。〔老旦白〕孩兒，這些錢米，必有來歷，快快説來，免受苦楚。〔小旦白〕實告爹媽，前日永兒在門外見一婆婆呵，〔唱〕

【剔銀燈】大雪裏衣衫襤縷，你孩兒買烘餅，買烘餅救他飢餒。〔白〕他道孩兒好心，〔唱〕他懷中有册名《如意》，叮嚀善把飢寒濟。〔白〕永兒因見家中無柴無米，變出來的。〔唱〕親幃，何須苦疑，反叫使傍人談議，反叫使傍人談議。〔胡白〕快拿書來我看。〔小旦遞書，外看介〕到是我屈打了孩兒了。剪紙爲馬，撒豆成兵，哎喲喲，了不得。〔唱〕

【前腔】見册文心中驚疑，這的是妖言鬼秘。若叫演試都無忌，儘做出翻天覆地。〔白〕如今官府正禁妖人，却不害了一家性命。院君，快拿火來燒了。〔唱〕除非，付與秦灰，免致有喪家之累，免致有喪家之累。〔老旦取火上，胡燒册介，白〕媽媽，書便燒了，恐他還做出別樣事來，不可不防。我兒，做針指是你本等，再不可做此邪事。〔小旦白〕謹遵父命。〔老旦白〕員外，依我説把這錢米，捨到廟裏去罷。〔胡白〕這樣黃錢捨了，買炭向火，也是好的。這樣白米捨了，且做些飯，大家充飢。九天玄女好驚人，妙法千中傳的真。只爲一時風火性，等閑燒得歲寒心。〔下〕

第六齣　追魔

〔净扮多目神，四小多目神隨上〕

【點絳唇】離落天衢，遨游地府出林外。煉就身軀，功滿成仙侶。〔白〕擾亂罡星英雄血，天道無私曲直别。惡孽滿盈沉地獄，善功完日歸天闕。自家多目魔神是也。身長丈八，腰大十圍，角生雙翅，面生多目。只因凡人見俺形容古怪，往往驚死無數。久在中南山修煉，五百餘年，功成將滿。今聞上帝考察仙流，命二郎神追邪歸正。我想此神神通廣大，意欲前來滅俺。〔笑介〕那知俺道行頗高，威靈不小。俺不免點起魔兵，與他對陣便了。衆小妖，就此前去者。

【豹子令】氣吐虹霓噴烈火，烈火。星明閃電伏妖魔，妖魔。天遣靈兵來劫度，山林草莽向模糊。〔合〕衆妖魔，緊跟着，若還失陣不存活，不存活。〔下，二郎上，領衆黄毛童兒、四將上〕

【點絳唇】帝命傳宣，神威勇戰妖魔亂。一掃腥膻，海宇澄清甸。〔白〕義膽忠肝赤日長，英風千古伏魔王。腰懸寶劍如秋水，邪怪逢吾心膽寒。小聖二郎神是也。今奉上帝敕命，考察仙流。今見多目魔神修煉成功，他日進列仙位。因他往往驚害生民，不記其數，禮該追滅。點起天兵，追趕一番。〔唱〕

【四邊静】魔神無道愆威獻，妖風熾仙焰。奉命到郊園，群邪望風剪。〔合〕律令如電，神威赫炫。民害盡皆除，凱歌歸仙殿。〔下，魔神上，唱〕

【新水令】望天兵殺氣擁層層，俺離却修真仙境。上歸非樂哉，妖子敢加兵。翹首神京，盼不到香山鷲嶺。〔下，二郎領衆上，唱〕

【步步姣】速駕雲駒忙馳騁，寶劍清光映。神兵按五行，趕若雷霆，疾如電影。群祟悉藏形，管教山林草木無災眚。〔下，魔神上，唱〕

【折桂令】霎時間斗轉參横，地軸摇翻，江海波生。只因俺德滿功成，修真養性，煉氣錮形。果然是輪回數盡，俺怎敢違逆猙獰。便教咱伏罪天庭，受劫酆城，却免得傷殘首領，血染袍腥。〔殺介，二郎唱〕

【江兒水】特奉天王命，敢滯停。揮戈振羽穿林徑，饒他走上妖魔頂，只教殺向崑崙頂。三島十州陷井，此罪難逃，尚兀自痴迷不醒。〔下，魔神上，唱〕

【雁兒落帶得勝令】殺的俺鬼兵消妖氣平，殺的俺壯心灰雄看泯。殺的俺從前修煉果無成，殺的俺百年功應難証。呀，到如今無計可藏身，又何須度難星。聽風鶴疑軍令，見山林總是兵。心惱，救吾的誰來應。魂驚，任東風不堪情，任東風不堪情。〔二郎追上殺介，下；生扮文彦博上，唱〕

【僥僥令】蕓窗天籟净，修醒對孤擎。〔白〕方才天清月朗，霎時霧暗雲迷。只聞空中有金甲之聲，不知何故？〔唱〕又不是寺裏鐘鳴，刮陋聲怎叫看聖賢明，怎叫看聖賢明。〔魔神上，唱〕

【收江南】呀，早來到深林古刹呵，仗佛力可藏身。〔白〕後面進兵甚急，無處藏身，如何是好？呀，寺内有文丞相在此，他乃文曲星，可以掩度。此處已是，不免進去。〔見生介，生白〕呀，門不驚而自開。哇，形容異像，是何方妖魔，敢來到此？〔魔白〕文老大人休驚，吾非水怪山妖，我乃多目魔神是也。俺今有難，望你搭救。〔生白〕我乃凡人，焉能救你魔神？〔魔白〕大人乃文曲星奎，當朝一品，可收掩度。〔生白〕汝有何難？〔魔白〕吾已修煉功成已滿，運逢劫數，考察仙流，上帝遣二郎神追俺。大人若肯搭救，他日恩有重報。〔唱〕你是廊廟柱石股肱臣，暫居此告疾養精神。〔白〕大人若還不救，小神再無生路也。〔唱〕望伊家隱身，望伊家隱身，管取你日後顯功勳。〔生白〕既如此，你躲在桌下，救你便了。〔二郎上，唱〕

【園林好】望雲旌奇魔氣寧，展大纛神兵鋭精。〔白〕追來此間，魔神怎的不見。〔衆白〕文丞相在此。〔二郎白〕此魔被文曲星掩過了，又有三千年道行。回旨。〔唱〕急返旆回鑾乘勝，騰瑞靄免追征。回仙府快仙登，回仙府快仙登。〔下，魔白〕文大人，我難星過度，告辭了。日後公有大難，吾當相報。〔唱〕

【沽美酒】謝君家福壽堅，羡君才護百靈，救拔魔神度難星。從今後功勛顯盛，遇君家三生有幸。掃妖氛除强鋤勁，麟閣上標名題姓。俺呵，那時來臨陣營，救元勛再生。呀，那才是報恩德酬神顯聖。〔下，生白〕有此異事。我想爲神尚有此難，何况人乎。

【尾】百年一死應難定，算來患難總難憑，好把心田勤自耕。〔下〕

第七齣　奏事

〔末扮黃門上〕

【點絳唇】燎火烟消，晨鷄報曉紅雲繞。天仗齊飄，聖主登臨早。〔白〕下官黃門官是也。身居丹陛，職侍紫震。糾百官之和回，作一人之耳目。表章啓奏，達群情于天上；旨意傳宣，布綸綍于人間。正是：化垂禹貢山川外，人在周公禮樂中。今當早朝時分，恐有奏章傳達，只得在此伺候。道言未了，奏事官來也。〔生文彦博上〕

【引】未央宫入雲霄，啓銀鑰遥拜赭黃袍。〔白〕下官文彦博，夜來仰觀天象，見妖星正當幽薊之分，必主妖人煽亂，殘害生靈。下官職司調攝，身任安危，顧瞻之際，不勝驚惡。今特具表奏聞。〔常禮介〕萬歲萬歲。〔黃門白〕奏事官，有事早奏，就此披宣。〔生白〕臣文彦博，奏聞陛下。〔黃門白〕奏來。〔生唱〕

【耍孩兒】陰陽燮理惟臣事，窺列星曜有參差。微臣那敢相蒙蔽，謹具本奏上丹墀。驚見妖星是可疑，夜不寐成何濟。料不作朗臨吉曜，五老光輝。〔黃門白〕聖旨到來。據卿所奏，妖星現于何

處，仔細奏來。〔生唱〕

【三煞】算周天近可知，推分野有何疑，重重妖氣侵箕尾。上天劫數雖前定，上天劫數雖前定，未雨綢繆尚可爲。職不虞宜早備，那忍見萬民狼狽，四海流離。〔黄門白〕聖旨到來。卿言甚合朕意，着該部通知該地方知道。奏事官起去。〔黄門下。生白〕謾道天難測，推占理不殊。正當無事日，桑土莫教疏。〔下〕

第八齣　掩星

〔四童隨聖姑姑上〕

【引】雲山烟水，何處尋機會，做不了彌天大事。〔白〕自家聖姑姑是也。只爲貝州劫數，費盡心機。永兒生長民間，扶助王則，大事漸漸將成。誰想文彦博奏過朝廷，說妖星出現，到處行文捕捉查拿。況此人前破寧夏，素有威名。而且文光亮爍，正氣冲霄。若使在朝，終難舉事。不免顯個小小神通，將他的本星罩住光輝，推移輔弼躔度，使天象更變，臣子必當其咎。咳，文彦博，文彦博，你豈能久居此位。童兒，取劍過來。〔童白〕領法旨。〔送劍介，吹打，老旦作法介，唱〕

【駐馬聽】施展靈樞，設法躊躕秘訣謳。管叫彦博遭困，夭壽當災，輔弼該危。直叫敵將亂紛紛，禍臨頭上難回避。〔內大鑼鼓，九星上舞介，各按方位立介。老旦唱〕怎樣支持，怎樣支持。便有通天神法，難舒悶機，難舒悶機。〔內四鬼上，掩星介，下。聖姑白〕你看星辰如此變易，那識我的妙用也。〔唱〕

【前腔】人世糊塗，天道難誣勢已孤。要取彦博軍府，曹偉魂驚，此法非疏。〔大鑼鼓，衆星下。老旦白〕你看衆星各歸本位。童兒，〔唱〕收拾寶劍與靈符，小術不犯周天數。管叫擊碎頭顱，管叫擊碎頭顱。管教攪翻東海，波浪猶枯，波浪猶枯。〔虛白〕

【尾】今朝掩星爲上策，任你大英雄豪傑，管叫你不久身遭厄。〔下〕

第九齣　還鄉

〔生扮文彥博，院子隨上〕

【引】公卿撒手罷蟾聯，尚兀自經綸未展。卸下朝簪，撇却軒冕，遥思松菊田園。〔白〕下官文彥博。昨日司天監奏道，紫微星象有變，廷臣議當册免三公，如漢朝故事。下官適聞旨意降下，不免收拾行李，竟自歸去。請夫人出來，同行便了。院子，請夫人上堂。〔院白〕後堂傳話，請夫人上堂。〔貼旦上〕

【引】小鬟舞罷綺羅天，乍整雲翹姑謝仙。〔白〕相公入朝，如何早早回來？〔生白〕夫人，你有所不知，如今要歸家去了。〔貼旦〕却是爲何？〔生唱〕

【桂枝香】爲遭星變，恩承册免。空教日麗丹霄，早已烟消玉殿。門前車馬，門前車馬，何以今朝希見，速歸庭院。謾凄然，報稱知何日，鏤恩自有年，鏤恩自有年。〔貼旦唱〕

【前腔】廟堂休戀，光陰似電。蒼生繫望雖勤，安石高眠可羡。回船今日，回船今日，正是急流疾澗，何須繾綣。笑門前，一任張羅網，誰來問避賢，誰來問避賢。〔白〕相公，你勞心槐府，只見你鬢髮蕭疏，髭鬚盡白。趁此機會，謝却朝班，豈不是好。〔生白〕夫人言之有理。人來，整備夫馬，擇日起程便了。〔合白〕從來富貴似浮雲，何用功名伴此身。相逢盡道休官去，林下何曾見一人。〔下〕

第十齣　遣妖

〔生李遂上〕

【引】嶛峭東風開小桃，催花一陣雨如膏。今朝游玩到西郊，萬紫千紅堪畫描。追歡買笑，沉醉樂滔滔。〔白〕二十韶華花已盡，一事也無成。兩字功名八字許，天意豈由人。學劍學書俱未得，四海任飄零。小生姓李名遂，字君實，乃漢中人也。先人曾授浙江府尹，因遭喪亂，寄居鄭州。曾讀孔孟之書，頗知孫吴之術。奈椿萱兩逝，動風木而興悲；棠棣無依，見秋鴻而欲淚。琴瑟有待，未和相如之遇合；釜甑無緣，時空雲史之蕭條。今日春景融和，柳舒花放，不免到郊外游玩一回，以消煩悶，有何不可。正是：欲破愁城沽一斗，要舒豪志買三杯。〔下。小旦扮日霞，二侍女隨上〕

【引】我愛他才學，他愛我容嬌。但相逢湊巧，他趁了沉醉酕醄，閑走逍遥，我幻化了勝蓬瀛，引他來偕歡好，引他來偕歡好。〔白〕水蓮開處是蓬壺，洞有奇花石有蒲。松風一枕黑甜穩，數聲海鶴夢情舒。妾乃日霞仙子是也。原係蜘蛛化身，與月霞結爲姊妹，奴享日光之精，他受月華之氣，彼此俱成仙果，遂得變幻逍遥。蒙九天玄女娘娘法旨，道我與鄭州李遂有一載夫妻之分，教我設法引來至此，完此宿緣。我想李郎在鄭州，怎得到奴洞府。我夜來千思萬想，猛想起鄭州北門外，有座旋羅山，山中有一青絲洞，相連吾洞。不免唤衆蟲精前去，①鋪設幻景，引他到來便了。衆蟲精何在？〔雜扮衆蟲精上，白〕聽得洞主叫，慌忙就來到。娘娘有何法旨？〔小旦白〕爾等速到鄭州北門外旋羅山青絲洞口，鋪設幻景，勾引李遂到吾洞府，不可損傷于他。成事回來，俱各有賞。〔衆蟲白〕領法旨。〔小旦白〕聽吾道來，〔唱〕

【好姐姐】我前生，與李遂有盟，該一載夫妻之分。你們幻設仙花，異鳥芳勝景。相勾引，桃源踏亂流溪徑，自有劉郎來問津，自有劉郎來問津。〔白〕你裝老嫗一孤貧，汝扮漁樵二老翁。〔三蟲精白〕織成鸞鳳青絲網，〔合〕碾就鴛鴦白玉籠。〔下〕

① 「蟲」字，原無，據下文補。

第十一齣　游山〔崑腔一齣〕

〔李遂上，唱〕

【太師垂綉帶】見清溪流水真佳麗，聽林中聲聲黄鸝。玩不了千巖鬱翠，游不盡萬壑幽奇。〔内叫賣酒介。生唱〕①見酒旗影兒飄颺曲橋西，老樵夫隔山采薇，覷一對白鵬雲外飛。步高低，且向前村沽飲醲醨。〔下。蜂精扮樵夫上，唱〕

【貪杯醉太師】擔薇，只爲家貧凍飢，又不能營運買賣覓利。〔白〕我乃馬蜂精是也。奉日霞仙子娘娘法旨，扮做樵夫在此，等候李遂到來，哄他到洞府與娘娘完姻便了。〔李内咳介〕呀，那邊李遂來了。我且只做砍柴，待他來時自有道理。〔李作醉上，唱〕糢糊醉醲，記來時路已忘迷。〔白〕小生只因貪看奇景，醉後迷路，不知那一條是舊路。那邊有個樵子采樵，不免去問他一聲。樵叟請了。〔樵白〕請了。〔李白〕借問一聲，鄭州城往那裏去？〔樵白〕稱勾心，如今這樣人多得緊。〔李白〕不是吓，是城中。〔樵白〕陳聾，是我親隣。〔李白〕不是。問你那是往州中去的路。〔樵白〕吓，你問的往州裏去

① 底本「見酒」前有曲牌名「綉帶兒」，集曲「太師垂綉帶」並未標「太師引」，故刪。

吓。〔李白〕正是。〔樵白〕你走差了路了。那，往東南去才是，你走了西南來了。此去到鄭州，有三十里大路哩。〔李白〕原來如此。乞煩老丈指引小生路徑，自有重謝。〔樵白〕那個要你謝。我對你説，上了赤繩橋，下了紅鸞嶺，過了合卺坡，就是陽台大路了。〔李白〕如此多謝了。爲愛深山最幽處，令山忘却舊程途。〔下，樵白〕你看李遂被我哄入青絲洞内去了，不免先去報功便了。正是：肩挑月老擔，手執伐柯。〔下。蟒精扮漁翁摇船上，唱〕我拿魚船兒，輕棹來洞溪，早賺取李遂逢妻。宿緣定人間罕稀，我忙駕着空船待接緑衣。〔白〕我乃粉蟒精是也。奉日霞仙子娘娘法旨，命我變做漁翁，駕一小舟，來此賺李遂入洞。遠遠望見李遂來也。〔李上，白〕漁翁等一等。心忙覺路遠，性急步行遲。漁翁撑過船來，渡我一渡。〔漁白〕來了。請問往那裏去？〔李白〕小生爲游春到此，迷失路徑，不知那是往鄭州去的路。〔漁白〕你走差了路了，你從大石橋往東才是。想是你從小藍橋來，此處名三生溪、瞭緣渡。〔李白〕既如此，雇你的船送我回去，重重相謝。〔漁白〕也罷，總是順路。請上船來，送你到武陵口便了，何必要謝我。〔李白〕如此多謝。深感漁翁美意培，〔漁白〕忙將舟楫送君回。〔同下。馬蜂精上，白〕天緣注定三生内，試看今宵樂事多。我乃馬蜂精是也。奉日霞仙子娘娘法旨，命我裝作老嫗，等李遂到來，引他入洞完姻。你看李遂來也。〔李上，白〕今日爲游春，反惹閑愁悶。方才漁翁説，過此山坡即見城池了。那邊有個老婆婆，不免問他一聲。媽媽拜揖。〔嫗白〕官人是那裏來的？〔李白〕小生爲尋歸路，借問一聲，鄭州城往那一條路去？離城還有多少路？〔嫗白〕呀，此處到鄭州，有二百餘里，况山中鬼怪妖邪、狼虎之類，每每迷人傷害，你怎麽到此？〔李白〕如此説，方纔那漁、樵二叟，想就是妖魅幻形也。這便怎麽處，望媽媽救我一救。〔嫗白〕官人不要驚惶，且喜此處是個大莊村，極太平的，你且在舍下住一晚，明日回去罷。〔李白〕如此多謝厚意，自當重謝。〔嫗白〕好説。待老身引道。〔走進介〕官人，待老身去收拾晚飯來，與官人用，你到後面客位中下榻罷。〔李白〕多謝媽媽。〔嫗下，李白〕這是那裏説起，只爲醉中迷路，做出這場把戲。若不遇這位媽媽相留，性命不知如何下落。且到客位中少息少息，再做道理。〔推門進介。内白〕什麽人大膽闖入寢宫，快拿。〔李白〕不好了，誤入人家院裏來了，這便怎麽處？也罷，且在這月黑處躲一躲便了。〔下〕

第十二齣　成親〔崑腔一齣〕

〔侍女隨小旦日霞上，唱〕

【黃龍戲金蓮】驚疑，是何人徹敢偷睨，擅入瓊宮，暗窺蛾眉。〔白〕我乃日霞仙子是也。方才適欲卸翹安寢，忽有書生闖入寢宮。侍女們，快拿來見我。〔衆拿，李見跪介。小旦白〕你是何方狂生，擅入我寢宮，意欲何爲？快快招來。〔李白〕娘娘饒命吓，容小生實告。〔唱〕我只爲迷途顛沛，有老嫗相留安憩，誤入瓊宮，敢自爲非。〔小旦白〕姓甚名誰？爲何到此？〔李唱〕聽啓，名爲李遂，爲游春觀景，山中遇魑。〔小旦白〕你既入吾寢宮，偷窺幼女房幃，是何主意？〔李白〕念李遂自幼讀書，頗知禮義，並不敢胡爲。其誤入寢宮，實出無心也。〔小旦白〕唗，還要胡説。侍女們，傳前堂衆家丁進來。〔衆白〕你還不實招，若是叫家丁進來，且慢説是打，就是吊也吊死了。〔李白〕阿呀，娘娘吓，〔唱〕

【金蓮子尾】求寬容恕，望仙姬宥取，釋愚生一命，憐我是窮儒。〔小旦白〕看他哀求，不覺頓生憐憫。侍女們，你們對他説，夤夜入人家，非奸即盜，何况闖吾寢宮。問他要官休？要私休？〔侍白〕請問娘娘，何爲官休？何爲私休？〔小旦白〕官休是送官究治。〔侍白〕私休呢？〔小旦白〕私休，留在門下，招爲夫婿。〔侍白〕那生，娘娘説，夤夜入人家，非奸即盗，何况闖入寢宫，問你要官休私休？〔李白〕吓，官休怎麽説？　私休怎麽講？〔侍白〕官休麽，送官究情治罪。〔李白〕那還了得。　私休呢？〔侍白〕私休麽，便宜你，留你在此，與娘娘結爲夫婦。〔李白〕容我想來。　且住，此事若到官司，恐反爲不美。〔侍白〕私休的好。〔李白〕認個晦氣，私休了罷。〔侍白〕這樣晦氣，但願一日一個才好。　娘娘，他情願私休。〔小旦白〕既然如此，引他去香湯沐浴，更换了衣巾。〔衆引李下，旦白〕唤衆人伺候。〔侍白〕衆蟲從，娘娘有宣。〔衆上白〕來了。　簫笙半代山泉渡，花影頻隨幾度來。　娘娘恭喜。〔小旦白〕吩咐速備花燭酒筵伺候。　只是少個賓相。〔衆白〕我會胡謅幾句，請娘娘進去更衣。〔小旦同衆下。吹打，台上設花燭介，丑白〕伏以仙姬仙洞得仙郎，仙樂鏗鏘仙院傍。　仙府二仙成仙配，仙移仙步到仙堂。　請二位新人出華堂。〔照常禮介，拜天地，入坐飲酒，合唱〕

【五樣錦】【步蟾宫】姻緣宿世，三生石上期，今宵好與偕匹配。【香羅帶】郎才女貌兩相宜，也好個風流佳婿，凑着妖嬈美妻。【刮古令】雙雙聚首，如魚似水。【梧葉兒】比翼雙飛，【好姐姐】飛上了廣寒月窟内，一似嫦娥樂唱隨。

【尾】洞房深處笙歌沸，好一雙風流佳麗。〔小旦白〕李郎李郎，和你喜孜孜綉枕鴛衾，把靈犀盡付伊。〔下〕

第十三齣　争夫

〔貼旦月霞上〕

【引】夜静青絲旋索，一片閑愁寂寞。甚是關情，祇爲孤眠却。〔白〕清宫幽殿日遲遲，檻外鶯啼，庭外花飛，動我心中一點痴。同居兩兩多姣麗，一個歡娱，一個凄期，幾度憑欄欲淚垂。奴家月霞仙子是也。玉屑爲容，瓊瑶做體，水晶成性，冰精化氣。雖係蜘蛛，而能修煉，受吸月華，而善變形。向與日霞結爲姊妹，同受九天劍法，共同一洞蓬壺。他住前宫，我居後院。前蒙九天玄女娘娘道奴性愛傷生，難免彈珠之厄，説他情擔風月，與李遂一載姻緣。故爾奴家潛修于後，他招婿于前，這也不在話下。昨日侍兒報道，我姐姐自招李郎之後，行則成雙，坐則成對，好不快樂。想奴獨處孤幃，走則無侣，卧則無伴，甚是凄凉。正是：甘草黄連分兩下，這頭苦來那頭甜。我如今悄到前庭，偷覷一回。倘若遇見李郎，誘他到宫，與他私偕魚水之樂，聊解春心之苦，有何不可。正是：欲解阿姨欲火急，須勾姊丈試嘗新。〔下。生李遂上，唱〕

【步步嬌】從容步入湖山畔，曲徑尋芳苑。〔白〕呀，你看又是一個好去處。〔唱〕想丹青難畫描，只見翠繞香亭，紅園深院。我悄步向宫前，那鶯歌兒先把人相唤，那鶯歌兒先把人相唤。〔李虚下。貼

旦月霞上，唱〕

【園林好】朱門静春歸畫簾，蒼苔蔭人來綉簾。〔白〕我月霞仙子。你看後庭静悄，花氣逼人，且到庭前一步。〔見生介〕呀，此是李郎。〔生白〕怎麽知我是李郎？〔貼旦白〕李郎，我爲你呵，〔唱〕夢寐裏想思千遍，今何幸降神仙，須成就這良緣。〔生白〕仙卿不要錯認了，小生是日霞仙子的丈夫。〔貼旦白〕這是那裏説起。〔生白〕他與小生呵，〔唱〕

【江兒水】綵鳳先成對，閑藤肯浪纏。〔貼旦白〕我非别人，就是月霞，日霞就是我姐姐。只不知這個賤婢，先占你在此有幾時了？〔生唱〕新婚燕爾忘時變，那梧桐墜井尤能變，來時只見桃花片。〔貼旦白〕已是半年了。咳，這賤人好受用。〔生唱〕半載韶光如電。〔貼旦白〕如今日霞在那裏？〔生白〕往山中采藥去了。〔貼旦白〕如此，請郎君到後宫少坐。〔生白〕多蒙雅意，不敢奉命，告辭了。〔貼旦白〕爲何去的恁急？〔生白〕恐怕日霞回來。〔唱〕盼斷情殷，瘦損了美容嬌艶。〔貼旦白〕痴漢子，只怕你來得去不得了。〔生白〕怎麽説來得去不得？〔貼旦白〕我與郎君呵，〔唱〕

【前腔】天付姻緣在，非予强意纏。你看珠圍翠擁神仙眷，雨覆雲翻從歡忭。如何假做星星面，可是吴牛月喘。〔生白〕不是小生不中抬舉，實不敢奉命。〔貼旦白〕你不要輕覷了奴家，你若惹動我的性兒呵，〔唱〕羅網喬施，把你做飛蛾投焰。〔做摟生介。小旦扮日霞急上，唱〕

【五供養】忙來後殿，粉汗交馳步履顛。〔白〕妹子，你爲何戲我丈夫？〔貼旦白〕那個是你丈夫？〔小旦白〕李郎是我的丈夫。〔貼旦白〕這是那裏説起，好不識羞，是我的丈夫。〔小旦白〕好賤婢，賴别人的丈夫，反説我不識羞。〔唱〕天緣應屬我，人計怎謀貪。〔貼旦白〕住了，我和你既是姊妹，意合情聯，〔唱〕可以相推相援，那些個通融周遍。好把情相賣，彼此兩無言。〔小旦白〕好一個無廉耻的，可不羞死人也。〔貼旦唱〕事到頭來，怎辭腼腆。〔生唱〕

【玉交枝】不須争辨，乞探聽愚生片言。想二人呵，既稱姊妹休結怨，今夜呵，三人兒一處同眠。〔貼旦唱〕鼾齁怎容卧榻前，天生一馬從來羨。要周全，何勞這般，再思之教人恨添。〔虛白。小旦白〕我的雙劍豈不利乎？〔各持雙劍殺介。同唱〕

【川撥棹】驚雙電，舞龍泉飛半天。我與你打個盤旋，我與你打個盤旋，怕原形無端現前。玉釵横寶髻偏，玉釵横寶髻偏。〔二旦殺下。生白〕呀，有這等事。你看他兩人，在半空中若隱欲現，一來一往，忽然都不見了。〔唱〕

【前腔】紅白練，耀晶光難舉眼。辨不出那個争先，辨不出那個争先，恐傷殘吾家翠鈿。急趨尋忙救援，急趨尋忙救援。〔下。貼旦上，白〕那日霞賤婢，已被我戰敗，逃回去了。李遂這廝，憑他躲在那裏，不怕他不是俺口中之物也。〔唱〕

【尾】青鋒驚破紅裙膽，如意君今朝可笑，把他做個蝿蚋纏綿肯放寬。〔下〕

第十四齣　中彈

〔小旦日霞上〕

【引】遭顛沛，香鈿零落摇環墜。〔白〕可恨月霞賤婢，强占人丈夫，反生争鬥。我只爲身懷有孕，顧了腹中，以致敗走。但不知李郎此際躲在那裏，好生放心不下。〔生急上，白〕急忙趨舊院，步履不能前。呀，娘子，你回來了麽？〔小旦白〕李郎，你回來了麽？〔生白〕只因卑人不聽娘子之言，一時誤入牢籠，有累娘子，實吾之罪也。〔小旦白〕你不知那月霞心懷不善，要獨强你成就好事，且欲把你做几上之肉兒，爲此要與你做夫妻。誰想你不聽我言，以至有此。〔生白〕我看娘子手中寶劍，頗有神術，爲何反弱于他。〔小旦白〕你道我爲何輸了，我只爲身耽六甲，已至半載，只好招架，故此難得勝他。李郎，我且問你，你的心上，還是愛他？還是愛我？〔生白〕娘子説那裏話來，我與娘子百般恩愛，萬樣相思，此情此意，天日可表，怎説愛起月霞來。〔小旦白〕既是如此，我一發對你説了罷。我與月霞皆是蜘蛛化身，紅的是我，白的是他。我有彈弓一張，名曰神臂弓，百發百中。你可挾着，潛隱太湖石畔。我如今再去引他鬥戰，你只望空中白蜘蛛，放彈打他，助我一臂之力，也見你我夫妻之

情。我决不負你的厚德。〔生白〕這有何難。小生謹遵卿命。〔小旦取弓介，白〕神臂弓在此，郎君請上，受奴一拜。〔拜介，唱〕

【憶多姣】設計密，賴鼎力，我六甲懷身難禦敵，暗仗神弓誅禍逆。紅白分晰，紅白分晰，投鼠須將器識，投鼠須將器識。〔生〕

【鬥黑麻】多感芳卿，情深透骨，我自悔違言，牢籠誤入。神天佑，暗增力。把神臂潛張，功成負虱。〔合〕韋絃緩急，韋絃緩急，如你不自惜。早肯收心，早肯收心，你待焦頭爛額。〔白〕不施萬丈深潭計，怎得驪龍項下珠。〔小旦白〕奴家先去，你隨後就來。千萬看紅白要緊。〔下。生下。貼旦上，唱〕

【香柳娘】這烟花可憎，這烟花可憎，把人藏隱，反來索戰真可哂。〔下。小旦上，唱〕我沉舟破釜，我沉舟破釜，碎首破香鋒，紅顔總薄命。〔下。生上，唱〕

【前腔】挾雕弓躡境，挾雕弓躡境，向花陰蔽身，把玉人識定，把玉人識定。〔貼旦、小旦上，鬥介。貼旦白〕日霞，我早間念姊妹之情，不放毒手，饒你殘生，你今反來鬧吵，却是爲何？〔小旦白〕我適才恐傷李郎，故爾只辨招架，護他回去。如今特來與你决個勝負。〔貼旦白〕那個懼你。〔殺介，下。生持彈弓上，白〕異哉，異哉，你看果有一對紅白蜘蛛，鬥過假山石洞來了。〔唱〕怪塵飛霧生，怪塵飛霧生，凝眸識定，果然花底蛛絲噴。我暫爾潛踪，我暫爾潛踪，且待他來，殘生定損。〔生上桌立介。二旦殺

上介，下，火彩，各現紅白大蜘蛛原身上，鬥介。生白〕看彈。〔打白蜘蛛死介，下，紅蜘蛛隨下。① 小旦上，生下桌介，同唱〕

【罵玉郎】力怯魂消不肯停，白練空中繞，玉面迎。臨風柳絮任飄零，竟忘形。去來時口吐氤氳，把青絲暗引，青絲暗引，今做了觸網膧蠅。慢揮戈又停，追過了山峰石徑，迷住在花陰樹影。〔生唱〕生擦擦痛苦難掙，皮囊破損，魂逐風塵。〔小旦唱〕謝你個挽神弓，定天山救了殘生。〔合唱〕從今後，喜孜孜，貼高衾枕，從今後，喜孜孜，貼高衾枕。〔下〕

① 二「蜘」字，原無，據文義補。

第七卷

第一齣　夢傳

〔老旦扮聖姑姑，帶觀音兜，穿蟒玉，披錦袈裟，四童执幡隨上，老旦唱〕

【醉花陰】秘法傳來當學守，悟徹了移星換斗。有功好潛，妙用多端，金闕叩首。何日把功收，青史標傳世不朽。〔白〕吾乃聖姑姑是也。只爲永兒燒了《寶册》，恐他日後難用妙法，我不免夢中指點一番。夢神何在？〔夢神上，白〕聖姑有何法旨？〔老旦白〕與我把永兒魂魄攝來。〔浄白〕領法旨。

〔旦扮永兒上〕

【畫眉序】綉閣正悠悠，卸去殘妝暂时休。且從容，引搭攝足含羞。前行恍惚多疑，欲前行却難退後。〔白〕前面大哥，此處是什麽所在？〔唱〕光耀好把前途誘，攝足潛踪，隨步浮鷗。〔夢神白〕永兒引到。〔老旦白〕着他進來。永兒，你還認得我麽？〔旦〕不知是何尊神，有失作禮。〔老旦白〕你可記得雪中老婆婆？〔旦白〕原來是聖姑姑，多有得罪。〔老旦白〕我贈汝的《寶册》，應當還我了。〔旦白〕聖姑

姑有所不知，自從那日得了《寶册》，一日搬演，被我父親窺見，用火燒了。〔老旦白〕這都是你不小心。〔唱〕

【喜遷鶯】可惜了經文神咒，一旦的付與東風，自不追求。好似那虎兕出匣遇魔究，巧男子點首猶夢牛。難罷手，力當虎兕，只恁也那經浮。〔旦白〕還望寬宥些罷。〔老旦白〕也罷，我如今口傳你罷，須要牢記。〔旦唱〕

【畫眉序】聖德重山丘，蒙恩旨引在心頭。追今後，《寶册》暗地追求。感聖恩傳授兵機，待他年名成功就。躬身拜謝傳神咒，須當殷勤奉求。〔老旦唱〕

【出隊子】俺把這天機傳授，天機傳授，包藏了六侍周。好習些六丁六甲靈文咒，勤慎着奇門遁甲，鬼哭神愁，這才是運神機天然定有。〔旦唱〕

【滴溜子】果然是，果然是，回天妙手。定身計，定身計，何當妙有。須知《寶册》無勾，須當此際恩，實難拜酬。结草銜環，再生不謬。〔老旦白〕也罷。我還有九天玄女秘傳妙法，傳授與你罷。〔旦白〕多謝聖姑姑。〔老旦白〕大力鬼何在？〔内扮鬼上，白〕聖姑姑相召，有何法旨？〔老旦白〕汝將玄女神劍法，傳於永兒便了。〔鬼白〕領法旨。〔舞劍介。老旦唱〕

【刮地風】呀，這昆鋙純鋼百煉幾千秋，磨雙刃削鐵如流。明晃晃偏體霞光透，厮郎真個是猛烈龍虬，飛騰百步無停候。也不怕弓兵戈矛，這壁厢那壁厢怎比鋙勾。昏慘慘剛風透，光閃閃照耀山

丘。要功成勒石明不朽，天那，好助你把大功收。〔白〕試舞來我看。〔旦舞介，唱〕

【滴滴金】今生何幸相逢，莫把玄機輕到手。却叫人喜氣怎生休，忙稽首在階前。百般重究，朝夕記取休疑留。莫辜負深恩，恁地追求。〔旦白〕啓上聖姑姑，弟子所管之人，怎生與弟子一會，日後也好相認。〔老旦白〕你要見他麽，這也不難。夢神速將憨哥魂魄攝來。〔神應介，下，帶憨哥魂上介，老旦唱〕

【四門子】蠢物兒生來多般醜，他却占了好枝頭。聲音不解，語貌不周，算將來前定難分剖。莫把他贈，免把他羞，呀，須知道婚姻不偶。〔白〕憨哥，休得只恁輕薄也。夢神，將他帶回。〔旦白〕若是此人，怎生是好。〔唱〕

【鮑老催】却才邂逅，平地相逢真罕有，叫人愁處在心頭。好難收，淚珠流，難措手，漸箕箒。鮮花嫩柳插泥垢，相逢之處似浮鷗，慢自裹難回手。〔老旦白〕永兒，不必悲啼，我如今還你個圖王定霸的男子便了。夢神，將王則魂魄攝來，與永兒相會。〔神應介，引王則上，白〕永兒，你看此人相貌堂堂，日後成就夫婦便了。夢神，將他帶回。〔神應，帶下，老唱〕

【水仙子】他他他，他是你美敵頭。是是是，是一對河洲之上兩雎鳩。看看看，看後來如魚似水意相投。喜喜喜，喜今日夢中取便心内妝流。好好好，好把你心猿意馬鎖心頭。願願願，願從今偎紅倚翠，相伴紅樓。俺俺俺，俺强似暗牽紅綫冰輪手。但但但，但願你同偕老在中州。〔白〕夢神，將

他帶回去。〔旦白〕待奴拜謝。〔唱〕

【雙聲子】蒙指示，蒙指示，看並頭蓮生藕。感神恩，感神恩，天地同悠久。幸今日遂好逑，得大道神機，人生罕有。〔老唱〕

【尾】俺今日傳秘訣靈文咒，待他年一個個永偕皇州。那其間拘兵秣馬人生有，到後來方顯得覓封侯。〔下〕

第二齣　端陽

〔外扮焦錦上〕

【引】節至端陽，艾葉靈符堪賞。〔白〕乳鴨池塘水淺深，熟梅天氣半晴陰。東園載酒西園醉，摘盡枇杷一樹金。老夫焦錦，家私頗有，奈因一子名喚憨哥，生來秉性愚頑。我這等巨富家私，愁他日後不能執掌，如何是好。這也不在話下。時至端陽，不免請院君同飲雄黄，且自消遣。院子，請院君出來。〔院應介，貼旦上引〕

【引】仲夏日偏長，又且助風蕩漾。〔白〕員外呼喚，有何話説？〔外白〕時至端陽，榴花似火，我與你共飲雄黄，以樂何如？〔貼白〕奶娘，服侍憨哥出來。〔丑扮憨哥，令奶娘上，唱〕浄洗臉，光梳頭，我媽愛我打悠悠。一個悠悠打不起，兩個悠悠打到頭。悠悠打，悠悠悠。掉下悠悠，打破了頭，打破了頭。〔外白〕憨哥，我教你讀書，念會了麽？〔丑白〕我會了。〔外白〕念。〔丑白〕念。〔外白〕上大人。〔丑〕什麽？〔貼旦白〕上大人。〔丑白〕我媽愛上人。〔外白〕丘乙己。〔丑白〕收拾起。〔外白〕化三千。〔丑白〕打頭磚。〔外白〕七十士。〔丑白〕七十四。〔外白〕不會念。看酒來。

【石榴花】菱荷香靄，鴛鳥雙齊鳴。榴花簇似噴紅，勛風吹起香塵境。日色照萬世成陰，羨池塘碧清，看雙雙金鯉連枝並。〔外〕且開懷撇却閑愁，只飲到玉兔東升，玉兔東升。

【前腔】光陰似箭，人老不相容。嘆痴兒少欠聰明，資財頗有成何用。他那知接紹宗承，禮貌未通，蠢愚頑怎曉得人倫性。〔外白〕看大杯來，斟起我吃。憨哥，爹爹明日與你娶房媳婦。〔貼旦唱〕頓令人晝夜憂煎，因此上愁鎖眉峰，愁鎖眉峰。

【尾】堆金積玉成何用，膝下無兒總是空，自此雲外人時大不同。〔下〕

第三齣　告謁

〔付扮卜成仁上〕

【引】節屆仲冬天，喜傳杯好排佳宴。〔白〕刻薄成家作員外，大斗買來小斗賣。只圖肥己損他人，誰管良心壞不壞。自家卜成仁的便是。家私巨萬，良田百頃，雖不稱敵國之富，亦可爲豐裕之家。向年多亏胡員外提拔，所以致有今日。這也不在話下。今當仲冬天氣，瑞雪紛紛，正當飲酒取樂。我有一厚友，已曾着人去請，與他痛飲一番。此時想來也。〔丑扮艾邦賢上，唱〕

【字字雙】生來機巧會幫閑，伶俐。未曾開口笑嘻嘻，湊趣。滿面春風是假的，和氣。蜜口如刀講是非，得意，得意。〔白〕小子姓艾，表字邦賢。卜員外相邀，因此冒雪而來。員外在家麽？〔付見丑，虚白介〕員外相邀，有何勾當？〔付白〕今日大雪漫空，特請你來賞雪。〔丑白〕小弟屢屢相擾，把府上的筷頭子都呷明了。明日還一個席才好。〔付白〕自家知心朋友，何用此客話。酒已設在内書房，艾兄請行。正是：相識滿天下，〔丑白〕知心能幾人。〔齊笑下，外扮胡浩上，白〕爲人在世枉張羅，莫把心思太用過。富有貧時貧又富，桑田變海路成河。我胡浩，家有綾錦千箱，珠璣百斛。那知道命運多否，忽遭回禄之災，燒的一貧如洗，飲食不敷，衣衫欠缺。又當此隆冬天氣，如何支持。因想卜員外他當日曾受提拔之力，發迹成家，我只得厚了臉皮，前去哀謁與他。倘念昔日之情，周濟些須，也未見得。正是：上山擒虎易，開口告人難。你看好大雪。〔唱〕

【新水令】俺只見空中瑞雪飄漫漫，刺人肌朔風如箭。銀沙迎面落，玉片透衣單。舉步難前，好叫我戰桄搜把前途盼。〔下，付、丑院子隨上，唱〕

【步步嬌】乾坤頃刻銀裝遍，滿地瓊瑶濺。〔小厮們〕柳絮半空旋，蕩蕩悠悠，粉飾庭院。瑞雪兆豐年，又只見梅花嶺上開繚亂。〔外上，唱〕

【折桂令】當不得透骨心酸，凍得來戰齿輕寒。可憐我哀朽餘年，怎禁得恁般摧殘。〔介，白〕朱門緊閉，綉户牢拴，欲退時却怎回還，待向前暗裏傷殘，好叫我用度飢寒，心難意難。却一似待漏隨朝，急舉手叩響雙環。〔白〕門内有人麽？〔院子白〕是那個？〔外白〕你與我通禀一聲，説胡員外來拜訪你家員外。〔通報介，付白〕正好在此飲酒，那胡老兒作什麽來了。只説我没在家，打發他去罷。〔丑白〕員外，自古道，怪人須在腹，相見有何妨。〔付白〕也罷。道有請。〔請進介，外白〕原來艾兄在此飲酒，小弟來得闖席了。〔付白〕員外到此何事？〔外白〕一言難盡，只爲家門不幸，遭遇天火，又值此隆冬，實難存活，敢求員外周濟一二。〔付唱〕

【江兒水】只道訪故友，誰知來索錢。鶉衣百結真堪厭，痴心指望行方便，枉自哰哰多盤算。誰是你至親姻眷，勸伊早早回旋，休得恁般誑臉。〔外白〕吓，卜成仁，你就忘了我昔日之恩也？〔付白〕你有何恩于我？〔外白〕你道我没恩于你麽。艾兄，你有所不知，〔唱〕

【雁兒落帶得勝令】他頓忘了困三冬没衣穿，頓忘了缺飲食無餐飯。頓忘了守茅檐絶烟火，頓忘了贈楊州十萬錢。〔付白〕難道我這分人家，是你幫凑的不成？好不羞殺人也。〔外唱〕呀，到如今我流落在人間，俏一似鄧通般。我爲人無些怨，誰憐我范叔寒。思然，那些個綈袍恩多情戀。傷殘，好教我喬面孔退後難，喬面孔退後難。〔付白〕只管在此聒絮。院子，與我推將出去。〔丑白〕胡員外，你這光景，賴着卜員外不成？〔付白〕我曉得了，你的主意，當真要圖賴我麽？你也不想，你素日爲人太狠了。〔唱〕

【僥僥令】只道天聽遠，報應在眼前。錙銖必較無遺算，還要嘴喳喳恁糾纏，糾纏。〔白〕推出去。

〔院作推倒介，付、丑諢下，外唱〕

【收江南】呀，早知道恁般樣磨滅呵，到不如免開言。吞聲忍氣叩蒼天，枉把他身皮肉强來粘。〔白〕老天，老天，我胡浩本一分好人家，一旦敗壞至此，吃了多少惡氣，却素手而歸，怎麽處？有了，不免到弟王恩那裏去。他當初曾借我二百兩銀子貿易，今日見我落魄，必然周濟于我。〔唱〕嘆炎涼可憐，可憐，方信道人情險惡似深淵。〔白〕來此已是王家門首了。表弟在家麽？〔净扮王恩上，唱〕

【園林好】聽門外呼聲恍然，頓驚覺醉後甜眠。〔白〕門外聲音好似胡表兄一般。我知道了，他今此來，必竟是來討賬目了。我有道理。〔唱〕且開門，隨機應變。〔見介〕久違教别尊顔，喜光降來茅檐。〔白〕長兄爲何如此行徑？〔外白〕賢弟有所不知，只爲陡遭天火，家業一空，刻下用度艱難，懇乞賢弟周濟些須，足感厚情。〔净白〕近日以來，家中俗事艱難，正要到表兄那邊找些銀子用度用度，不想兄到來求我周濟。俗語道，表兄，臨死打哈氣，枉開尊口了。〔外白〕你這樣人家，難道也遭了天火不成。總然不肯周濟，只把當日那二百兩銀子，算還我罷。〔净白〕我説你分明來討賬了。你看我這個光景，那有銀子還你。〔外白〕王恩，〔唱〕

【沽美酒】你是薄情漢太逞奸，你是薄情漢太逞奸，負人情你不還，負義辜恩壞心田。不念我枉昔間，反作了陌路看。全没些垂盼青眼，却一味信口胡言。全不想至戚親眷，却念我滿面羞慚。俺呵，只落得凄然，慘然，情奸，意奸，呀，真個是負心的獸吐人言。〔怒下，净白〕我一席搶白，他大怒而去。哎，老胡，这才是，〔唱〕

【清江引】憑伊説得天花亂，只當没聽見。有心要還錢，不如不誆騙。且教他受飢寒，纔認得咱。〔下〕

第四齣　求女

〔老旦扮安人，小旦胡永兒，上〕

【傍妝臺】悶憂憂，家寒無奈，展轉越添愁。當初富室豪門女，今做貧居一婦流。我兒，你爹爹天寒地凍把親朋謁，冒雪衝風苦哀求。〔合〕炎涼世態，總是浮鷗，山捲珠沉富貴羞，山捲珠沉富貴羞。〔外胡浩上，唱〕

【又】恨難休，叫人怒氣撞心頭。不由恨殺狠心眷，結意如心似寇仇。〔白〕我相遇的好朋友，〔唱〕當年我也相扶助，我合時乖你不肯周。〔合前。老旦見介，白〕員外回來了，告謁親朋，是錢是米，拿來我看。〔外唱〕

【駐雲飛】怒滿胸懷，笑我今番時運乖。親戚心術壞，竟不相看待。嗏，凍餒實堪哀，你我應該，若殺孩兒受窘了無如奈。似這等少米無柴苦怎挨，少米無柴苦怎挨。〔老旦唱〕

【前腔】不必傷懷，且把愁眉展放開。莫怨他人怪，自不相寬待。嗏，那日我女展胸才，那日我女展胸才，錢米換來，你將他責，取書册都燒壞。到今日受冷耽飢你命該，到今日受冷耽飢你命該。

〔外白〕罷了。彤雲四野雪紛紛，滿地瓊瑤路不分。欲無青蚨贍妻女，眼前誰是孟嘗君。事不三思終有悔，早知今日，悔不當初。前者我女兒變些錢米，一時我發作起來，將他責打一頓，書册燒毀。過了這幾日，錢也净了，米也光了。前後遍地搜尋，指望燒到房屋土灰之下，還有些金銀之物，搜些出來，可以度日，誰想半點全無。分明是天亡我也。早晨冒雪出門，告謁親朋，指望周濟一二，誰想竟不相憐。説不得，還求永兒變些錢米，且度飢寒。媽媽，你去問永兒，前者變錢變米的法兒，還記得麽？〔老旦白〕你去問他。〔外白〕我若去問他，一定是不肯。〔老旦白〕我同你去問他。永兒，你前日變錢變米的法兒，還記得麽？〔小旦白〕我不記得了。〔外白〕如何不肯？〔老旦白〕我兒，你爹爹前日責打你了幾下，你休記他。看着老娘，變些錢米，以救飢寒。你若不肯，我兩個老人家堪堪就凍餓死了。〔小旦白〕我若再變錢米，爹爹又打我了。〔外白〕我兒，你只管多多的變，我若打你，就是老糞草。〔小旦白〕既然如此，錢米只解暫時之濟，不如多多變些金銀緞匹，擇日興工，將房屋蓋起，重享富貴，豈不是好。〔外白〕我兒，你有這樣本事，快快變來。〔小旦白〕爹爹坐在凳上，待孩兒作法。〔外坐介，小旦白〕不免將我爹爹，要他一要。天皇皇，地皇皇，速遣板凳上高梁。吾奉聖姑姑急急如律令，敕。〔二鬼抬板凳上桌介，外白〕我兒變錯了，放下我去罷。〔小旦白〕孩兒只記得上去咒，不會下來咒。爹爹且在上面罷。〔外白〕幾時才得下來？〔小旦白〕三年。〔外白〕坑殺我了。三年？三日也行不得。吃飯拉屎，〔小旦白〕都在上面。〔外白〕不好，不受用。〔老旦白〕我兒，你放你爹爹下來罷。〔小旦白〕速退。

〔鬼下，外白〕我的兒，你爹爹也是這等耍得。快變銀錢罷。〔小旦白〕爹媽回避，待孩兒變來。〔外、老旦下〕

第五齣　小變

〔小旦永兒上〕

【普天樂】仗靈威把法術現，攝金銀休遲慢。〔白〕天靈地靈，萬化千成。金銀速現，不可留停。吾奉聖姑姑急急如令。〔唱〕看黄白堆積如山，不枉了聖姑姑慈現。〔白〕青蚨綾錦速至，青蚨綾錦速至。〔衆鬼抬金銀上，放下。小旦唱〕喜青蚨運搬，傾刻間錦綉萬匹千端，傾刻間錦綉萬匹千端。〔外、老旦暗上，白〕頓開新氣象，重整舊門風。我兒好法術。你看黄的是金，白的是銀，青蚨綾錦，件件鮮明。仍舊我是個胡員外了。明日興工，先蓋房屋，當鋪不開。我兒，你明日多多變些綾錦紗羅，索性開了緞綢鋪罷。把這些金銀等物遮蓋了。可憐喬才待我薄，〔老旦白〕沿門告謁枉張羅。〔小旦白〕富了又貧貧了又富，〔同〕江河成路路成河。〔下〕

第六齣 撒豆

〔梅香先吊場，永兒上〕

昔爲凡間女，今爲地上仙。兵符黄石授，劍法白猿傳。自家胡永兒，今日背了爹娘，到花園中將撒豆之法演習一番。梅香，掌燈隨我到園中。〔梅白〕曉得。〔行介，永兒唱〕

【泣顔回】太上運傳真，休猜做外道妖氛。其中妙用，人間那得知聞。奎罡秘請，當唪咒急急如律令。〔白〕梅香回避了。〔脱衣介〕試看這萬法千術，管叫他散魄消魂。〔白〕天靈地靈，豆現真形。吾奉聖姑急急如律令，敕。〔十六豆兵上，白〕有何法旨？〔永白〕衆豆兵，與我擺奇門陣者。〔衆應介，走陣，永白〕妙吓，真休生傷杜、景死驚開，金鎖八門連環陣，擒王縛將猶如探囊取物一般。衆豆兵，與我一齊吶喊者。〔衆豆應介〕

【前腔换頭】天機，此夕見分明，百萬力勇神兵。休生傷杜，便同正氣相争。俺居然不懼，好用着遁甲連環陣。旗閃閃星斗收光，聲蹡蹡蟻聚蜂屯。〔永白〕衆豆兵，再將刀法試舞。〔衆應，唱舞介〕

【千秋歲】把刀勢分，光耀如閃噴，升降手開合嚴謹。不透毫分，不透毫分，方得精研，把周身護緊。鋒交項，隨頸滾，風擺柳，霜奪刃。來往冲突陣，逢敵將摧枯拉朽生擒。〔永白〕衆豆兵，隨俺步陣者。〔衆豆隨永步陣吶喊介，下。胡浩上〕哎喲，了不得了。

【越恁好】驀地驚駭，驀地驚駭，一陣陣鐵騎升。唬得我魄散，四下裏没歸徑。〔白〕我方纔欲到園中乘涼，只聞得有金戈鐵馬之聲。〔唱〕急來臨探踪，急來臨探踪，兩脚匆匆，這行藏務須認真。〔白〕元來是永兒在園中搬弄邪法。永兒，永兒，〔唱〕把妖術邪法在園中來演習，意在横行，不顧身家命。〔白〕永兒，你如此所爲呵，〔唱〕只恐怕禍到臨頭遭困。〔下。永領衆上。衆白〕步陣已畢。〔永白〕衆豆兵，〔唱〕

【紅綉鞋】疾忙捲旗收軍，收軍。鳴鑼擊鼓驚人，驚人。須有志，犯天庭，真神術，可縱横，從此後，任吾行。〔同下。胡急上〕

【尾】今朝看破妖魔徑，也是家門不幸。〔白〕這便怎麽處？哦，有了，待我身藏短刀一把，閃在花園門後，待他來時，一刀將他殺了，以免後患。永兒，永兒，非是作爹爹的下此毒手，〔唱〕只爲你邪術驚人，怕有奇禍生。〔下〕

第七齣　刺女（崑腔一齣）

〔外扮胡浩上〕

【粉孩兒】忙忙的探形踪須及早，禍根茅不小。思量憔燥，恐將來結果没下稍。〔白〕可恨我家生此不肖之女，逐日搬演邪法，意在不軌。我悄地窺見，我想這滅門之禍，就在眼前。若不早早下手除了逆種，悔無及矣。〔唱〕悄移步掩飾剛刀，趁夜色殺却妖畜，纔顯得神魂離竅。〔下，小旦永兒上，唱〕

【福馬郎】小院黄昏人静悄，好留心《寶册》求深奥。件件術皆通曉，演奇門排成陣把鋒交。〔白〕我昨晚背了爹娘，在後花園中演法，果然有求必應，草木皆兵。今晚不免再到園中操演，以爲異日之用。〔唱〕潛步離年高，尋舊迹走一遭。〔外上〕看刀。〔小旦下，外唱〕

【紅芍藥】喜今日除却他曹，須不是狠毒心苗。你休怨爹行恣暴，只要做除根剪草。嘆伊從前罪枉徒牢，喪黄粱止堪貽笑。〔白〕不免回去，等到天明，將他屍骸掩埋園中便了。哎，永兒，永兒，非是我忍心下此毒手，①皆因你自取其禍也。〔唱〕粉皮囊血染剛刀，但提起鬢髮皆倒。〔下，小旦隨老旦

---

① 「手」字，底本無，據文義補。

上〕

【耍孩兒】〔老旦唱〕静守閨房明月照，只覺透窗櫺，窺人處，影伴寂寥。當思，學取那賢姬芳名好，切須忌荒廢金針巧，尊母訓承明教。〔打二更，外上〕

【會河陽】樵鼓頻催，絳臘高燒，隔窗聽得話牢騷。〔見小旦介〕蹊蹺，驀見姣嬈相清俏，依然是如花貌。轉焦，多應是妖形幻兒曹，同魑魅來厮鬧。〔白〕明明在園中將他殺死，怎麽又在我房内？永兒，你在那裏來？〔老旦白〕女兒好端端在我房中，你怎麽見了，如此驚慌？〔外白〕有了鬼也。〔小旦唱〕

【縷縷金】休聒絮，免牢騷。平白持鋒刃，害兒曹。那些父女情，天倫顛倒。〔外白〕非是做爹爹的忍心害你，只爲你那些行事，不是女孩家本等。倘外人知覺怎了。〔小旦白〕孩兒從今改過就是了。〔外白〕你且回避。〔小旦唱〕惡冤家驀地告逢遭，忍耐安常道。〔下，老旦白〕你父女二人，這些言語，我全然不懂。員外，可説與老身知道。〔外白〕安人，只爲那不肖之女，專好邪法，與妖作怪。我昨夜在後花園中，親眼看見呼軍唤馬，撒豆成兵，今晚又到園中，思想作法。我恐異日有滅門之禍，是我悄地一刀，將他殺死，以絶後患。却才轉來，他却依然無恙。這等看來，他竟是個妖魔無疑了。〔老旦白〕有這樣事？他明明在房中，我不信有此奇事。〔外白〕安人既不肯信，你我掌燈到園中去，看他的屍骸便知分曉。〔老旦白〕説得有理。〔同唱〕

【越恁好】方才殺却，方才殺却，如何又虚囂。看取屍骸，便得個底根苗。〔老旦白〕屍骸在那裏？〔外〕在這裏。〔老旦白〕你見了鬼了，這是掃箒一把，瓢一個，怎麽説是他的屍骸。〔外白〕這等奇得緊了。這妮子，敢有三頭六臂不成？〔同唱〕前生孽障今日遭，這情由怎曉。明明的兩分開花月貌，這才是山魁活神道。〔老旦白〕員外，不必着忙，不如早早打聽一個人家，將他嫁去。正是：打鼓送瘟神，冤家離了門。你道如何？〔外白〕安人説得有理。只是急切裏，那有妥當人家。吓，有了，前街焦員外有一子名唤憨哥，不免使人説合，與他作了親罷。〔老旦白〕我聞得此子性憨得緊，怎麽使得？〔外白〕安人，我家這樣女兒，還管甚麽好歹，明日就遣媒婆去説便了。〔同唱〕

【紅綉鞋】吾家有女堪焦，堪焦。一心只愛興妖，興妖。家不幸起波濤，定有禍把眉燒。須遣媒，保安牢，須遣媒，保安牢。

【尾】蛾眉也會興妖道，這樣冤家怎了，除非是嫁出家門禍始消。〔下〕

第八齣　説親

〔丑媒婆〕

【大齋郎】滿街摇慣絮叨，做媒日夜會奔跑。豪門宦家皆熟套，人人叫我兩面刀。〔白〕正是：人無利息，誰肯早起。作保作中，賺錢賺米。自家張媒婆便是。昨日胡員外，托我到焦員外家送庚帖，我想將起來，胡員外老顛到了，有你這樣如花似玉的女兒，怕尋不出伶俐聰明的郎君，如何情願與那木雕泥塑一般的痴人。這怪不得人言道得好，好漢無好妻，賴漢守花枝。人家事莫管他，只少不得我花紅利市，憑他去罷。來此已是焦宅。有人麽？〔院子上，白〕是那個？〔丑白〕通報員外，我來求見。〔院白〕員外有請。〔焦上，唱〕

【引】喜鵲噪櫓前，〔貼旦上〕燈花生光焰。〔焦白〕何事？〔院白〕張媒婆要見員外。〔焦〕叫他進來。〔院叫媒人進見介，白〕員外、院君好麽？〔焦白〕老張，到此何事？〔丑白〕與咱家相公説親來了。〔焦白〕又來取笑了。〔丑白〕有庚帖在此，胡員外多多拜上員外。〔唱〕

【風入松】胡宅有女顔如玉，傳達上要結系羅。〔焦白〕他家女兒生得何如？〔丑白〕不敢欺，〔唱〕

賽觀音出現普陀，比嫦娥不差無錯。〔焦、貼旦白〕他家這樣一個好女兒，如何肯配我痴子？〔丑唱〕喜員外舊家義和，將永姐配憨哥。〔焦、貼旦唱〕

【前腔】聽他言語真堪可，喜孩兒榮登鵲河。今年鸞鳳和鳴卧，來歲産麒麟不用應賀。〔白〕但不知要多少財禮？〔丑白〕那邊爺説，既是愛親做親，分文不要。〔焦白〕這也難道。這是鳳釵二对，耳環一雙，吉衣一套，綵緞四端，你多多拜上員外、院君。〔唱〕禮不堪權爲引着，乞笑納勿嫌薄。〔白〕這是白銀五兩，送你買鍾茶吃。〔丑白〕不該受才是。〔焦白〕過門還有重謝。〔丑白〕幾時過門？〔焦白〕就在明朝罷。〔丑白〕我去回覆便了。〔焦白〕急去莫遲挨，〔貼旦白〕喜報小嬋娟。〔丑白〕綉毬抛月裏，〔合白〕管取兩團圓。〔焦、貼旦下，丑吊場下〕

第九齣　回話

〔丑扮媒婆上〕

【駐雲飛】堪笑媒婆，兩脚搬來疾似梭。八字全憑做，年紀傳來錯。嗏，舌上弄風波，將貧作富。撮合成交，那管終身誤。只要兩家花紅謝禮多。〔白〕大叔通報，只説要見員外。〔外上，白〕心事意懸懸，何日得安然。〔丑白〕去時一門喜，回來大家安。〔外白〕老嫗回來了。〔丑白〕那邊員外，一見尊帖，十分歡喜。多多拜上這邊爺和奶奶。薄禮不堪，望乞笑納。〔外白〕説過不要財禮，你又拿來。〔丑白〕不受財禮，何以爲定。〔外白〕也罷，收過了。幾時過門？〔丑白〕説明日黄道之辰，就在明日過門。〔外白〕就是這等。〔丑白〕告辭了。〔外白〕這是五兩銀子，你且收去，日後重謝。〔丑白〕多謝。姻緣本是前生定，曾向蟠桃會裏來。〔下〕

第十齣　成親

〔焦錦上〕

【引】玉宇韶光似海，畫堂春色初聞。〔貼旦上〕且喜星橋今可待，門前列女裙釵。〔丑上，白〕着意栽花花不發，無心插柳柳成陰。〔見介，焦白〕親事如何？〔丑白〕事已成了。今日送親上門，請官人出來迎親。〔焦白〕伏侍憨哥出來。〔奶娘同丑上，白〕媽媽叫憨哥，我會叫洛洛。洛洛拱拱嘴，我就轉抹抹。轉了抹了吃餑餑，老米飯噎殺我。媽媽，他是那裏來的？〔貼旦白〕是與你説親的。〔丑白〕説親做什麼？〔貼旦白〕扶侍你。〔丑白〕扶侍我做什麼？〔貼旦白〕與你頑耍生兒子。〔丑白〕我不會同他頑，叫我爹和他頑罷。〔貼旦白〕别胡説。〔衆送親，樂人上〕親到了。〔照常禮〕拜天地。〔唱〕

【畫眉序】佳節正清和，合巹杯傳泛靈醁。見雙星並輝，鵲橋高蹴。喜弱質美貌青年，羡老景于歸心足。〔合〕果然富貴人如玉，嫦娥且住金屋，嫦娥且住金屋。

【雙聲子】燒銀燭，燒銀燭，華堂上番馥郁。新裝束，新裝束，嬋金鳳雲翅蓄。真麗怎支持，怎支持，起風初，起風初。勝嫦娥清冷，廣寒孤燭。

【尾】百年偕老恩和睦，女嫁男婚心願足，恰似明珠混魚目。〔衆下，小旦、丑白〕媽，我要去。〔貼旦送旦，行禮下，小旦看丑，白〕可恨爹娘這般狠毒，把我配與這等一個呆子，可不誤了我終身麽。是我命該如此，待我問他一聲，可知些事否。〔拉丑介〕我問你叫什麽？〔丑白〕我叫憨哥。〔小旦白〕你多少歲了。〔丑白〕十八歲了。〔小旦白〕你看上面是什麽？〔丑白〕是房子。〔小旦白〕房上是什麽？〔丑白〕房上是瓦。〔小旦白〕那青的是什麽？〔丑白〕青青的是草。我不知道了。〔小旦白〕連天也不知道，怎麽了。〔唱〕

【江頭金桂】自恨爹娘偏性，將奴誤此身。我本是花容月貌，嫁與這野豹猪精。〔丑白〕你是豹精，虎精，猪精，還是個屁股精呢。〔小旦白〕怎麽駡我許多？〔丑白〕叫我爹媽來，還搗你哩。①〔小旦唱〕口兒中乳尚星，説甚麽金屋銀瓶，金屋銀瓶，鳳枕鴛衾。共誰人吟風弄月殘，殢雨尤雲，倒鳳顛鸞抱夢魂。〔丑睡介〕自恨我紅顔薄命，紅顔薄命，心中暗忖。細評論，可惜伶俐聰明女，錯配痴呆懞懂人，錯配痴呆懞懂人。〔白〕把席上酒肉都吃盡了，竟自呼呼睡了，全然都不曉得。待我叫醒，看他如何？〔叫丑介，丑〕鬧殺我了，媽媽。〔小旦白〕我看此人不是我的丈夫。昔日聖姑姑説我的姻緣，出在貝州，姓王名則。也罷，不免將板凳變虎一隻，馱憨哥上城樓乘涼，將他跌死，逃往鄭州，再作道理。

---

①「哩」，底本作「裏」，據文義改。

憨哥，你依我脱衣睡覺就罷，你若不肯，我放虎來咬你。〔丑慌介，白〕你只叫説没有，看見我變個真虎你看。〔念咒〕天靈地靈，虎現真形。吾奉聖姑速降來臨。〔虎上，丑躲介〕你不要怕，他不咬人。〔丑白〕變虎咬人，我要扒在你肚子上去，我不依。〔小旦白〕來，我與你騎着，上城樓去乘涼。〔上虎介，丑白〕好涼快。这麽高，跌下去就是個烏龜翻身。〔巡更二人上，白〕忽聽城樓畫角鳴，風清月白正三更。日間門上拿奸細，夜裹街頭捉小人。我乃守門軍人是也。老哥，今夜怪事，你看城樓上什麽東西？〔卒白〕老鸛搧翅哩。〔卒白〕不像。〔卒白〕到像兩個人。〔卒白〕是人不是人，我與他一箭罷。〔小旦下，丑死介，二軍白〕呀，這是焦員外的兒子憨哥。怎麽了？黑夜裹有誰知道，悄地裹埋了罷。正是：閻王注定三更死，誰敢留人到五更。〔二人拉丑下，小旦白〕幸喜我會五方遁法，得出城來。不免逃走鄭州，再作道理。〔唱〕

【憶多姣】爹見偏，娘不賢，錯配姻緣非偶然，死別生離頃刻間。撇却腌臢，撇却腌臢，慢抱琵琶過船，慢抱琵琶過船。〔下〕

第十一齣　審問

〔丑扮縣官，衆手下隨上〕

【引】雀脚鼠牙性氣邪，暗藏詭詐心，毒似蛇蝎。〔白〕黑日昏天只要錢，不分好歹與良賢。準詞整要銀三兩，免究勾名二足棉。下官祥符梁正堂金不備是也。臉上斯文，裝就謙恭禮遜；口中甜話，捏成良善清廉。性愛風騷，殢于曲蘗。不論紳衿仕宦，呈告争房奪産，直叫家私盤盡。一應舉監生員，告呈地土田園，也須積蓄平分。争鬥者罰他猪一個，討保者索伊好酒三瓶，吃得醉後，醒了而復醉。正是：悲號滿道琴堂黑，百里皆呼邑宰昏。今日乃三六九日，分付開門。〔二差人上，白，帶憨哥〕夜巡軍叩頭。〔官白〕巡風無事？〔差白〕巡風無事。小的巡到安上大門，正打三更，只見城樓房脊上坐着一男一女，被小人一箭射將下來，却是一個男子，那婦人却不見了。小的拿來，望老爺定奪。〔官白〕帶進來。〔帶介〕犯人進。〔官白〕你是什麽人？半夜三更在城樓上做什麽？〔憨學介，官〕哇，這厮敢學本縣説話？〔憨學介，差〕啓老爺，這人想是痴得。〔官白〕你怎麽知道？〔憨學介，差白〕小人昨夜盤問他，也是這等學人言語。〔官白〕這便怎麽審問。各衙役們，可有認得他的麽，你們大家認來。〔快手白〕小人認得，這是開綢緞鋪焦錦的兒子。他雖然年紀大了，却顛蠢愚迷。〔官白〕如此，你去喚他父親前來回話。這小厮在此處無用，你就領了他去罷，速來回話。〔官白〕巡兵過來，我且問你，昨夜既然將箭射他下來，那城樓上高有一二十丈，他滾下城來，那痴子爲何不跌死？〔巡兵白〕啓爺，他滾下城來，小的們將他接住了，所以不曾死。〔官白〕這也是命不該如此。〔二快手帶焦錦上，官白〕焦錦，你爲何半夜三更，縱放兒子在城上去？從實招來，免受刑法。〔焦白〕老爺容稟，〔唱〕

【玉嬌枝】望開明鑒，念小人清白無玷。只一子名喚憨哥，況又是痴蠢顛。〔白〕小人昨日剛剛才與他娶親，〔唱〕庭間才散喜華筵，送入蘭房曖幕邊。甚緣由去樓上屋尖，甚緣由去樓上屋尖。〔官白〕你家昨日才娶親麽？娶的是誰家女兒？〔焦白〕也是開綢緞鋪的，胡浩的女兒。〔官白〕你兒子這等模樣，誰肯將女兒與你兒子。你們這頭親事是兩願的麽？〔焦白〕前日議親，小人想門户到也匹配，只想自己兒子如此痴顛，到也心意兩持。到是胡浩，自己十分情願，急欲將女兒送過門來。昨日拜堂時，見媳婦生得千姣百媚，小人心中反覺過意不去，恐怕他夫妻後來不和。今夜打發奶娘送臉水進去，可又作怪，房門關着，媳婦兒子都不見了，正在驚慌，着人四下尋訪，不想老爺呼喚。不知他怎麽上城樓上去。〔官白〕如此看來，那胡浩急欲打發女兒出門，其中亦有隱情。左右速拿胡浩聽審。〔差應下，官白〕焦錦，你兒子幾歲了？〔焦白〕十九歲了。〔官白〕我想你媳婦有如此才貌，一定在家做出事來，他恐玷辱門風，若嫁伶俐子弟，又恐受辱，所以情願與你爲媳，亦未可知。〔焦白〕是吓，老爺之言，詳得極是。〔差人帶胡浩上，官白〕胡浩，你的女兒，爲何半夜三更在城樓上頑耍，豈容如此所爲。如今你將女兒藏在那裏，快快送出來，本縣好與你們審斷。從實說來，免動刑法。〔胡白〕老爺，小人女兒昨日好好嫁在他家，况我女兒平常從未出閨門，那裏得回來。况那城門樓甚是高聳，又無梯子，如何上得去，既上得去，爲何巡夜的只將男子擒住，我女兒倒不見了？ 一定是焦錦見他兒子顛蠢，料不知事，見我女兒齊整，頓起邪心，意欲奸騙，一定我女不從，聲揚起來，他因奸不遂，想是把我女兒害了。他恐小人去探望女兒，恐怕無詞設訟，故此買巡兵捏做假詞，搪塞老爺。眼見圖奸致死，人命事了，老爺不察此情，如何倒問小人要起女兒來？ 如今倒求老爺，追出我女兒屍骸來罷。〔官白〕下去。胡浩之言，甚爲有理。巡兵，〔二差應介，白〕哇，我把你這兩個大膽的狗才，你得了焦錦多少銀錢，捏造虛妄，誣害良民。扯下去，每人重責三十。〔打介〕趕出去。帶焦錦。〔帶介，官白〕哇，我把你這猪狗奴才，你一定見你兒子痴顛，媳婦姣媚，淫心頓起，因奸不遂，不是將他殺害，一定此女被你强奸，是他羞耻，自盡而死。你恐怕有人知覺，將他屍骸藏過，買囑巡兵，假捏虛詞。好生可惡，扯下去重責四十。〔打介〕你從實招來，埋在那裏？〔焦白〕老爺，小人斷斷行不出來。便算媳婦是小人謀害了，兒子是小人親生的，况小人只有這點骨血，怎忍下得毒手，射他一箭？ 老爺！〔官白〕狗才，你不想城樓是多高，又無梯子，怎麼上得去。〔焦白〕老爺，小人想起來了，自那日議親之時，曾有一媒說他女兒慣會妖法，撒豆成兵，剪紙爲馬。就是胡浩去歲天火，甚是貧窮，如今復整家園，都是他女兒變的。〔官白〕了不得，了不得。如今包太爺道妖星照臨魏地，正欲覓訪妖言惑衆之人，不想禁城就有此輩。下去，帶胡浩，我把你狠心的狗才，縱女爲邪，學習妖法，反將賴詞陷人。這樣事不打不招，扯下去，重責四十，再問。〔打介〕胡浩，你好好將你女兒獻出來，免受三推六問。

〔胡唱〕

【前腔】高臺冰鑒，聽小人從頭訴言。我女兒自幼功書，長成時學習針綫。妖邪法術恁誰傳，蕩蕩神京浩浩天。望清天俯察奸賢，望清天俯察奸賢。〔官白〕還要胡説，招也不招？〔胡白〕寃枉吓。

〔官白〕與我拶起來。〔衆拶介，胡唱〕

【川撥棹】神魂顫，頓叫人心痛酸。一霎時魂離半天，一霎時魂離半天，可憐我衰殘暮年。有誰來乞見憐，有誰來乞見憐。〔官白〕招也不招？〔胡白〕没有此事。〔官白〕與我敲。〔衆敲介，官白〕招也不招？〔胡白〕寃枉。〔官白〕放了拶，取夾棍過來。〔胡白〕小人受刑不過，願招。〔官白〕快些招來，待本縣親寫口供。〔胡白〕我女永兒，自十四歲時，就説有一婆婆與他一本書，上面俱是移山倒海、撒豆成兵、剪紙爲馬等法，那時小人看見，將書燒毁，痛責禁止。不想自遭回禄，窮苦異常，不過叫他變些銀錢米布之類。因他邪不改正，欲嫁與伶俐之人，又恐看出破綻，欲待養在家，恐人知道，有滅門之禍。無可奈何，只得許與憨哥。昨日過門，不想就作起怪來。〔官白〕這就是了。我説誰肯將花枝女兒，與這等憨哥。此人大關干係，左右把他上了刑具，下在監中，待我申詳本府定奪。〔衆押胡下，官白〕焦錦，遞保出去，吩咐掩門。〔下，焦白〕好了，不想他是個妖婦。若不虧想出這話來，險些一命不保。〔院白〕真個福無雙至，果然禍不單行。員外不好了，小官人回去，大叫不止，説什麼劍州關帝廟賈清風要尋什麼媚兒，一時箭瘡内鮮血迸流，氣絶了。〔焦白〕有這等事。〔唱〕

【尾】我聞言不覺心驚戰，姣兒一命喪黄泉，止不住汪汪兩淚漣。〔下〕

第十二齣　鬧店

〔付扮皮匠上〕

【水底魚】皮匠營謀，辛苦把財求。身衣口食，全憑一雙手。〔白〕自家馮翻子便是。前日成中鄉官，要做幾雙靴。天色將晚，此處歇了罷。店家。〔末扮店家上，白〕能歇天下客，專宿四方人。〔見介〕馮翻子借宿來了。好，剛剛還有閑房，你去歇了罷。〔付進店，下，旦扮永兒上，唱〕

【六幺令】森羅甲冑，且收拾舉止風流。番身欲奔鳳凰州，做霸主稱冕旒。旗開馬到功成就，旗開馬到功成就。〔白〕我胡永兒斷送了憨哥，遁出城來，走了兩日，身體勞倦。此處一所凉亭，不免暫歇片時。〔丑上，白〕世事渾如春夢，人情薄似秋雲。只要一生撒潑，那管身後兒孫。自家没來由的便是。方才賭場中弄了幾文錢，不免回家去便了。〔見旦〕呀，〔唱〕

【黄鶯兒】仔細覷妖嬈，轉叫人神思勞，看他不言不語微微笑。容貌兒恁嬌，年兒尚小，不知曾否通情竅。小身腰，若還摟抱，不死也魂消，不死也魂消。〔白〕不免向前相見。姐姐那裏去？〔見禮介，旦白〕哥哥，奴因母親有病，要往鄭州探母，行得勞倦，歇息片時。〔丑白〕我没來由好造化，天降這個姻緣與我，如今只説我也往鄭州有事，與他同行便了。姐姐往鄭州，這條路難行，天又晚了，况且女人家如何去得，我也往鄭州有事，與你同行，却不是好。〔唱〕

【鎖南枝】前途路，盡險嘘，單身幼女如何去。〔白〕今有胡永兒上城樓，如今官司出榜捕拿，店中不留單身女子，不如依我，〔唱〕假説是渾家，免得有限阻。〔旦白〕此人就起不良之心，待我要他一要。既有哥哥携帶，感恩不淺。〔丑白〕如此請行。〔唱〕若如此，急上途，恨長空日難度，恨長空日難度。

〔旦唱〕

【前腔】心不遂，暗嘆吁，暗嘆吁，遠看西山日已暮。哥哥，蒙你帶携奴，情甘做夫婦。〔丑唱〕招商店，近也無。〔背白〕得手。〔唱〕這姻緣天公付，這姻緣天公付。〔白〕此間有店，歇了罷。店家那裏？〔末上，白〕不將辛苦意，難得世間財。是誰？〔丑白〕我們是借宿的。〔末白〕没有空房子。〔丑白〕我上上下下，只落在你家，好歹要一間與我。〔末白〕只有一間房，原鋪兩張床，方才有皮匠馮鬍子歇了，雖是空房，怕你夫妻不方便。〔丑白〕他在那邊，我在這邊，對床不妨。〔末白〕老馮，起來開門。〔皮匠上，白〕半夜三更，打門作什麽？〔末白〕這裏有個客人，要在那邊床上睡。〔皮白〕進來罷。〔丑、旦進介，末白〕吃飯吃酒？〔旦白〕酒飯都不吃。〔丑白〕酒罷，一壺來就够了。〔末取酒大介，白〕不要什麽，就睡罷。〔末、丑白〕不用什麽了？小娘子，請用一杯喜酒？〔旦白〕我不會吃酒。〔丑白〕吃杯有興頭。

【前腔】〔唱〕合歡酒，莫負吾。〔白〕小娘子不吃，這就難爲我了。〔唱〕自飲三杯萬事足。〔白〕平常我也吃不得許多，今日高興。正是：人逢喜事精神爽。你看那皮匠，悶來愁腸歇睡多。我吃了一杯單，兩杯雙，吃個三杯和萬事，一醉。〔旦白〕挨拳頭。〔丑白〕小娘子錯説了，一醉解千愁。小娘子，〔唱〕請自卸妝束，慢解香羅扣。〔旦扶手，丑白〕自古燈下覷佳人，越看越愛人。我竟坐在花椒樹下，把身子竟麻了半邊。〔唱〕覷他貌，遍體酥，天賜我没來由，爲夫婦。〔白〕且到外邊小解，且到外邊小解。〔虚下，旦白〕這厮好生無理，待我驚他一驚。〔帳内出大頭鬼介。丑上，唱，合前。見驚倒介，白〕不好，店中有鬼了。〔末、皮匠上，白〕我這店中甚是潔净，鬼在那裏？〔丑白〕鬼在那裏。〔旦出帳介，末白〕小娘子醒來。〔旦作睡介，末、皮匠啐丑介〕遭瘟的，那是你家娘子，怎麽説是鬼。〔丑白〕我的眼花了。〔皮白〕也不是眼花了，分明是眼瞎了。〔丑白〕少説。〔皮白〕我們辛辛苦苦，正要睡覺，被你驚醒，我攮你那没涵養的親娘。〔丑白〕少出言。〔皮白〕少出言，再要驚動，我與你狗攮的兩頓拳頭。〔皮睡，末下，丑白〕遭他娘的瘟，你麽把個小娘子當做鬼了。

【前腔】〔唱〕春興火，兩眼撲，反把佳人作鬼狐。着意費工夫，摟抱同他宿。〔白〕還有酒，再吃幾杯酒，蓋着臉憑他罷。〔吃酒介〕小水勤。〔合〕自斟飲，酒一壺；要偕合，爲夫婦；要偕合，爲夫婦。〔白〕這會小水來的勤。〔合前。虚下。旦白〕這厮心不肯休，不免使個移像法，鬍子變我，我變鬍子，他若羅皂，必然吃頓好打。〔旦指鬍子戴女臉，旦戴鬍子臉，睡介，丑上，唱，合前。白〕混帳攮的，你床上不睡，來我們床上打混。〔又看介〕小娘子怎麽在那床上睡了？是了，那床上有臭虫，倒换過來了。我也不與他之乎者也了，吹了燈。我的娘子，〔丑摟鬍子介，馮鬍子去臉打丑介，皮白〕店家快來點燈，有了賊了。〔店家上，白〕自不整衣毛，何須夜夜嚎。咄，你爲何打他？〔皮白〕我不説，只是個打。店家，放着他老婆不去睡，竟來扯我的褲子，便要親嘴弄我，你説該打不該打？〔店白〕你這人，是怎麽説？〔皮白〕一口吃個梨，他連鬍子也不饒。〔丑唱〕

【駐雲飛】聽説端詳，夜半三更上我床。口内言詞狀，他心裏生奸黨。〔白〕你這狗娘養的，你到我床上做什麽？〔唱〕嗏，扯去到官堂，扯去到官堂。説短論長，誰是誰非，任憑官發放。我怎干休，與你鬧一場。〔店白〕鬍子你怎麽説？〔皮唱〕

【前腔】就理形藏，我若説出氣怎當。我睡死狗樣，何曾往他床上。嗏，〔白〕一壺酒，都是這狗肏的囔嗓了。〔唱〕他酒醉起不良，到我床，我啞子嘗柏，苦在心頭放。我怎肯干休，與他打一場。〔店白〕小娘子，你丈夫這等無禮，爲何不勸他？〔旦唱〕

【前腔】聽説其詳，我與他水米無交各一方。途中相逢傍，同至旅店上。嗏，强要做夫郎，太猖狂，起心不良。我是個婦女之流，忍氣吞聲，不敢相違抗。伏乞明公救我殃。〔皮白〕開店門，打這狗肏的。〔店白〕衆位出來，打這狗肏的。〔衆隣上問介，店虛白介，衆白〕如此説，打這混帳攮的。〔唱〕

【駐雲飛】惡棍强良，拐帶閨中一女娘。扯送官司上，嚴刑難輕放。嗏，惡氣滿胸堂，氣昂昂。殺人可恕，情理難輕放。〔虛白〕那不打死了麽？〔虛白，唱〕怎肯相容，再打一場。〔打介，店、皮白〕小娘子，天還尚早，歇息片時，明早去罷。〔旦白〕多謝賢公。〔同下，丑白〕可笑我指鹿爲馬，〔皮白〕認老婆不辨真假。〔丑白〕賴蝦螞想吃天鵝，白白的挨了一頓好打。〔諢下〕

第十三齣　跳井

〔小生扮卜吉，推車上〕

【香柳娘】嘆時乖命該，嘆時乖命該，不尷不尬，推車運貨將誰待。〔白〕自家卜吉是也，鄭州人氏，販皂角爲生。貨已發完，不免推了空車回去。〔唱〕撇家鄉數載，撇家鄉數載，回首白雲靉，蘭室今何在。〔合〕向深林茂槐，向深林茂槐，暫行蹤除帶。〔白〕我且少坐片時。〔作歇車坐地介，小旦永兒上，唱〕

【前腔】恨喬才不端，恨喬才不端，空想恩愛，把奴錯認烟花態。誰知惹禍胎，誰知惹禍胎，鬼使與神差，平平遭殃害。〔白〕樹林中有一漢子，推着一輛小車，不免央他帶我到鄭州，免受途路辛苦。請問大哥尊姓？〔小生白〕小可姓卜名吉，原是送貨卸車，今回鄭州。〔小旦白〕這也不妨，若送我到鄭州，當謝銀三兩。〔小生白〕鄭州乃順路，我何不趁他三兩銀子。有何不可，我便送小娘子到鄭州便了，請上車。〔小旦上車坐介，旦唱〕幸相逢早來，幸相逢早來，將奴携帶，迢迢岐路雲山外。〔二鬼上，小生唱〕

【前腔】過山坡水崖，過山坡水崖，孤雁自南來，嘹嚦聲無奈。〔合〕過郵亭路街，過郵亭路街，日色暝沉埋，飛丸如梭快。〔小旦作住介，小生白〕如何推不動了？〔小旦白〕你在這裏等。〔指門介，下，小生白〕小娘子好奇怪，如何喝聲疾，鎖即脱了，竟自進去了。許我的車銀，也不與我，待我叫他一聲。小娘子，快送車銀出來。〔末隣居上，白〕這個人如何在此喊叫？〔小生白〕方才有個小娘子雇我的車，許我三兩銀子，將他送在這裏，説這裏是他家下了，用手一指，説聲疾，那鎖兒自落，竟進去了，不見出來，等得我好不耐煩。〔末白〕這是刁通判老爺的宅子，因向年花園内井中出妖孽，故爾無人居住，那有什麽女子。〔小生白〕實是他方才進去的。〔末白〕向爲妖孽之事，出示查訪，你今又無住處，倘然被巡役捕快看見，你也就吃累了。還不推車去罷。〔小生白〕老人家，明明是個女子進去的。如今待我進去搜一搜。〔末白〕漢子，我勸你是好，你不要淘氣。〔小生白〕我偏要淘氣，就有官司，也説不得了。〔進奔止介，末白〕好一個莽撞漢子，竟自奔進去了。少不得要跟他進去，看取下落。青龍白虎同行，吉凶事全然未卜。〔下，小旦上，白〕好也。卜吉真是志誠，乃我一會人，他若進來，我自有主意。〔小生白〕小娘子，還我車錢來。〔末上，白〕那漢子不要進去。〔小旦入井介。小生驚介，末白〕你這個逼人下井，該當何罪。送官司，不要連累我街坊，跟我去見官。〔小生白〕我今左右是個罪人了，何不跳下井去，倘得他上來，也好免罪。〔跳井介，末白〕你看那漢子也跳入井去了。可不叫我們地方上受累，左右街坊隣里們，你們大家出來。〔衆街坊上，白〕秦大伯，爲着何事喧嚷？〔末白〕列位有所不知，有個推車的漢子，在這門口喊叫，我問起緣故，他説有個女子雇他的車兒，到此門首，用手一指，其鎖自落。〔衆白〕好奇怪，好奇怪。〔末白〕那女子竟自進去，他在此喊叫，還車錢，還車錢。我説那有此事，他竟入內去搜取女子，①飛奔而入。我這裏也跟了進去，果然見一女子回身就走，漢子即忙去趕，這女子往井一跳。〔衆白〕女子跳入井中了？〔末白〕是。我就説你逼人下井，人命事兒難免了，誰想那漢子也就跳下井中了。〔衆白〕這也奇希古怪，想又是妖孽作怪了。〔末白〕那人跳井，有頓飯時辰，料然不濟了，這便怎樣好，你我大家去看一看。〔衆唱〕

【大迓古】烟塵障碧空，井入知他何物潛踪。若非鬼怪邪魔洞，敢是妖仙變幻宫。這事希奇，未審吉凶，這事希奇，未審吉凶。〔白〕噲，秦大伯，此事非同小可，況且二人跳入井內，又是兩條人命，不是當耍的。〔丑白〕列位吓，我想不如去報了本州太爺，任憑官府處分便了。〔衆白〕走走走，我們大家同去。〔丑白〕有理。〔衆白〕閑房空室生妖氣，男女一時二命兮。〔下〕

① 「子」下，原有「竟入」二字，文義欠通，疑有誤，故删。

第十四齣　賜鼎

〔老旦扮聖姑，二童隨上〕

【引】金殿瓊宮，珠簾捲相會英雄。〔白〕仙院深幽有路通，曲橋斜徑檻玲瓏。各花燦爛如堆錦，篆裊爐烟透壁峰。吾乃聖姑姑是也。向日曾與永兒説有張鸞、卜吉，乃一會之人，且喜今日永兒在途中，賺得卜吉已到。但卜吉目下有七日官刑，牢獄驚恐之災，數不能免，待他到來，將金鼎付他，獻與鄭州，待他七日災限完滿，再救他到來，共圖大事便了。丁甲神。〔丁甲白〕有。〔老旦白〕可到外邊等候，卜吉到時，引來相見。〔丁甲白〕領法旨。〔小旦上，白〕卜吉少趕。啓上聖姑，卜吉被我賺來。〔老旦白〕你且坐了。〔小生上，白〕那裏走。任你潛踪在海藏，也須掘草見根芽。呀，趕到此處，這女子忽然不見。但不知是妖是聖，好生奇怪。〔丁甲神白〕卜吉，休得驚疑，吾神久等多時矣。〔小生白〕你是何人？〔丁甲白〕我乃丁甲神，奉聖姑姑法旨，在此等你見聖姑姑的。〔見介，老旦白〕卜吉，你休驚懼，吾乃聖姑姑是也。因你後來自有好處，故此着永兒引你到來，指明你的後事。但你目下呵，

【大迓古】時乖連未通，災星臨降，少吉多凶。〔小生白〕如今望娘娘慈悲，快救弟子則個。〔老旦白〕童兒，取瑶枣、仙酒過來。〔童白〕瑶枣、仙酒在此。〔老旦白〕賜與卜吉飲者。〔小生飲介，老旦唱〕我將仙家玉液賜三鍾，安期瑶枣伊家用。〔白〕卜吉，你吃了仙枣、瑶酒呵，〔唱〕管取災難全消，安樂無窮。〔白〕此地不可久戀，就此出去罷。〔小生白〕啓上娘娘，但仙姑跳井一事，凡夫那知就裏，如今弟子怎分認得明白？〔老旦白〕不妨，你帶了我殿前八卦金鼎上去，只説本州神聖，送與本地知州，那官府自然開釋。 若有大難臨身，你大呼聖姑姑，我當救你。 後來自有會期，牢記。〔小生白〕多謝聖姑姑慈悲。〔老旦白〕丁甲神，將卜吉送歸原處，不得有違。〔丁甲神白〕領法旨。 卜吉隨我來。〔老旦白〕卜吉今朝入井中，貝州他日亂縱横。〔下，衆人同二差二人上，白〕走吓。 多年古井太蹺蹊，何處狂徒惹是非。〔差人白〕衆位，這井在那裏？〔丑白〕在後花園内，隨我來。〔衆白〕不好，大家進去，須要仔細，不是當耍的。〔衆走見井介，二差人白〕果然好個大井裏，裏面黑魆魆看不見，怎麽好打撈屍首。〔小生白〕上面老伯伯，救我出去。〔衆白〕井中有人叫喊，想是不曾淹死，你我快些撈救。〔撈〕你撈救婦人，怎麽樣了？〔小生白〕列位，〔唱〕

【皂羅罩黄鶯】何處把屍撈救，這災殃可自没由，誰知井底能邂逅。〔白〕我到井中，見一明亮去處，推門進去，猶如神仙洞府，内有仙姑，同那小娘子在那裏。〔唱〕端然議謀，青鬟緑眸。〔衆白〕説些什麽？〔小生唱〕他叫我不須孱僽，且寬心免憂。〔白〕交付這件東西與我，道本州之神送與本地知州

的。〔唱〕千金重負，傳送知州，這是神明默地來相佑。〔衆唱〕

【前腔】罪惡分明難宥，這井兒傳來已久。深幽，何曾有路可行游。揑空説謊言虚謬，細籌謀，手中金鼎，空自惹災尤。〔小生唱〕

【尾】心添痛雙淚流，這罪名難解其受，我將從直根由訴本州。〔下〕

第八卷

第一齣　獻鼎

〔丑扮州官,四手下、書吏隨上〕

【引】叨符分行宰,神臯閭閻,兆社興講。〔白〕下官鄭州知州張乾是也。端爲刁通判宅内井出妖事,用心出示緝捕,至今無踪。也常比較番役,並無下落,只索暫停免追。今當早堂,左右抬文牌出去。〔小生、衆上〕

【引】寃苦悲號,伏望高臺明鏡。〔衆白〕投文人進。〔跪介,白〕稟上老爺,昨日有一人帶一女子,行到刁通判花園門首,女子下車,没有車錢,與他逼追,女子跳井而亡。卜吉也跳井,去了半日,只見那人捧上金鼎,女子屍首無踪。今帶來此,乞老爺决斷。〔丑白〕將卜吉帶進來。〔衆帶小生進介,丑白〕你就叫卜吉麼?〔小生白〕是。〔丑白〕怎麼逼人跳井,實實招上來。〔小生唱〕

【啄木耳】容哀訴,明鏡高,伏望恩台究理苗。卜吉守分之人,我怎敢犯法違條。〔丑白〕胡説,既不犯法，如何逼人下井？〔小生唱〕空懷冤恨無門告，平白横禍非輕小。地網天羅人怎逃，地網天羅人怎逃。〔丑白〕你是追逼車錢，那女子定有姿色，懷心有意，這是無徒惡棍所爲，其女定然不允，以此投井。還要强辨，招上來。〔小生白〕没有此事，老爺。〔丑白〕人命重情，不動刑法，决不肯招。左右，將他上拶。〔衆拶介，小生唱〕

【三段子】銜冤難告，没來由惹禍生苗。車錢負勞，恨佳人忒煞弄姣。便將古井輕身跳，奮身赴救無功效，這些情真是供招。〔丑白〕我且問你，這金鼎是那裏來的？〔小生白〕小的見那婦人投井，只得拼命救他。只見有一所明亮房子，小的進去看過，端的上面坐着一位仙姑。那仙姑説，你來的正好，有一件東西托你。却是個金鼎。小的問他，這是什麽所在？那仙姑説道，這是井中天，不必遲延。即將金鼎送到，見了官府説是本州神道呈送老爺的。小的手捧金鼎，以此來見。〔丑白〕取上來。〔衆應介，丑白〕有兩行字在上面：遇此物，必有大貴。收了。可作鎮家之寶。將卜吉卸了拶。〔衆放介，丑白〕卜吉，你當償那婦人之命，又因無屍檢驗，難以定罪。且聽審單：審得卜吉，帶得順道女子一名，不識姓氏。因向女子取討車錢，其女情慌，走避墮入井中。井在九間空房，素多凶怪，撈屍無獲，亦異奇事也。卜吉原無威逼之情，似難抵償。但索車錢起見，不爲無因，合應脊杖二十，刺配山東牢城營當軍。扯下去，重責二十。〔打介。小生唱〕

【歸朝歡】冤枉事，冤枉事，令人屈招，法如爐官司怎熬。這其間，這其間，此事難曉，到如今生

死難保。〔丑白〕傳禁子。〔付扮禁子上，丑白〕將卜吉上了刑具，帶去收監，明日起解。〔上手扭介，小生唱〕

【尾】手中空有千金鼎，買得個短拶戎衣紅笠帽。〔白〕卜吉這場屈事，從空而降。既有金鼎獻上，該免罪才是，還將我刺配。我若閘闖性命回來，〔唱〕我定要叩闕陳情，拼死除佞豪。〔丑白〕傳禁子過來。〔付應介，丑白〕方才卜吉說些什麽來？〔付白〕他說要閘闖性命回來，我定要叩闕陳情，拼死除佞豪。〔下，丑白〕典吏過來，晚堂傳禁子，到後堂密室伺候。〔吏應介，丑白〕高崗虎方怒，深林蟒正嗔。世無行路客，竟是不傷人。左右，分付掩門。〔同下〕

第二齣　會仙

〔老旦扮聖姑姑，小旦永兒，上，同唱〕

【好事近】泉底賽瑶池，歷年來那知寒暑。〔唱〕朱門玉宇，神冠可配仙衣。光先四壁，恁逍遥快樂人難覓。飲丹沙散淡烟霞，算吉凶否泰遷移，算吉凶否泰遷移。〔白〕前日若不是我逞小小神通，遣轉壁纏度，怎叫聖主謫貶三公。即今文相，辭官回家，故急遣手下前去，用法布弄。你道如何？〔小旦白〕不知聖母作何法，但恐能人識破，反爲不美。〔老旦白〕卜吉已被官司軍配，此人妙伎多能，我欲相救來此，以作貝州大用。〔小旦白〕早早救引，免他受困泥途。〔老旦白〕文彦博無故顯能，若不是老身施法，你我受他危厄分散。今已回籍，我不免遣人布弄，以泄此恨。我兒，即命張鸞等衆，上前聽我分付。〔小旦白〕聖姑姑有法旨，張鸞等衆上前聽法旨者。〔張鸞、蛋僧、左黜上，唱〕

【出隊子】聖姑宣召，聖姑宣召，法鼓咚咚震耳敲。此番必有甚根苗，即赴壇前走一遭。稽首躬身，静聽明謡。〔白〕聖姑姑在上，張鸞等稽首。〔老旦白〕今宣爾等，非爲别事，我觀貝州劫數將盡，雖有神兵，還得世人統領。今着你們出去，各效一功，但不知可肯去否？〔衆白〕恁憑聖姑姑差遣。〔老

旦白〕左黜何在？〔付應介，老旦出帖，唱〕

【四邊静】文相到此安身寓，你可將他戲。須要喪他德，定中吾行計。〔合〕謹尊法旨，不可有違。急去要施威，料他難防密，料他難防密。〔白〕張鸞上前。〔出帖，唱〕

【前腔】州衙無故生毒計，遣人中途刺。卜吉志誠人，速救離災地。〔合前。老旦白〕蛋僧何在？〔净應介，老旦唱〕

【前腔】善王太尉人難敵，慈憫家豪貴。遣你化他緣，千實貝州使。〔合前。老旦白〕胡永兒。〔小旦白〕孩兒有。〔老旦唱〕

【前腔】貝州王則當發迹，後日居大位。賣燭作因由，引來成佳婿。〔合前。衆白〕領法旨。〔老旦唱〕

【清江引】爾等各自應承已，談兵説法易。非天不可究，須要用心記。各人兒遵法旨，分頭去。〔下〕

第三齣　起程

〔生扮文彦博上〕

【引】幾年職任佐朝堂，四海燮理陰陽。〔白〕富貴功名總是虚，而今腰下卸金魚。臨朝怎比林泉樂，脱却朱衣着布衣。老夫文彦博，只爲朝廷册免三公，罷除卿相，連朝親族，前來餞别，故此未得起程。今乃良辰吉日，正好行路。院子，請夫人上堂。〔院子應，白，貼旦扮夫人上〕

【引】行裝促整出鄉邦，隨夫晝錦還鄉。〔白〕相公呼唤，有何話説？〔生白〕夫人，連朝親眷纏擾不便，今乃良辰，正好起程。〔貼旦白〕人夫可曾齊備？〔院子白〕齊備多時。〔生白〕請夫人上轎。〔貼旦上轎，生騎馬介，同唱〕

【步步嬌】簪纓回首青雲杳，可奈辭榮早。寬容賀聖朝，正合逍遥林泉長笑。駟路正迢遥，家鄉縹緲何時到。〔下〕

第四齣　變相

〔左黜上〕

〔白〕兜率天宫走幾遭，金剛禪法我爲高。饒他妙術窺出竅，偌個神通吐白毫。聖姑娘娘付我柬帖，依此行事。待我看來。〔念介〕嗳呀，别個神通還好，這裝老婆的法兒，有些難爲。我奉聖姑姑之命，怎敢相違，不免變他一番。我本男子態，傾刻幻女身。〔左下，且上，變相上〕我這一變女胎，到也好，只是左腿未免有些瘸意。事急至此，將就些罷。天氣尚早，且到蘭軒掩藏，候到更深，再去戲他。〔唱〕

【江兒水】收掩郎君貌，變爲紅粉妝。他來管叫遭魔障，我今暗地張羅網，你今休想還鄉黨。我今嬌妝模様，耗却精神，定然把殘生輕喪。〔下〕

第五齣　調戲

〔生扮文彥博，旦扮夫人，衆隨上〕

【江兒水】回首京邦遠，舉目路途長。不辭迢遞把程途盼，堪堪日没西山伴，家家盡把柴門掩。速向州城尋店，暫息勞形，漸覺得馬疲人倦。〔院子白〕禀老爺，寓所尋下了，刁通判花園，甚是潔净。〔生白〕請夫人下轎。〔下轎介，生白〕請夫人後面歇息，止留書劍在此。秉燈燭來。你且回避，唤你便來。今夜爲何神思不爽，暫且看書，以解悶懷。〔起更介，高腔唱〕

【一江風】起更樵，心下皆煩燥，書史閑究考。嘆先朝，古代英雄，大義全忠孝，芳名萬古標，芳名萬古標。殲惡除强暴，今朝梁棟堪尤效，今朝梁棟堪尤效。〔二更介〕二鼓催，風擺簾籠墜，月照紗窗内。影光微，燈月交輝，自覺心勞碎，孤鴻雁獨悲，孤鴻雁獨悲。行人思故里，叫人展轉心如醉。〔三更介〕漏三更，殘燭光無定，須把銀缸整。意沉昏，萬籟無聲，是處人安静，樓頭畫角頻，樓頭畫角頻。天空密擺星，霎時體倦身勞困。〔睡介。妖上，白〕杏黄衫子茜紅裙，髻挽巫山一段雲。明月滿空烟淡淡，玉人何處不消魂。自家左瘸是也。今晚文丞相在花園中借宿，奉聖姑法旨，叫俺變作女態，假充刁通判侍兒，亂他德行，耗他精神，得空將他壓死。來此已是書房，不免叫門。開門。〔生醒，開門介〕是那個扣門？呀，小娘子何來？〔妖白〕妾乃刁通判侍兒，聞得丞相在此，特來送茶。〔生白〕自有男子，何勞你來，快快回去。〔妖白〕妾見丞相英姿風致，超邁絶倫，使妾一見輸心，精神恍惚，未敢效紅拂之奔，伏望丞相見納。〔生白〕説那裏話，吾平生秉正疾邪，未嘗沾染閑花。汝爲刁氏侍妾，豈得敗破門風。便當速退，勿貽後悔。〔妖白〕妾聞東隣處子，常留情于宋玉；江畔神妃，亦注想于陳思。妾雖下賤，丞相豈宜固拒。〔生白〕快快回避。〔妖唱〕

【園林好】你雄姿秀丰神甚騷，瞥然見把魂暗消。願俯就松喬羅蔦，況值此好良宵，人兒静月兒高。〔生唱〕

【忒忒令】我自來冰清玉皎，豈顧你花容月貌。空自逞風流絞綃，决不學野鴛交。空負你拂珊枕，雨暮與雲朝，雨暮與雲朝。〔妖白〕丞相，世間男女雖有，不得這樣容易。〔唱〕

【玉交枝】青春年少，青春年少，似璉珹不玷一毫。徵歌叫舞終難靠，因此上願附青霄。此身今已赴星橋，休叫火發妖神廟。喜孜孜天台不遥，恨迢迢星河易高。〔生白〕小娘子，一玷清名，天知地知，何謂勿知。我今造此孽債，花報果報，遲報速報，終須有報。小娘子俯就再三，怎奈我堅執不二。快快回去。〔唱〕

【豆葉黄】休得强來多聒噪，我這裏貞心怎撩。好收拾月朗風情，好收拾月朗風情，娥眉自掃。

又没有緑綺相挑，貿市來招。任賣弄風騷，任賣弄風騷，今夜裏于飛難效。〔妖唱〕

【江兒水】丞相忒推調，佳人難自操。雲英已薦瓊漿好，鶯期燕約今應效。分明天送姻緣到，人間誰能再少。成就了一夕春宵，也强似千金買笑。〔生白〕小娘子快快出去。〔妖白〕我不出去。〔生白〕唗。〔唱〕

【川撥棹】相纏擾，怎不令人發懼。〔白〕我看光景，〔唱〕分明是花柳邪妖，分明是花柳邪妖，閑弄着朱顔嫩姣。早抽身休絮叨，玷高門罪莫逃。〔背白〕這是一所空房，那有什麼侍兒，必是妖人作孽。你去不去？〔妖白〕不去。〔生白〕吃我一劍。〔妖走，生趕入井介，生白〕果然是妖，被他纏擾。院子快來。〔院上，白〕老爺，夜静更深，怎不安歇？〔生白〕快請夫人到此。〔旦上，白〕忽聽人傳語，前來問事因。老爺，怎還不歇？〔生白〕你們不知，適才我正觀覽演義，有一女子捧茶到此，口稱刁通判侍兒，意欲私心等會，被我咤之，不肯而去，疑他是妖，仗劍而趕，竟變男子，入井而去。夫人，你説這事，奇也不奇？〔旦白〕相公暫且歇息，德高心正，何懼鬼神。〔生白〕夫人所言不差。〔唱〕

【尾】德高心正遵儒道，任他邪魔花柳妖，怎當俺寶劍揮戈妖怎逃。〔下〕

第六齣　搭救

〔外張鸞背劍、手提禪杖上，①白〕剖開元氣天神哭，踏破洪濛地鬼嚎。不用崑崙求烝母，身乘雲霧自逍遥。我乃張鸞是也。奉聖姑之命，叫我離城五十里，坐觀動静。今有卜吉刺配，有解人中途行刺，教我搭救與他。只得謹尊法旨。正是：從空伸出拿雲手，提起天羅地網人。〔下。丑扮解子，生扮卜吉手扭上〕

【山坡羊】恨沉沉難提起的心事，亂紛紛傾澆漓的珠淚，但見那霧黑黑的雲迷，深林裏怕聽啼鴉隊。遇前溪，小橋更又危。似這等囊頭三木，欲脱真無計，迢遞關山甚日歸。〔合〕淒泣，冒雨衝風苦自知；傷悲，受餒耽飢苦訴誰，受餒耽飢苦訴誰。〔丑白〕你這囚徒，只管慢騰騰的延遲日子，難道我兩人陪着你一路上受罪不成麽？〔生白〕二位大哥，我的棒瘡疼痛難行，前面有酒店，和你買些酒吃，再走如何？〔丑白〕你這個人，買乾魚放生，死活尚且不知，你還想吃酒麽？〔生白〕此話怎麽解，卜吉不解。〔丑白〕我若不説，你也不知。你前日激怒了官府，叫我們在中途結果你的性命。快些伸

① 「外」字，原無，據下文補。

過頭來。〔生白〕可憐我受屈之人，還望二位方便。〔丑白〕我們到有慈心，只是怎生回覆官府。快快受死。〔生白〕如此說，我卜吉定不可生了。只求二位大哥，略可從容些時刻，待我拜辭了天地祖先，以便受死罷。〔付、丑白〕就是天地祖先，他也救不得你來。〔生白〕二位，我卜吉世度三十有五，到今日受此屈事，定是天地難容，理當辭謝蓋載之恩。〔付白〕憑你拜告罷。〔生白〕黄天，當初我到井中，蒙仙姑指示，說有大難，叫聖姑娘娘，便來救我，此際正當求告。聖姑娘娘，快來救我。〔付、丑打生介，張鸞上用禪杖打倒二差人介，白〕住了，清平世界，在此殺人麽？〔付、丑白〕師父，不干我事。〔外唱〕

【玉交枝】平生仗義，平生仗義，怎叫人含痛悲。〔生白〕師父，你在那裏來，素不相識，蒙來救我。〔外白〕我奉聖姑姑之命，等你多時了。〔唱〕晨昏相候何曾離，逗起我雄心恨知。你公然大膽把人欺，青天白日能無忌。〔合〕論人生死别生離，總由天不由善取。〔生唱〕

【前腔】流離顛沛，流離顛沛，險些兒黄泉已歸。〔白〕師父，這二位解哥呵，〔唱〕不念我受屈無辜，賴先生救取災危。銜環結草知甚日，重生父母恩非易。〔合前。外白〕你兩個狗才，也不該如此。〔付、丑唱〕

【前腔】尊師聽啓，尊師聽啓，念吾儕也不怪伊。〔白〕只因起解之時，卜吉呵，〔唱〕將言語挺撞官府。〔白〕小人們遵奉官府之命，不要留他性命。我們焉敢有違，只得遵命。不想遇着了师父。〔唱〕幸然間仗你扶持，卜吉，你三魂渺渺付陰司，師尊一似真人至。〔合前。外白〕天色已晚，前面無有宿處，我這小庵就在山下，大家到我庵中，權宿一宵罷。〔生白〕蒙戚相救，又到貴庵打攪，心甚不安。〔外白〕説那裏話來。〔丑、付白〕况且瘡腿難行，可從其命罷。〔外白〕請轉過溪澗，又至草茅庵，列位請進。〔進介〕請坐。道童看茶酒來。〔道童應介〕茶酒有了。〔外唱〕

【八聲甘州歌】夜深人静，聽風聲鶴唳，長澗深潭。玉山頽倒，荒山無可相攀。〔白〕金銀二錠，奉送二位，有一心事相求。〔丑、付白〕不知何事？〔外白〕卜吉乃一屈事，〔唱〕通容望你行方便，留在荒山把道參。〔付、丑白〕這是罪犯之人，我們實實不敢放取，也難奉尊命，行不得的。〔外白〕二位既不相從，貧道也不敢相强，再請幾杯。〔丑、付白〕感蒙賜酒，我們領就是了。〔唱〕月圓，飲村醪且解愁煩，飲村醪且解愁煩。〔外白〕二位，想世事那有一件認得真。〔丑、付白〕我們時遇，〔唱〕

【前腔】人間富貴貧和賤，總是一場春夢，那分奠雁。〔白〕師父，夜深了，看月兒往西去了。〔外唱〕就是虛空明月，也難保長在中天。〔付、丑白〕日月那有長晌午的。〔外白〕你要明月在中，這也不難。斟上酒，每位敬三大碗。〔丑、付白〕你要换轉月兒，不要説三碗，就是三十碗，我們也領。〔外白〕昔魯陽揮戈，日返三舍，要明月回來何難。二位請看。天黄地黄，日月三光，我奉聖姑急急如律令，敕。〔指天井，火彩，懸月下介。付、丑白〕我們大家看來。〔唱〕月圓，飲村醪且解愁煩。〔見介，白〕呀，果然好妙法。你我今夜須拼一醉。〔外、付、丑同飲介，唱〕

【紅綉鞋】適才月暮西山，西山；，這遭又得回還，回還。棄沉醉且酣眠，脱得去謝蒼天，脱得去謝蒼天。〔外、生同下，丑、付白〕師父、卜吉醒來。〔丑白〕怎麽了？〔看介，付白〕不好，又被那道人作法，騙了卜吉去了。〔丑白〕酒食桌椅茅庵，都不見了。〔付白〕却是荒山上，你我如今怎回覆官府。〔丑白〕不妨，他叫張鸞，有名有姓的，又是鄭州地方，明日稟知老爺，僉票四外拿取張鸞，有何難哉。恁他走上焰魔天，脚下騰雲須趕上。〔下〕

第七齣　到任

〔丑扮地方上，白〕

爲人莫當地方，終朝受苦非常。襪子跑得無底，鞋兒走得没幫。頸上常拴繩索，腿上時挣棒瘡。指望仗着衙門勢利，需索錢財入囊。又被差排詐去，依舊弄得精光。這就是没良心的報應，爛心腸的下場。自家乃本城地方便是。今有新任太爺包老爺上任，奉縣主之命，着我打掃街道。包老爺有馬牌到來，傳集百姓、鄉約、耆老，到府中還有面諭。喻，衆位呀，你們各家，須要預備香花燈燭，掛紅結彩，衆位俱要執香跪接，俱到府前伺候。〔内喝道介。丑唱〕

【水底魚】聽喝道鳴金，旌幢對對分。黄羅飄颺，簇擁一官尊，簇擁一官尊。〔下。黑紅八皂隸、吏門、傘夫隨净包公上，合唱〕

【朝元令】新恩除授，膺簡開封守。黄童白叟，絡繹街前叩。皂蓋幢油，五花騌驟，金帶宫花組綬。鐵面星眸，鋤强扶弱民没咎。執法似山丘，寬刑薄斂收。馬蹄疾溜，又早見軍民迎候，又早見軍民迎候。〔衆扮百姓、耆老、鄉約執香上，白〕耆老、鄉約、地保帶領闔郡百姓，迎接大老爺，並叩天喜。

〔包白〕起來，有勞爾等。你們俱各少等，本府還有面諭。〔衆拜叩介。包公升堂，吹打，各役吏門參拜介，包白〕各役過來，本府恭膺簡命，新治開封，志在消弊除奸，下清疑案，使犴狴而没寃苦犯，上答聖恩，保合郡之百姓安寧。本府未任之時，即知爾等行爲，雖安分者固多，而玩法者亦不少。此皆前官之失政也。今本府已往不究，爾等須要洗心滌勵，痛改前非，勿視官府爲木偶，兼看王法爲兒戲。嗣後若有差票公務，或解糧餉上行，或拒人犯訊鞫，必須遵限投繳。倘有需索不遂，累小民受苦，貪賄肥家，縱緊犯潛踪，或遇告發，或經訪出，即刻立斃杖下，决不姑時。本府言出如山，法行必信。面諭諄諄，各宜凜遵，莫謂言之不早也。〔衆叩介〕謹遵大老爺台諭。〔包白〕起過一邊。那一個長大漢子叫什麽？〔温跪介〕小人是捕盗都頭，叫做温殿直。〔包白〕好，本府久知你爲人忠直，又且武藝多能，我今還你爲使臣之職，率領弓兵一千，早晚聽本府差遣調用。〔温白〕多謝大老爺提拔之恩。〔包白〕吏書過來，爾等既參書吏，亦圖後日縉紳，必須矢勤矢政，謹慎細心，何必心懷不究，恣意貪饕。本府深知刀筆之弊，種種不能盡言，如命案之中，用刃用斧，倘没使用，或筆一勾誤傷而成故殺，令活命而作泉臺爲寃鬼，或盗財謀財，有賄肥囊，增筆一點，使大門而成犬户，縱死囚而人世作鴟鴞，此皆爾等無知，希圖小利，不顧大義，累官府仁心作獸心之難白，害廉吏忠肝作狼肝之莫辨。説由髮指，何容潛隱。今後如有此輩衙役犯事，定以銅鍱施行。〔衆吏白〕老爺面諭諄諄，敢不盡心守法。〔包白〕

起過一邊。唤衆百姓進來。〔衆百姓上叩介，包白〕衆百姓，本府職任烏臺，位居閣臣調鼎，志在扶助邦家，存心保安黎庶。爾等俱是朝廷赤子，盡皆本府良民，今後須要勤于耕種，慎于桑麻，戒于争訟，禁于鬥毆。鄉黨以和爲貴，親朋以義爲先。爲父母嚴訓兒女，勿使墮入匪類，一則有玷家聲，二則貽禍身命。爲子孫須孝父母，勿壞一生之德行。善乃積福之根，惡乃造禍之苗。兄寬弟敬，勿使手足參商。夫唱妻隨，莫叫妯娌反目。忠孝節義，享朝廷旌獎之榮。奸盗邪淫，受王法嚴刑之苦。本府與言及此，爾等勿負我心。〔衆叩頭介〕蒙青天大老爺金玉之言勸化，衆百姓焉敢有忘。〔包白〕爾等各自回家，守分營運。〔衆百姓下，皂隸禀介〕啓上老爺，本府所屬三十六州縣，俱在賓館候謁。〔包白〕吩咐一概請回，明日行香之後，只請祥符、封丘二縣到城隍廟，有話面諭。〔皂應介，下。包白〕唤耆老、鄉保進來。〔衆上叩介，包白〕衆耆老聽者，本府敕命，來任此省，因太史院奏稱妖星照臨魏地，百官保奏本府蒙旨簡命前來，原爲上體朝廷之心，下察民間之苦。爾等耆老，明日於各鄉村鎮市，修設義學，以訓貧家之子弟，講聖諭以化愚蠢之頑民，一應公費，按月到府支給。晝則嚴查匪類，夜則巡緝奸宄。造册設立社保，五家爲一甲，爲一溜，二十五家爲一保，一户有事，九户相助，一甲有警，合保護持。凡遇游手好閑，面生可疑，來歷不明，及方外雲游者，務須盤結，不許存留。若得民安樂業，皆出爾等之功，本府自有旌獎。〔衆白〕老爺以忠愛之心，爲民若此，小人們焉敢負老爺之心。〔包白〕

禮房取花紅，與衆人插帶。〔合唱〕

【前腔】看金花耀眸，親敬三杯酒。紅披絳綢，暫爾權相受。鄉保耆叟，莫辭身愀，須要防範妖寇。與百姓分憂，煌煌鈞諭敢束手。〔包白〕禮房，吩咐鼓樂，相送衆人出去。〔禮應介，衆叩頭出介。同唱〕恩德似山丘，歡聲滿汴州。望隆山斗，真個是清風兩袖，清風兩袖。〔衆下。包白〕吩咐掩門。〔衆應介，吹打，掩門。下〕

第八齣　傳法

〔任遷挑炊餅擔上〕

【駐雲飛】走遍長街，終日奔波只爲財。兩脚如梭快，直把炊餅賣。嗏，扁擔肩上挨，扁擔肩上挨，麻繩輕擺。頂尖細餡，美味真無賽。主顧街隣及早來，主顧街隣及早來。〔白〕自家任遷是也，賣些炊餅糊口。今日挑出門來，不免就在此處，擺下鋪面罷。〔丑扮左黜摇鈴上，白〕招財來，和合來，把錢來。〔任白〕你這個人，好不知時候，再晚些兒出來也好。〔丑白〕我娘兒兩個，此時還没有吃飯，胡亂一文錢，湊來糴些糧米，煮粥充飢。〔丑白〕我才出門來，還不曾開張，你轉别家兒去罷。〔丑白〕既不曾開張，這炊餅賣幾文錢一個？〔任白〕大的兩文錢，小的一文錢一個。〔丑白〕我這三文錢，賣給我兩個罷。〔任白〕我只當開張兒，收你兩文錢，把一個捨你罷。〔丑白〕老哥，我娘今年八十多歲，吃不得硬餅，換一個饅頭與我罷。〔任白〕不要就該早換，弄得這樣腌臢，怎賣與人吃。没奈何，换給你罷。〔丑白〕老哥，裏面什麽餡兒？〔任白〕一包精肉，作料俱全的。〔丑白〕不好，我娘兒吃的是長齋，這葷的來不得，再換個砂餡兒的罷。〔任白〕偏遇着你這倒運鬼。這是素的，拿了快去罷。〔丑白〕這又吃不飽他。老哥，再換一個炊餅來罷。〔任白〕這人好不達理，只賣的你兩文錢，到壞了我三個貨兒。這番不換了。〔丑白〕當真不換？〔任白〕當真不換。〔丑白〕可不要後悔。〔任白〕料你也没奈何我。〔丑白〕這等我便去也。〔作吹氣下，任白〕不好了，一概炊餅都化成灰了。不免趕上打他一頓，方消我氣。恁你飛上焰魔天，脚下騰雲須趕上。〔下。張淇挑猪頭上，白〕家無生活計，不怕斗量金。自家張淇，做了屠宰行業，覓利養家。夥計們，把鋪面打開，把肉掛上。今日興頭得緊，未曾出門，就有人把猪頭買下了，好順當的緊。〔丑上，白〕招財來，利市來，把錢來，和合來。〔張白〕這裏没開張，改日來罷。〔丑白〕我不化錢，把猪首賣與我罷。〔張白〕猪首有人買下了，吃些肉罷。〔丑白〕我不吃肉，偏要猪首。〔張白〕接了人的錢，如何又賣與你。〔丑白〕賣與我好。〔張白〕不好便怎麽？〔丑白〕我只叫你認得我。〔吹氣下，老旦上，白〕張大哥，我取猪頭來了。〔張白〕快拿去罷，這一個道人，歪纏了半日，好不奈煩。〔老旦取猪頭作唬倒介，張白〕好奇怪，不曾見一個死猪頭，睁開兩眼，咬了來了。快把老奶奶扶回家去罷。〔衆扶老旦下，任遷上〕張大哥，你可看見一個瘸道士過去不曾？〔張白〕方才在這裏混了半日，不知甚麽法兒，把個猪頭竟弄活了，會咬人哩。〔任白〕他把我一擔炊餅，盡化灰燼，爲此前來趕他。〔張白〕這等，我正要去尋他，料也去不遠，我二人同去趕來。〔二人下，吴三郎上，唱〕

【駐雲飛】麵店方開，不想遇見了混鬼來。尖嘴又縮腮，好似山澗怪。嗏。〔任、張二人上，白〕吴三郎，你在此做甚麽？可見一個瘸脚道士過去？〔吴白〕再不要提起，今早我才開鋪面，就來化緣，又不曾開張，那得錢來與他？他便向竈上吹了口氣，就去了，那竈上再燒不着火，滿鋪人等，鍋不滚，一哄都散了個精光。你道惱也不惱。〔唱〕他直恁逞胡歪，他直恁逞胡歪，把人厮害。小本生涯，叫我難忍耐。何處妖魔到此來，何處妖魔到此來。〔任、張白〕我二人被他弄得好苦也。只説他往那裏去了？〔吴白〕方才去不多時，我正尋他的。〔丑白〕招財來，利市來，和合來，把錢來。〔吴白〕那不是他來了，快趕上去。〔丑跑介，三人趕介，丑入佛肚介，吴白〕這孽障該死了。你跑進廟，就是一條死路，又鑽入佛肚裏，那裏面能有多大地方，容得下你。你二人在此看着，待我上供桌去看看。〔進肚介，任、張白〕連吴三郎也進去了，我二人也進去。〔入肚介。下〕

第九齣　竹馬

〔老旦扮聖姑姑上，二童執幡隨上〕

【引】箇中妙微少人參，還等有緣作伴。〔白〕我乃聖姑姑，已遣孩兒左黜去引任、吴、張三人到來授法，此時好待來也。〔丑上，白〕快些趕來，我正要你們趕哩。〔三人見，老旦白〕我兒來了，他三人呢？〔丑白〕隨後趕來了。〔任、吴、張白〕好狠賊，你往那裏跑。你便上天，我不饒你。〔任白〕那不是他，坐在那裏，上前拿來。〔老旦勸白〕三位不必動性，這是我的孩兒左黜。〔三人白〕老人家，不要管他，我三人都是小本生意，被這瘸賊弄得好不苦也。必要痛打一頓，方消我恨。〔老旦白〕三位，我孩兒怎生得罪了？〔任白〕他把我一擔炊餅都化作灰了。〔張白〕他把一個猪頭弄活了，竟會咬人了。〔吴白〕他把我一鍋水，弄得燒不着火，誤了一天買賣，你道可惡不可惡。〔老旦白〕三位大郎，且看我薄面，恕了他罷。〔三人白〕既是你老人家説情，饒你。只要他送我們出去，就饒他。〔老旦白〕且住，我想你三人，都是有緣，方得到此，我母子亦非凡品，既到此處，怎叫空回。我却有法術，每位教會一樣，足爲終身受用。〔任白〕如此，老人家教與我一樣。〔老旦白〕看了。〔取葫蘆作水火介，唱〕

【駐馬聽】術本先天，作來叫人心膽寒。小小葫蘆，波濤萬頃，火焰烘天。指揮如意任盤旋，神出鬼没驚人眼。〔上豆兵，任接葫蘆介，唱〕緊記心間，緊記心間。臨期作用，乾坤更換，乾坤更換。〔張白〕老人家，教給我一個甚麽法兒？〔老旦白〕你看了。〔作剪紙馬飛介，唱〕

【前腔】駿馬堪觀，慣會騰空不用鞭。日行千里，夜行八百，快如烟雲。風來霧去妙多般，肉眼凡胎看不見。〔竹馬上，張唱〕緊記心間，緊記心間。臨期作用，乾坤更換，乾坤更換。〔吴白〕老人家，該教我了。〔老旦白〕看了。〔放板凳騎地井介，老旦唱〕

【前腔】木凳牢堅，莫把天機作等閑。陡成猛虎，舞爪張牙，乍離山間。飛身直上五雲端，長驅萬里如席捲。〔虎上，吴唱〕緊記心間，緊記心間。臨期作用，乾坤更換，乾坤更換。〔三人白〕老人家，果然法兒無雙也。〔老旦白〕你們都記得了？〔三人〕弟子都理會了。〔老旦白〕他日貝州有事，你三人同來出力，共享無窮富貴。〔三人應介，老旦白〕左黜，引他們出去罷。〔同唱〕

【尾】協力莫把心腸變，享榮華咫尺不遠。〔老旦白〕好也，今日方知是有緣。〔下〕

第十齣　募化（崑腔一齣）

〔丑扮劉撮戲上〕

〔白〕小人混名撮戲，白手幫閑活計。朝朝風月場，日日烟花地。自家劉撮戲的便是。今日王太尉相請，不免早去。來此已是李幫閑家，不免叫他一聲。李兄在家麼？〔付上，白〕自幼幫閑生意，人人道我知趣。慣鑽富室豪門，抽架風流子弟。〔見丑介〕老哥到此何事？〔丑白〕兄弟難道忘了麼，今日是王太尉相邀，你我應該早去。〔付白〕若非老哥到此，我竟忘了大事。〔丑白〕就請同行。〔付白〕穿長街，走短巷。〔合白〕來此已是。有人麼？〔末上，白〕侯門深似海，不許外人來。是那個？〔丑、付見介，白〕上和不如下睦，太尉面前，全仗，全仗，大爺幫助幫助。〔末白〕當得效勞。〔付净王太尉上，小外、院子隨上〕

【引】天潢門第迓京畿，謾説官家權勢。〔白〕自家王壁，字天爵，因我平生好善，人人都稱我善人太尉。今日不進朝班，已曾邀劉、李二位到此閑叙消悶，怎不見到來。〔末白〕來此多時，外厢伺候。〔付净白〕着他進來。〔末請介，丑、付見叩介。付净白〕只行常禮。〔付、丑白〕門下焉敢大膽。〔付净白〕前日那刁鬼臉兒的小狗，是那一位送來的？〔丑白〕是門下李順耍子的。〔付净白〕好一個伶俐小狗兒。〔丑白〕門下一路抱來，看的人不計其數，要買我的，情願出重價，我只是不賣。〔付白〕自然是鷹犬無價。〔丑白〕這個孝順物兒，養他在地坑上耍子，晚間放在被窩裏。〔付白〕只是腥氣。〔丑白〕有個法兒，將合香面渾身上下都搽了，一些氣息也是没有的。〔付净笑介〕好法兒。人來，取十兩銀子來。〔院應，取銀介，付净白〕劉先生，送你買鍾酒吃罷。〔丑白〕些須敬禮頑樂，何敢叨蒙恩賜。〔付净白〕休嫌薄淡。〔丑謝介，付净白〕那一對蟀蟋不弱。〔付白〕那是門下呈敬太尉爺解悶。〔付净白〕生得十全，渾身上下連個褒貶也是没有。那一個金道冠，一個是左搭翅，昨日大咬了四場，全勝了。〔付白〕這對鬥蟲，有人出了三十兩銀子，我還不賣。〔丑白〕愛上了，五十兩也不止。〔付白〕那值得許多。〔丑白〕如今時候，二尾子就值銀子。〔付净笑介，白〕看十兩銀子來。〔院取銀介，付净白〕買鍾茶兒吃罷。〔付白〕不敢收。〔付净白〕莫非嫌少？〔付白〕有便再添。〔付净白〕我最喜你們，笑話兒隨嘴出。〔付、丑白〕這是太尉爺恩典喜愛，故爾隨機。〔付净白〕今日相邀二位，一來閑談解悶，二來殘秋光景，花園中樹木茂盛，大家游賞半日。〔丑白〕踢氣毬。〔付白〕不好。〔付净白〕吟詩取樂何如？〔丑白〕好，怕我們做不來。〔付净白〕這要見景生情。那講即要葉韵，若是錯字韵不合，當罰酒三杯。〔丑白〕倘有做不來的？〔付净白〕罰他凉水三碗。〔丑白〕依門下説，詩若做不來，竟啐他三口。〔付净白〕就是這等。誰先來？〔付白〕也没人敢僭太尉爺的。〔付净白〕人來。吩咐抬酒盒往花園中去。〔院應介，衆作立，丑、付白〕好花，也奇絶了。〔雁叫介，丑、付白〕太尉爺指雁作詩。〔付净白〕一聲新雁過南樓，又覺天回地北秋。井上梧桐黄葉落，山光水色總悠悠。〔丑、付白〕妙吓。〔付净白〕你聽什麽叫？〔丑白〕是蝦蟆叫。〔付净白〕就指蝦蟆吟詩。〔丑白〕蝦蟆渾身是疥皰，終日只在水中流，逢着五月端陽日。〔付净白〕不押韵。〔丑白〕怎麽下悠字？〔付净白〕我是山光水悠悠。〔丑白〕有了，悠悠起在半虚空。〔付白〕不好，不好，啐三口。〔付啐介，丑諢介，付净白〕李先生，你聽什麽叫？〔付白〕是促織叫。〔付净白〕就是促織爲題。〔付白〕弄住我了，説不得，胡謅幾句罷了。〔丑白〕詩要吟好着。〔付白〕比你强。叫着蟋蟀聲，悲鳴過立秋。〔付净白〕好。〔丑白〕太尉爺聽後韵。〔付白〕争窩相咬結冤仇。〔丑白〕妙。〔付净白〕再來。〔付白〕有人罩住没處跳，悠，悠，悠。〔付净白〕怎麽許多悠字，〔付白〕太尉爺錯罩了，把個飛禽油葫蘆罩住了。〔丑白〕過來罷。六月債還得快，等我啐三口。〔付白〕撞見淘毛房的，打了我三屎鈀。〔同唱〕

【柳摇金】詩吟興淘，鶴鳴在九皋。日暖碧雲摇，翠竹映幽居，丹青難畫難描。猛可見金鱗踊躍，紅葉亂飄飄。且自任偷閑，大家同歡笑。受皇恩待漏隨朝，當全忠孝。〔付、丑作驚介，白〕那裏一個蛋子打進來了，太尉爺在此賞花，這等可惡。〔付净白〕取來我看。〔丑白〕這個蛋子遍地滚，待我進去取來。〔火彩，蛋出僧，净和尚白〕南無阿彌陀佛。〔丑、付白〕爺的心處，活佛出世了。〔付净白〕長老，你從那裏來？〔净唱〕

【黄鶯兒】佛法本無邊，奉化伊家結善緣。〔付净白〕你化緣作何用？〔净唱〕爲因倒塌文殊院。

〔付净白〕寶剎在那裏？〔净唱〕住五臺寶山，行脚僧瞭然，望你喜捨三千貫。〔付净白〕遵命了。〔净唱，合〕要周全，芳名留住，千載後人看。〔合，付净唱〕

【前腔】偶唱小庭軒，遇聖僧奇有緣。合掌共把彌陀念，舉目仰瞻，覰你好似阿羅漢。〔净合前。白〕貧僧見文殊院山門崩損，特化太尉三千貫錢，願太尉增福延壽。〔付净白〕這是小緣法，不知幾時够數？〔净白〕即便見賜，便買物件。〔付净白〕小厮們，開了庫，取三千貫錢來。〔末、小外取錢上，白〕銅錢三千貫有了。〔付净白〕如何運去？〔净白〕只要太尉備辦，不用費力，待小僧將此金剛經，化一座金橋便了。金橋速現。〔天井火彩，下金橋介，净白〕太尉，太尉，你看這座金橋，直接天臺，待貧僧叫人來搬去。五臺衆僧，蒙王太尉善官宰喜捨三千貫錢，可速來搬去。〔衆僧下橋，走，搬錢上介，蛋僧上橋介，白〕多謝布施了。〔付净白〕僧人搬完錢鈔，也上金橋去了，豈非活佛臨凡。大家前去。佛法真無量，恍惚騎獅象。耳叫天風响，直把天橋上。〔下〕

第十一齣　議事

〔净扮包公上〕

【出隊子】忠良剛正，浩然之氣滿乾坤。堂堂晋笏與垂紳，果是朝中鼎鼐臣，全憑一點向日心。

〔白〕下官包文拯是也。今當早朝時分，須索伺候者。〔付净王太尉上，唱〕

【前腔】出入紫禁，職掌中官衆所欽。日近龍顔喜氣增，天香時惹御袍恩，好善名兒遠近皆聞。

〔白〕自家王太尉是也。包老先來得好早，今早皇上不登殿了，請散朝罷。〔净白〕下官只爲太史院啓奏妖星下臨魏地，蠱惑良民，爲害邦家，必然掃清宇宙，吾之願也，爲此縈心。〔唱〕

【桂枝香】妖氣作興，邪魔太甚。擅自擾亂民間，偏有愚民輕信。他無塞仁義，他無塞仁義，把乾坤攪混，綱常斯紊。〔付净白〕除邪歸正，人臣之禮。大人職受三公，自當爲朝廷出力也。〔净唱〕願陳情，腰間仗有龍泉劍，定把鯨鯢一掃清，定把鯨鯢一掃清。〔付净白〕還有一宗奇事。我前夜偶坐花園玩月，從空打進一個蛋子，忽然内中爆出一個僧人，口稱是五臺山來的，向我化齋，又化三千貫銅錢。他把一卷經，向空一擲，化出一道長橋下來，多少和尚，傾刻之間，把三千貫錢搬運個盡空。不

是活佛下凡感應麽？〔净白〕當真麽？〔付净白〕是我親身捨錢，難道説謊不成。〔唱〕

【前腔】閑庭寂静，皓魄端正。忽然蛋子飛來，化出僧伽形徑。我觀他儀容相貌，我觀他儀容相貌，超凡入聖，令人起敬。〔净白〕世上那有這等異事，這分明是妖僧作怪了。〔付净唱〕免相云，他不是靈山會上阿羅漢，定是南海普陀觀世音，定是南海普陀觀世音。〔净白〕下官自有理會。〔唱〕

【尾】鬼神自古無憑準，那邪魔焉能侵正。妖人，妖人，直叫他到頭方知假和真。〔下〕

第十二齣　戲法

〔杜七聖上，白〕

撮弄爲活計，搬運作生涯。自家杜七聖便是，乃東京人也。自幼游手好閑，不安本分。習得把戲營生，以求衣食。來此人烟湊集，不免歇下箱籠，擺起場子來。〔打鑼介，衆看戲法人上〕走吓，晝長閑暇無有事，且看街頭戲法新。喒，老闆，什麽眼生的戲法，變幾個與我們看看，也好替你攢錢。〔杜白〕多謝衆位下顧，待我篩起鑼來。〔蛋僧上，白〕爲探朝中信，潛行街市中。那邊爲何人烟湊集，待我看來。原來是要戲法的。且在酒樓上坐坐，看他動静便了。〔杜唱〕

【西江月】戲法雖然是假，也須手段高强。杜七到處盡稱揚，走遍江湖放蕩。各樣奇術出衆，諸般妙法無雙。將來賣弄在當場，方曉咱家伎倆。〔白〕吓，列位，常言説的好，戲法人人會做，各人巧妙不同。會的不可當場説破，不會的不可在背地譏揚。當場説破非君子，背地譏揚是小人。列位，如今街上變戲法的，不過空中取酒，仙人脱衣，小變銀錢，大變金錢，金斗取果，五鬼搬運，這些小法，不足爲奇。如今在下，要變一個續頭法。〔衆白〕怎麽叫做續頭法？〔杜白〕我變出一個活孩子來，將他殺了，又能安上頭，還叫他活了。〔衆白〕不信有這等事，快變出來，與我們看看。〔二差人、地方、鄉約暗上，杜白〕待我變來。〔唱〕

【風入松】我把真言念動畫符靈，掐訣須接五行。金木水火中央土，將包袱嚴嚴蓋覆。變出孩童壽哥，拍巴掌笑哈哈，拍巴掌笑哈哈。〔白〕把戲，把戲，全憑口氣。真言三遍，孩童疾出，疾。列位請看。〔出小兒介，衆白〕呀，果然變出一個活小孩子來了。〔同唱〕

【前腔】果然小小一孩雛，滿臉嘻嘻笑呵。從來未見新奇做，這妙法令人心伏。再看他如何斷續，怎安上這頭顱。〔杜白〕列位，待我殺了他，顯顯手段，列位好給我傳名。〔殺介，蛋僧白〕這厮口出朗言，待我將這小厮真魂收了，看他怎生續上。敕。〔杜白〕打起鑼來，不要擠。〔唱〕

【急三鎗】我忙掐訣，誦靈文，如風快，回陽世復如初。〔看介〕吓，怎麼續不上了？待我打鑼。〔持旗走介〕太白李金星，虛空過往神，引魂童子使，速放小兒魂，吾奉太上老君急急如律令，敕。〔看介〕吓，還續不上。〔差、約白〕不好，杜七聖殺了人家小孩子了，拿他去見官。〔杜白〕各位上差不要忙，我還有個法兒，若是再續不上，再拿我送官便了。〔衆白〕有理，再讓他一會。〔杜白〕衆位裏面，可有人破我的法麽？〔衆白〕我們都不會。〔杜白〕都没有。呀，你看酒樓上，有個和尚，像貌古怪，一定是他破我的法兒。我有道理。列位待我種起瓜來，救這孩子便了。〔種介〕敕。〔衆白〕呀，果瓜秧子出來了，登時開花，結了一個大瓜。〔杜白〕呔，破法的听着，你若不放孩子真魂，我將這瓜砍下，叫你腦

袋落地，方知我手段。〔唱〕

【前腔】仗鋸鋙，將瓜砍，人頭續，把法破的斷頭顱，把法破的斷頭顱。〔砍介，蛋頭下。火彩，無頭蛋僧下，自安頭介，下。衆白〕孩子活了。呀，這和尚腦袋掉了，又安得上去。他的戲法比你的又强。〔杜白〕不好了，我久闖江湖，未逢對手，我在此做不得買賣了，收拾回去罷。〔衆、杜齊下。蛋僧白〕諒這厮多大法力，敢來與我賭勝。〔地、差白〕吓，列位，這和尚面生可疑，包老爺遍張告示，緝拿妖人，這和尚一定是騙王太尉家錢的人，拿他去見官請賞。〔蛋僧白〕住了，你們休得無理，洒家呵，〔唱〕

【風入松】爲雲游方外此間過，偶爾閑行散步。如何扭做妖邪數，不由人心中發怒。〔衆白〕呔，〔唱〕清朗朗太平帝都，怎容你這妖徒。〔衆拿蛋僧下，打介，丑白〕阿呀，不要打，是我。〔衆白〕呀，怎麽倒拿了你了？〔丑白〕還胡打亂敲，連自己都不認得。〔衆白〕被他走了。且報官知道，差兵拿他便了。忙將鐵怪銅頭事，報與無私執法知。〔下〕

第十三齣　擒僧(崑腔一齣)

(生温殿直領四弓兵上,同唱)

【泣顔回】奉命領弓兵,滿城緝捕妖僧。清平世界,浩蕩蕩聖主乾坤。(白)吾乃開封府包老爺台下温殿直是也。奉老爺鈞旨,着我緝捕妖僧。連日南北二城,俱各嚴查,並無踪影。方才東城巡役來報,道相國寺前有一和尚,争勝績頭,衆人正欲拿他,被他脱逃,不知去向。爲此,我親自領兵擒獲。手下的,快些趲上前去。(唱)忙行快奔,耀鎗刀各自争馳騁。(合)饒伊會駕霧飛升,怎當俺脚下雲騰。(下。丑、付幫閑上,白)走吓。(唱)

【前腔】幫閑篾片是營生,赴勢趨炎本等。蛇心蜜口,全憑白手支撑。(付白)區區憂人富的便是。(丑白)小子自怕窮的便是。噲,哥吓,我想方才杜七聖的戲法,也算高强的了,我想那和尚的手段,又勝似過他。真正强中自有强中手。(付白)兄弟,我想一個人的頭,既掉了,那裏還安得上,况那藍面獠牙,一定是個妖僧。(丑白)正是。方才那些當差的,要拿他,不知怎麼轉眼就不見了。(付白)你還不曉得哩,我方才在小衚衕裏出恭,只聽背後撲通一聲响,我回身一看,只見那和尚從地底下鑽將出來，大搖大擺，又到相國寺前酒樓上吃酒去了，你道奇也不奇。〔内呐喊介。丑白〕呀，你聽前面喧嚷嚷的，想是拿妖僧的官兵來了。〔付白〕我們且在此站一站，等他過去，再走何如？〔丑白〕有理。〔温帶衆上〕走吓。〔唱〕巡邏遍城，怪妖僧何處潛踪影。〔付、丑白〕原來是温大爺。〔温白〕原來是二位。〔丑、付白〕請問大爺，帶兵何往？〔温白〕二位有所不知，只因蛋子和尚攝了王太尉十萬金錢，包老爺命我擒獲，各處搜尋，並無踪迹。二位終日在外閑耍，可曉得下落麽？〔丑白〕就是那個和尚，方才我們看見，還在相國寺前酒樓上飲酒哩。〔温白〕既如此，就煩二位領去，若拿住妖僧，二位俱有官賞。〔丑白〕如此領命。〔温白〕手下的快走。〔衆唱合〕饒伊會駕霧騰飛，怎當俺脚下飛騰。〔内蛋僧白〕好酒，吃得爽快！〔丑、付白〕温大爺，你看那和尚，吃得醉醺醺的，一溜歪邪的來了。〔温白〕手下的，且閃在一邊，等他來到，一齊下手，擒拿便了。〔衆應介，虚下。蛋僧醉上〕好酒。〔唱〕

【千秋歲】步伶仃，美酒堪消悶，端的是助人豪興。〔白〕俺蛋子和尚，方才偶然作耍，與杜七聖賭勝，不覺驚動了捕役。料想他們必定報官，差兵來拿，故此俺在酒樓沽酒一回。不免回寓去罷。〔唱〕看日沉夕，看日沉夕，且忙歸寓所安眠睡盹。〔衆暗上，鎖介〕拿住了。〔温白〕快鎖了，解到府裏去。〔蛋僧白〕住了，我把你這起狗頭，爲何拿俺？〔温白〕哇，我把你這妖僧，善攝太尉金錢，今又邪法惑衆。我奉包爺鈞旨，特來拿你。你死在眼前，還敢無狀麽？〔唱〕你天條犯難逃遁，傾刻你忘身命，定有刀頭殞，要全取除非是再世重生。〔白〕手下的，快快解去請功。〔僧念咒介〕天靈地靈，傾刻飛升，吾奉聖姑敕。〔脱落鎖介，從地井下。衆白〕鐵鎖空落在地，妖僧不見了。〔僧在地井笑介，白〕俺蛋子和尚在這裏。〔付丑白〕温大爺，那前面拍手大笑的，不是那妖僧麽？〔温白〕手下的，快些趕上去，待我親自擒他。〔衆白〕曉得。饒你通天妖術，怎當鐵騎出屯。〔下。蛋僧從地井上介〕阿呀，可惱，可惱。這些狗頭有何本領，敢來拿俺。且住，我要走脱，有何難哉，只是氣他不過。俺如今顯個小小神通，戲弄他們一番便了。六丁六甲，幻變分身。吾奉聖姑姑急急如令，疾。〔火彩，内扮八個蛋僧上，同唱〕

【越恁好】看蜂屯蟻聚，看蜂屯蟻聚，吶喊似雷鳴。刀鎗劍戟，密布滿似柴林。怒冲冲氣增，怒冲冲氣增，不由人撲咚咚心頭火發眼圓睁。〔内吶喊介。温衆上，白〕拿和尚。〔同唱〕妖邪輩思逃奔，四下裏兵圍困。只一縱兩翅，也難逃遁。〔温帶衆兵圍衆蛋僧介，分身大戰介。温拿介，衆蛋僧從二地井雙下介。温白〕好奇怪，怎麽都是些蛋子和尚，叫我拿那一個好。你看一霎時盡都不見了。〔衆白〕不知那和尚甚麽法兒，如今可怎樣拿他。〔温白〕天色已晚，暫且回去。明日稟過老爺，悉憑定奪便了。〔衆白〕有理。〔衆同唱〕

【紅綉鞋】何來作怪妖僧，妖僧。無端攪亂東京，東京。施法力化分形，空忙殺衆弓兵，今朝枉費辛勤，今朝枉費辛勤。〔下。蛋僧上，白〕你看官兵已去，俺且回寓所。明日若再來拿俺，不免將機就計，竟到府堂上，顯個神通，奚落他一番便了。咳，包文拯，包文拯，〔唱〕

【尾】今朝攪亂開封郡，却恨殺叫人精神枉損。誰知俺妙意諄諄，要將宋室平。〔下〕

第九卷

第一齣　首告

〔净扮包公上，院子隨上〕

【引】官居府尹坐烏臺，每趨金闕瑶階。忠心耿耿，赤膽常揣，惟願取民安國泰。〔白〕兩行吏立春冰上，一郡民居寶鏡中。鬼魅潛形愁洞照，皇親斂手避威風。下官莅任以來，且喜民安樂業，狐鼠潛踪。不料近來那妖氣紛紛，妖星擾擾。前日聞報，鄭州知州被妖道張鸞、卜吉所殺，正欲上表陳明，朝中又遇善人王太尉，他説在園賞花，忽有蛋子打于四望亭亭柱上，少頃化變出一僧，化錢三千貫，騰空攝去。我想既是聖僧，要錢何用，甚是可疑。嘗聞人言，有一蛋子和尚，莫非就是此僧。若不早除，恐朝廷見罪不便。已曾發出告示，張掛各處，有能緝得妖僧者，定封郎郡，如出首者，官給賞錢一千貫，若窩藏不報，與本犯同罪。又命使臣温殿直，帶領本府弓兵一百名，遍處搜捕。正是：雙手未填天地屈，一心分破帝王憂。今乃下官初度，已曾整席，與夫人、女兒同賞，也不過免俗而已。院子傳話，請夫人、小姐出來。〔院傳介，旦扮夫人，梅香隨上〕

【引】鸞鶴下雲霄，青鳥傳消息。〔小旦上〕

【引】報道北嵩陵，年年稱壽域。〔各見介，旦白〕相公，你官居冢宰，位列臺卿，況民無煩訟，官有餘閑，今乃相公懸弧，理當歡賞，爲何反生不悦？〔浄白〕夫人但知其一，不知其二。如今鄭州知州被妖道所殺，本府又有妖僧作耗，邪氣紛紛，眼見有刀兵之亂。我既爲邦家柱石，又切一府之尊，不能掃静妖氣，那有心情歡呼暢飲乎。〔小旦白〕爹爹，古語云：欲保國寧，先修身泰。自古愛身愛國也。今日且進壽觴，勿關雜念。〔旦白〕相公，女兒之言，甚爲有理。〔浄白〕如此，生受我兒。〔旦白〕我兒把盞。〔小旦白〕看酒來。〔定席介，合唱〕

【園林好】銀臺上燭生雙彩，金爐内香結瑞靄。華筵設珍饈齊擺，望仙姝自西來，瞻紫氣自東來，瞻紫氣自東來。〔小旦唱〕

【前腔】願椿萱百年康泰，願萱堂福如東海。還願取天禄永載，琴瑟調永和偕，琴瑟調永和偕。〔浄、旦同唱〕

【江兒水】可喜閨中秀，端莊一女孩。掌中珍寶嬌柔態，幽嫻德性真堪愛，三從四德誰能賽。〔衆合唱〕且暢飲劉伶醁醅，聽刮耳笙歌，聲透出碧天之外。〔前堂放梆子，内傳鼓，門子上，净白〕什麽事情？〔門子白〕温使臣有緊急密事，請老爺出堂。〔院回介，净白〕知道了。夫人、女兒回避。〔旦、小旦下，净出，坐堂，開門介，温殿直上，白〕奉命緝擒妖祟，誰知枉費艱辛。温殿直進，温殿直打恭。〔净白〕使臣，命你擒獲妖僧，怎麽樣了？〔温白〕爺爺聽稟，〔唱〕

【五供養】昨蒙令差，即領弓兵，遍處查挨。聽得人傳語，異事果奇哉。〔净白〕又有什麽異事？〔温白〕有一個賣戲法兒杜七聖呵，〔唱〕變一嬰孩，一刀鋒喪續頭不壞。忽遇妖僧至，惑衆滿城街。〔温白〕那時使臣，令衆兵將他拿住，不想他用解鎖法遁去。後來使臣復又追上，不知他是何法術，一時軍民人等，俱變妖僧形像，真假難分，只得暫回。忽有一小民李二，出首妖僧住在甘泉街客店内安歇，故將李二帶來回話。〔唱〕伏乞恩官，金心自揣，金心自揣。〔净白〕既如此，帶李二上來。〔衆應介〕李二上。〔衆白〕李二當面。〔李二白〕李二叩頭。〔净白〕李二，你出首妖僧，有何憑據？〔李二白〕老爺聽稟，〔唱〕

【玉嬌枝】恩官容解，念小人馴良買賣。月出忽有方外，見那僧形怪項歪。〔白〕他就歇在小人隔壁店内呵，〔唱〕他朝出暮歸甚疑猜，况又獠牙藍面形容怪。醉醺醺穿衢過街，如不首恐成禍胎。〔净白〕温殿直，你速領五百弓兵，各執利鋭，同李二前去擒捉妖僧，并拿店小二早堂聽審。〔唱〕

【川撥棹】你休遲怠，領弓兵即去來。縛妖僧速赴烏臺，縛妖僧速赴烏臺，用嚴刑將他布擺。斬妖邪滅禍胎，慰黎民百姓災，慰黎民百姓災。〔白〕小心在意，分付掩門。〔下，温白〕衆弓兵聽我分付，此番前去，須要小心。那和尚妖法莫測，分付快備狗血驢蹄，各種污穢，將他壓鎮住了，然後下手，不得有違。〔衆應介〕李二在前引路。〔唱〕

【尾】妖僧今日天教敗，王章三尺數當該，若要全生除非再世來。〔下〕

第二齣　擒僧

〔丑扮店小二上〕

【字字雙】〔丑〕狼糠身子活門神，粗全。黄湯好吃十來斤，一頓。姣妻容貌賽昭君，黑棍。駭怕他夜裏叫吹燈，納命，納命。〔白〕自家甘泉寺店小二便是。半月前歇了一個和尚，他早晨出去，至晚回來，形踪不定，甚是奇怪。況且連日追捕妖僧，我心中甚是疑惑。更兼心驚眼跳，不知有何吉凶。今日待他回來，問他一個明白。正是：懼法朝朝樂，欺公日日憂。〔下，浄扮蛋僧上，白〕醉裏頻中聖，烟霞列上臺。俺蛋子和尚，奉聖姑娘娘之命，特來打聽朝中消息，叵耐包文拯苦苦要來拿我，可恨李二前去首告，也是他命該横死。今晚且由他們拴去，明日到府中，少不得又有一場笑話。來此已是寓所，小二開門。〔丑上〕來了。師父回來了，又在那裏吃得爛醉，這時候回來？〔浄白〕我在施主人家赴齋，故此遲了。〔丑白〕師父，近日府尊緝拿妖僧，甚是嚴緊，況你像貌稀奇，你不要連累我們。〔浄白〕胡説，我乃五臺山聖僧，因有事到此，今公務已完，明朝就走了。〔丑白〕如此却好。請安置了，明日與你送行。〔浄白〕且假裝睡着，等他們來拿俺便了。咳，李二李二，我叫你空歡喜，明日受非

災。〔睡介，衆上，唱〕

【水底魚】率領官兵，前來捉妖僧。今番拿住，教伊一命傾。〔李二白〕此間是了。〔温白〕手下的，須悄步低聲，不可驚動妖僧，恐難下手。李二，先叫店小二出來。〔李二白〕店小二快些出來。〔丑上，隨口介，温白〕衆人們，且喜他大醉睡熟，也是天助成功，快些綁了，抬到府裏去。任他通天手，走到便拿來。〔下，浄上〕

【引】晝夜焦勞，只爲妖人未掃。〔白〕下官只爲妖僧難獲，正在疑難，幸有小民李二，首告下落，昨已拿獲。今日早堂，不免追審餘黨，一同正法便了。分付開門。〔衆開門介，温帶浄、李二上，丑同上，温白〕温殿直打躬。〔浄白〕妖僧、店小二都齊麼？〔温白〕都齊了。〔浄白〕先帶店小二進來。〔衆應，帶介，浄白〕店小二，本府張掛告示，緝獲妖人，你爲何窩藏不報？〔丑白〕老爺吓，小人乃是一個愚民，況那和尚説是五臺山來的，並非妖僧，小人那知就理，望老爺超生。〔浄白〕本欲從重治罪，念你無知，愚蠢之民，暫行寬恕。扯下去，重責三十板。〔打介，浄白〕押出去。着鄉保、地方等，叫小二具一甘結，不許他在吾禁地存留，如違重究。〔衆押丑下，浄白〕帶妖僧、李二進來。〔衆帶蛋僧介，蛋僧白〕繩穿鎖綁難行禮。〔搜鎖落地介〕包大人請了。〔浄白〕咗，〔唱〕

【駐雲飛】一見心焦，怒氣騰騰透九霄。何處妖邪暴，到此胡作耗。嗏，從實訴根苗，從實訴根苗，王法難饒。世界清平，怎容你胡亂擾。叫你今朝認老包，叫你今朝認老包。〔蛋僧唱〕

【前腔】不必牢騷，枉自生嗔空絮叨。法力通玄妙，到處知吾號。嗏，何計奈吾曹，何計奈吾曹，我神通非小。變化千端，肉眼難識照。笑你無能空自勞，笑你無能空自勞。〔净白〕你今在業镜臺前，猶如釜內之魚，性命只在傾刻，不怕你飛上天去，還不實招上來。左右，快取桃木棍來行杖。〔蛋僧白〕請問大人，是誰來出首貧僧。〔李二白〕不敢欺，是你李二太爺，拿你來請賞。〔蛋僧白〕原來是你。請問大人，官給賞錢多少？〔净白〕一千貫。〔蛋僧白〕吓，原來你將千貫國課，買一金身羅漢，扭作妖邪。你這黑賊，甚實造罪。〔净白〕阿喲喲，可惱，可惱。左右，與我拿下。〔蛋僧白〕不消發怒，你看空中仙樂盈盈，祥雲繚繞，貧僧告辭了。〔李二白〕什麽，我的賞錢還没到手，你要往那裏去？〔内下雲兜吹打介，净白〕這是妖僧的幻術，左右，快快拿住了。〔蛋僧指介〕疾。包大人，貧僧告辭了。〔李二白〕我抱住了你的腿，看往那裏走。〔蛋僧白〕如此，你也隨我來。〔雲兜上，李二白〕阿呀，救人吓。〔蛋僧天井白〕包大人，看你面上，還你李二。〔把假李二擲下天井摔死介。净唱〕

【前腔】一見魂消，兩眼睁睁他脱逃。身起如飛鷂，賽過崑崙盗。嗏，李二命合遭，李二命合遭，將身喪了。妖去無形，何處尋强暴。四處嚴追定不饒，四處嚴追定不饒。〔白〕妖僧未得，反害小民。左右分該房，將賞錢千貫，着李二妻子領去，埋葬李二，餘者以爲養資。〔衆應，抬假李二下，净白〕吩咐掩門。〔唱〕

【尾】我疾忙草就陳情表，明早向金鑾奏報，怕只怕聖主聞知添悶惱。〔下〕

第三齣　賣燭

〔小旦扮永兒上〕

【懶畫眉】紫泥白水兩相合，竹箭爲心襯紙多，一枝奈點五更過。不用槐柳榆檀火，龍燭有泥奈若何，龍燭有泥奈若何。〔白〕自家胡永兒，奉聖姑姑法旨，説我與王則有夙世姻緣，須要招至此人。只得扮一村婦，在貝州街前賣泥燭爲由，勾引王則，共舉大事。不免前去賣燭。〔付、丑上，唱〕

【風入松】迎風弄月暢襟懷，終日傍柳巷花街，前生欠下風流債。〔小旦白〕賣燭。〔丑、付唱〕那壁廂有娉婷堪愛，好一似天仙降來，看他芙蓉面，杏桃腮，芙蓉面，杏桃腮。〔丑白〕好個女子，你在那裏住？〔小旦白〕離城十五里，太平莊住。〔丑白〕尊姓？〔小旦白〕姓胡。〔丑白〕你是胡厮賴一家麽？〔小旦白〕大哥尊姓？〔丑白〕我姓賴。〔小旦白〕想是賴頭元一家麽？〔丑白〕哇，有意思，到會墩嘴。可有丈夫？〔小旦白〕有。〔丑白〕作何生理？〔小旦白〕推車。〔丑白〕有趣。你丈夫推車，你會澆燭。〔小旦白〕待我點與你看。〔丑、付白〕有趣。怎麽賣？〔小旦白〕一文錢一枝，一夜點到天亮，不用油。〔丑白〕好本事。〔小旦唱〕

【前腔】伊家出言太不才，直恁的滿口胡柴。〔丑、付唱〕你是裙釵不出閨門外，也上長街買賣。觀姿容其實美哉，怎得魚共水兩和偕，魚共水兩和偕。〔丑白〕小娘子，跟我來。〔付白〕哥，可去罷。〔小旦白〕清平世界，調戲良家婦女，該當何罪，叫地方。〔丑、付白〕地方，也是不饒的。〔小旦白〕那個敢撒野。〔淨扮王則上，唱〕

【前腔】公廳才離到長街，見一群男女推挨。〔丑、付白〕王都牌來了。怪好的泥燭，甚是明亮，一文錢一枝，買幾枝去點。〔淨白〕我買我買。〔付、丑白〕他這人不是好惹的，你我別了他罷。〔下，淨白〕小娘子拜揖。〔小旦白〕官人萬福。〔淨唱〕見紅顏窈窕真堪愛。〔白〕小娘子，賣的是什麽？〔小旦白〕賣燭。〔淨白〕還有多少，咱家都買了你的。〔小旦白〕賣完了。〔淨白〕別人買就有，我王則買就没有了，難道我白要你的不成，可惱，可惱。〔唱〕不由人氣滿胸懷，如何的恁般相待，特叵耐女裙釵，特叵耐女裙釵。〔小旦唱〕

【急三鎗】笑伊無賴，休狂態。驀然間，言出來，嘲禍胎。這泥燭，何須用，强來買。請開路，休將惹非災。〔提籃下，淨唱〕

【風入松】誰家這個女裙釵，可恨他把我搶白。任你牽步行得快，趕上去問個明白。端的是誰家眷宅，就是蓬萊女，隨你到天臺，隨你到天臺。〔下〕

第四齣 成親

〔小旦永兒上〕

【出隊子】行來速快，行來速快，賺取他行到此來。却如劉阮到天臺，兩意相接理所該。努力同心，自有安排。〔浄上唱〕

【前腔】叫人叵耐，叫人叵耐，堪恨村娃忒美乖。泥燭不賣好羞哉，仔細思之有甚懷。疾疾追前，問個明白。〔白〕那婦人，好生無理，筐内有燭，如何不賣與我？〔小旦白〕都牌且請息怒，奴有燭不賣。觀君之貌，昂昂氣概，日後必有好處。適才泥燭燈，不過是戲法而已。〔浄白〕原來如此。我王則平生好的是戲法兒，娘子可有别樣戲法兒，傳授幾件，有禮奉謝。〔小旦白〕若論戲法兒，還有幾件，請到寒舍，自有異術相送。〔浄白〕如此多謝。娘子先行，小子隨後。〔小旦唱〕

【懶畫眉】茫茫世事盡風波，誰道人生這利那，行來轉過小山坡。暫隨流水橋邊坐，峭壁千層擁翠螺。〔浄白〕行了許多路，不見盡頭，不如回去罷。〔内火彩，出山二座擋介，浄白〕呀，都是奇峰峭壁，擋住去路，回去不得，怎生是好。〔小旦白〕王都牌，好容易得你到此，只隨我前去，自有道理。〔浄唱〕

【前腔】我戰兢兢不敢向前過，看林外斜陽掛不多，聽松聲鶴韵果經過。家鄉不知在何所，指點微軀出網羅，指點微軀出網羅。〔小旦白〕隨我轉過松林徑，推開白玉扉，都牌請進。〔净白〕好所在，幽雅的緊。〔小旦白〕聖姑有請。〔老旦聖姑上〕

【引】白雲堂上，山氣朝來爽。〔小旦白〕弟子稽首。〔老旦白〕你回來了麽？〔小旦白〕王都牌過來見禮。〔净白〕仙姑拜揖。〔老旦白〕王都牌，我等候你多時矣。〔净白〕王則肉眼，自未識荆，不知仙姑何以相識？〔老旦白〕君乃天下貴人。 如今有一大事，要與都牌商議。〔净白〕王則領教。〔老旦白〕聽我道來。〔唱〕

【金谷園】想人生當登廟廊，要發迹男兒自强，我和你把經綸細講。〔净白〕聖姑是女身，王則是武夫，那曉經綸大事。〔唱〕憑空話論綱常，會小子好驚慌。〔老旦白〕我有先見之明，知你不凡。〔唱〕

【嘉慶子】你當居三十六州之上，瞥然見步是龍驤，論福高飛遠翔。招士卒疾進疆，伊不久做君王，伊不久做君王。〔净白〕王則是小人，那有此福分。〔唱〕

【忒忒令】把身在排軍賤行，豈敢去痴心非妄。只恐怕身家都喪，又落得臭名揚。願回歸安保身家，願回歸安保身家，怎肯無端惹禍殃，怎肯無端惹禍殃。〔老旦唱〕

【尹令】看君骨相姿本非常，風雲龍虎真可效劉邦。况復有豪傑勛勷，当發跡决非虚誑，当發跡决非虚誑。〔下，净唱〕算此事休教莽撞。〔白〕我王則，上無兄下無弟，又無事業，如此舉意，豈不被人耻笑。〔老旦白〕笑你何來？〔净唱〕他笑我畫虎無成，剪牙除爪反類尨。〔老旦白〕你隻身無助，賣燭的女子是我老身女兒，數當與你爲妻。〔唱〕

【品令】他花容月貌，注就錦鴛鴦。〔白〕這女子呵，〔唱〕休猜作敗柳殘花，尚兀自含春未放。且是平生雄壯，兵多馬强。〔净白〕他是女子，如何有人馬？總有人馬，在何處安頓？那有糧草之費？〔老旦白〕我這人馬糧草，一些也不用的。永兒，你可將來，做與都牌看者。〔小旦唱〕論人馬在葫蘆裏收藏，有米穀陳倉，堪可做千軍糧餉，堪可做千軍糧餉。〔老旦白〕衆豆兵速降。〔上竹馬〕今當吉日，你二人就拜天地。〔净、小旦拜介，吹打〕

【川撥棹】〔老旦〕意倉忙，此行誰道鸞凰。惹得我蝶戀蜂狂，惹得我蝶戀蜂狂，可惜你嫩柳花香。知鸞釵急解璫，知鸞釵急解璫。〔老旦白〕你二人即可辭去，我已分付左瘸師往貝州觀其動静，張鸞、卜吉攝取軍餉，蛋子和尚往京中探聽消息，助你興兵，不可有違。〔小旦白〕領法旨。〔净白〕怎麽還有幾個有手段的？〔老旦白〕法術全通。〔净白〕好有興。〔合唱〕

【尾】國家治亂本無常，一任乾坤擾攘，準備刀鎗起戰場。〔下，吹打，下〕

第五齣　誘軍

〔張成上〕

〔白〕州官賽過真禽獸，百味珍饈養畜生。堪嘆軍民都悔氣，何時拔去眼中釘。我乃貝州左營都教授張成是也。可恨知州張德，這狗男女到任以來，已經年半，只發得三個月錢糧，餘者只不關散。我想這六千軍士，全靠糧米養活父母，如今遇此贜官，如此刻薄，眼見二萬餘口老幼啼飢泣餓，怨聲載道，如何是好。我欲去殺那狗官，只是一人難行此事，故而遲遲耳。〔衆内嚷，走介〕呀，你看那邊，又有一夥軍人來也。〔衆上，賨白〕州官只愛把錢裝，〔蔡白〕近日分毫也入囊。〔錢白〕若是糞缸好注水，〔鮑白〕將軍拉去亦何妨。列位請了。〔張白〕請問列位，今日可散錢糧麽？〔衆白〕不要説起。這狗贜官只是剋減糧餉，我們六千人家，眼見得束手待斃，滿城百姓無不含怨，連司理院王獎也與贜官一黨胡行，我們到不如殺了這贜官，大家反了罷。〔左瘸暗上，聽介，張白〕我想此事不是當耍的，自古道蛇無頭兒不行，没個頭領，難以行事。〔左白〕好吓，清平世界，吃了朝廷兵餉，在此商量造反。〔衆白〕道人，你是出家人，不知我們的苦楚，不要管閑事。〔左白〕不是我管閑事，你們若與我商議，管叫你們六千人家，登時富貴，不受飢寒。〔衆白〕如此請教。〔左白〕請問列位，尊姓大名？〔張白〕在下是左營教授張成。〔竇白〕吾乃右營教授竇文玉。〔蔡白〕我乃中營總練蔡彪。〔錢白〕在下前營百户錢其。〔鮑白〕我乃後營頭目鮑勝。〔衆白〕請問尊姓大名？〔左白〕我非别人，左瘸是也。〔衆白〕原來是左黜師父，我等失敬了。請問師父，計將安在？〔左白〕此處王都牌，你們可認得？〔衆白〕怎麽我不曉得，此人武藝精通，最有義氣，又能幹事。〔左白〕如此説，你們何不推他爲主，明日殺了知州，俱到王都牌家，錢米最多，任你們搬取，再圖大事便了。〔張白〕既如此，我明日帶領左營兵馬，去劫監牢，放出罪人便了。〔竇白〕我領右營兵馬去殺知州老幼。〔蔡白〕我領中營兵馬，去殺司理院王獎一家便了。〔錢白〕我領前營兵馬，圍住州衙後面，恐他越牆逃去。〔鮑白〕我領後營兵馬，四門巡哨便了。〔左白〕如此甚好。明日午時，便可動手。你們事畢之後，多到王都牌處，領糧米鈔便了。〔衆白〕曉得。〔合唱〕

【豹子令】叵耐贜官太不良，太不良。兵糧尅減不開倉，不開倉。六千軍士皆生怨，教他一命見閻王。到州堂，翻天攪海起沙場。〔下〕

第六齣　起兵

〔淨扮王則上〕

【引】誤入天臺，喜遇姣娃甚有才。〔小旦永兒上〕一朝兵變，試聽鬼哭神號。〔蛋僧上〕攝得錢來，特地助都牌。〔張鸞、卜吉上〕天數應該，張德、王獎合受災。〔各見介，衆白〕都牌，恭喜賀喜，我等奉聖姑之命，特來扶助。如今錢糧堆積如山，可圖大事也。〔王則、永兒白〕且待左黜到來，再作處分。〔衆白〕有理。〔左上〕

【引】英雄久困在塵埃，試看今朝顯大才。〔衆白〕左黜來了。衆軍消息如何？〔左白〕且喜六千軍士，聞知都牌義舉，盡皆歸服。今日午時，他們殺了知州、司理院，即來此處，共圖大事也。〔王則白〕如此説，有仗列位神機妙算，又有六千軍卒，此乃天助我也。〔內金鼓齊鳴，衆犯人繞場下，衆軍齊上，王則白〕你聽滿城吶喊連天，想是兵變了。〔衆上〕

【窣地錦襠】六千軍馬約同心，殺教貪官兩個人。打開監獄放囚民，特地前來報信音。〔左白〕你們來了麼？〔衆白〕原來師父早在此了。〔左白〕你們事體如何了？〔衆白〕我們把兩個贓官，並男女老幼，盡皆殺死。牢中罪犯，都已放盡。只有通判董元春逃去了。如今州衙内宅並倉庫已撥人把守，候新主定奪。〔左白〕如此都隨我來。〔各見介，王則白〕列位，今日此舉，也爲你們受贓官所迫。我王則不忍列位捱飢受苦，故將錢米相送。張先生與蛋師，一位散米，一位散錢便了。〔各背米錢上下止介，衆白〕如今我等家家飽暖，個個安心，情願扶助都牌爲主。請上，受我們拜謝活命之恩。〔各拜介，唱〕

【前腔】多蒙錢米救三軍，喜殺從今不受貧。滿城踴躍盡歡欣，併膽同心報至尊。〔左白〕錢米散完了。〔王則白〕列位，我這興兵，與别處不同，用的是天兵神將，驅的是猛獸豺狼。只要你們摇旗擂鼓，以助其威。〔衆白〕曉得。〔左白〕如今快到州堂，共用大事。〔衆白〕有理。〔衆白〕已到州衙了。〔王則白〕爾等倉庫錢糧，並内衙積蓄，開一册籍，三分派開。一分散在城内大小鋪户，以償州官遺欠血本；一散兵卒窮民，各安生理；一分留于庫中，以供支給應用。不得有違。〔衆應，内大叫介〕多謝仁德大王，活我數萬生靈。好快活，好快活。〔左、張白〕如今民心已服，吉時已至，請新主改衣。〔王則、永兒下更衣，衆軍下，扮四太監二宫女，吹打，王則、永兒上。張白〕請問大王，旗號寫何國號？〔王則白〕上寫應天順民東平郡王便了。即取印綬，速來回奏。〔張成應下，王則白〕衆卿聽封，永兒爲愛姬，左黜封國舅軍師，蛋子和尚封國師，張鸞封左丞相，卜吉封大將軍。〔張成白〕印綬獻上。〔王則白〕張成封驍騎將軍。各官俱要冠冕朝見，其餘將佐，序爵封賞。〔各下，更衣上，行禮介〕

【梁州序】〔同唱〕英名遠播，威風堪佐，一霎乾坤更變。雲龍風虎，相期共逞江波。真個是地靈人傑，際會今朝，福分非小可。青萍光閃耀，壁塵磨，映日騰騰起戰戈。〔合〕憑術法，功成賀，千征百戰無差錯。標名史，畫麟圖。〔王則白〕愛姬，明日帶領張鸞、卜吉、蛋子和尚，率領人馬，攻打州郡。孤同軍師張、竇二將，自守貝州，以爲根本。〔永兒白〕臣妾明日奉旨就行便了。〔王則白〕張成明日傳喚工匠，即將州衙改爲王府，將在城大户房屋，改衆官衙署，擇日興工，限兩月即成。〔張白〕領旨。〔王則白〕衆卿暫且退朝，孤家明日與愛姬餞行便了。〔衆下，王則白〕内侍擺駕回宫。〔唱〕

【節節高】忙排曲柄羅，列笙歌，今朝且把王后做。天之數，人運和，洪福大。旗開馬到攻城破，管叫聞風魂膽落。應祝千秋萬萬春，山河一統歸吾佐。

【尾】升官委將明約束，出榜安民莫蹉跎，來日提兵處處措措。〔下〕

第七齣　大戰

〔小生劉彥威，四卒隨上〕

【引】人民經血濺，驅馳敢爲難艱。〔白〕吾乃冀州刺史劉彥威是也。叵耐王則造孽結黨，殺了知州，占了城池，干係下官，若不整兵收服，貽禍不小。衆將官，就此殺上前去。〔唱〕

【神杖兒】旌旗色燦，干戈光爛。向邊關交戰，頃刻摧鋒掣電。〔合〕兵百萬，將千員，須掃盡，莫留殘。〔下，王則、張鸞、卜吉、蛋僧、四小軍上，唱〕

【滴溜子】乘飛騎，乘飛騎，征塵擾亂。急殺上，急殺上，征衣血濺。要坐九重金殿，城池皆破殘，百姓逃竄。萬里江山，分他一半。〔兩分對陣介，浄白〕來將何名？〔小生白〕吾乃冀州刺史劉彥威是也。汝是何人？〔浄白〕吾乃東平郡王。〔小生〕妖賊王則，統衆結黨，叛逆亂之心，劫庫殺官，罪干非小，還敢驅兵，理該受縛早降，免作無頭之鬼。〔浄白〕休得胡説，放馬過來。〔殺介，浄敗下，小生白〕衆妖賊敗走，軍校疾速追上，不得放他縱逃。〔衆應，合前下，浄、衆上，白〕劉刺史雄兵勇猛，爾等努力抵敵。若有敗逃，大事休矣。〔衆白〕一人拼命，萬夫難當。〔浄白〕言之是也。〔小生殺上，白〕那裏走。〔合

殺介，小生白〕賊衆雄威，甚難支持，一面固守城池，一面申奏朝廷，命將來征便了。〔唱〕

【六幺令】旗門閃焰，但見猙獰，神鬼喧天。更兼黑霧起迷漫，陣雲動，士兵殘，失機罪律應難免。〔下〕

第八齣　奏事

〔黄門上，唱〕

【點絳唇】月淡星稀，建章宫裏千官聚。肅整朝儀，珮玉鳴鑾啓。〔白〕我乃本朝黄門官是也。今當早朝時候，恐有百官奏事，只得在此伺候。〔生扮董元春上〕

【引】脱離虎穴與龍潭，急請兵征掃蕩烟。〔白〕下官貝州通判董元春是也。只爲王則聚衆妖黨，殺官劫庫，盗取官糧，造孽叛亂，下官乘空逃出，至京申奏陳情，情願干罪，冒死求兵救援。來此午門，不免進奏。願吾皇萬歲萬歲萬萬歲。〔黄門白〕來者何官？有何文表？一一奏來。〔生白〕臣貝州通判董元春，有本冒死陳奏天顔。〔黄門白〕就此披宣。〔生唱〕

【駐馬聽】表奏君王，貝州王則罪造殃，率領一群妖黨。殺死知州，盗取官糧，僭稱王號不非常，搶州奪縣民遭障。奏聖商量，奏聖商量，興兵剿滅，早除妖黨，早除妖黨。〔黄門白〕旨意下：今有貝州通判董元春奏道，貝州王則聚衆妖黨，妖孽殺官，劫掠官庫，謀爲不軌，朕心痛恨。欽命文彦博爲招討使大元帥，曹偉副招討，召募有才之士，擇日興師，剿除妖孽，叙功升賞。謝恩。〔下，生白〕萬歲。王則王則，叫你從前做過事，没興一齊來。〔下〕

第九齣　贈弓（崑腔一齣）

〔生扮李遂上〕

【引】日高花影弄，錦帳酸風動。〔小旦上〕朝來翠被尤温，忍聽離歌送。〔生白〕淚濕征衣脂粉緩，愁聽離歌，唱得肝腸斷。小生得遇賢卿，自謂白頭相守，偕老久長，誰知天緣有限，只許一年。夜來賢卿説明，今日要我别去，好不令人肝腸俱裂也。〔小旦白〕李郎，奴家豈不欲偕老百年，只是緣分如此，無可奈何。還有一句要緊的話對你説。〔生白〕有何言語囑咐小生？〔小旦白〕你今此去，飄泊數載，方得功名富貴，纔得遠達。妖氣正盛，無人可破，但此黨與君都係瓜葛。我有神臂弓，贈君前去，此弓乃九天玄女娘娘所賜，娘娘説我雖係濕生化身，堅心修煉，後來必登證果。此寶付我，又説遇李生，贈神弓，防貝州，滅群雄。只是妖主聖姑是我母，不必害他，令其改邪歸正。妾囑之言，望君牢記。〔生白〕娘子分付，卑人敢不記在心頭。〔小旦白〕你的寶劍留在我處，明日生下孩兒，將此劍送到張家，以爲證物。妾與君俱有仙職，日後歡叙正長，不須掛念。〔生白〕所言雖切，但期年恩愛，一旦分離，好不慘殺人也。〔小旦白〕妾有别酒一樽，與君相餞。侍女們，看酒來。〔唱〕

【玉芙蓉】連宵該作容，生怕離情動。奈天緣分定，豈由人縱。相看細把朱顔共，回首桃園碧樹封。愁山重，且消除酒鍾，怕作了教人珠淚咽喉嚨，怕作了教人珠淚咽喉嚨。〔旦唱〕

【普天樂】酒未飲心先痛，人難見秋波送。從今去有路難通，奈先緣隔斷蟾宫。你休將妾誦，只爲着鵬程萬里風雲送。念幽情憮恤麟兒，〔付弓介〕懷夙好特顧雕弓。〔生白〕神臂弓乃世無價之寶物，又出賢卿所賜，敢不珍重。此劍乃我岳丈所賜，娘子送我孩兒去，爲我多多致意。此劍爲證。小生就此告别，只是仙凡隔絶，怎生是好。〔小旦白〕山後另有一徑，直通鄭州。你今莫返家鄉，小小覓個營運，待等數年，方是你功名顯達之日。行李盤費，都已在此，我今送你到路口便了。〔生白〕多謝賢卿美情。〔唱〕

【朱奴兒犯】携玉手臨期相送，禁不住淚如泉涌。步步行來成悲痛，生擦擦眼下西東，今夜夢難逢。仙岩旅店，青山幾萬重。三疊陽關唱，行人如在畫圖中，行人如在畫圖中。〔小旦白〕此間就是分路去處了，奴家不能遠送了。〔生白〕教卑人如何割捨前去。〔小旦白〕相會有期，勿勞傷感。〔同唱〕

【哭想思】極目天涯去路窮，今宵何處寄孤踪。深閨草店黄昏净，一樣孤衾聽野蛩。〔下〕

第十齣　宣召

〔末文彦博上〕

【引】歸第幾經秋，正水緑汀洲。〔旦上，唱〕安閑何必羡封侯，掩映門前五柳。〔末白〕在家常起早，憂國願豐年。〔旦白〕衣冠無禮樂，總是古人風。〔末白〕下官自從歸第，杜門謝客，談經三載。今日又是新秋天氣，正好與夫人玩賞。院子，看酒來。〔院應介，同唱〕

【二犯傍妝台】白帝正思秋，清風微透，早幸賜歸休。林泉樂真罕有，朝家事免耽憂。常思君德高華嶽，披肝瀝膽報國酬。再斟佳釀，更列美饈。喜逢明聖共悠悠，喜逢明聖共悠悠。〔院子上，白〕一心忙似箭，兩脚走如飛。外面傳進朝報到了。〔末白〕取來。兵科一本，爲妖人叛逆，破州攻郡事，薦舉才能參知政事文彦博爲河北招討大元帥，樞密副使曹偉爲副元帥，統兵征剿，刻奏奇功，欽奉聖旨。夫人，我想當初蛋子和尚攝錢，下官便知有此奇禍。但我安閑三年，恐不堪勞頓爾。院子，分付整備行李，等候兵將到來，即便起程。夫人，你可帶領僕從，先往東京相候。〔旦白〕曉得。〔末白〕鳳凰池上水林花，〔旦白〕已沐君恩年又華。〔末白〕看取沙堤新築架，〔旦白〕擎天捧日是君家。〔下〕

第十一齣　投軍

〔生扮軍政司上〕

耿耿戈文貫落星，長鋒早已動高旌。今朝招慕英雄輩，共與皇家滅禍根。下官乃文招討帳下軍政司全勝是也。俺元帥西破元昊，北服契丹，屢建奇功，加封錫命。今又奉命，剿滅妖叛王則。俺元帥欲募精幹能勇多人，爲帳前調遣之用，爲此令我親自考校。有膂力出衆，武藝高强，或能言舌辯，或行走快路人等，願充行伍者，俱各收用，注名入册呈報，候元帥量才擢用。左右，若有投軍人到來，不得攔阻。〔衆應介，衆投軍人上，白〕將相本無種，男兒當自强。投軍人進。〔衆應介，生白〕你們到此投軍，必有奇謀妙藝。起過一邊，挨次講來。〔李遂白〕幼習黄公三略，熟爛陳法鎗刀，神弓仙彈鬼神嚎，特到轅門報效。〔政司白〕好，上了面貌册。那裏人氏？姓甚名誰？多少年紀？〔李遂白〕鄭州人氏，姓李名遂，年二十二歲。〔政司白〕面貌無鬚。那一個講來。〔馬遂白〕聽禀，曾把六韜細講，力能打鼎擒鰲，射楊百步射雙雕，斬將須臾頭落。〔政司白〕那裏人氏？姓甚名誰？多少年紀？〔馬遂白〕二十八歲，馬遂，乃貝州人也。〔政司白〕身中，紫面，長髯。起過了。那一個會什麽本事？

〔潘德恩白〕自小生來淘氣，平時好勇争持。任他强暴有雄威，拼命與他比藝。〔政司白〕多少年紀？那裏人氏？叫什麽名字？〔潘白〕本處人氏，叫潘德恩，三十三歲了。〔政司白〕身粗，面黑，有痣，有髯鬚。你有何本事？〔潘白〕力勇能舉鼎，上陣定搴旗。不是誇海口，武藝略通知。〔政司白〕那一個講來。〔胡渾白〕自幼生來伶俐，一張巧嘴真奇。日行五百快如飛，願到軍前效力。〔政司白〕叫什麽名字？那裏人氏？〔胡白〕今年廿五歲，本州人氏，叫胡渾。〔政司白〕花面，微須。明日先領盔甲銀兩，各自準備馬匹器械，候元帥調用便了。〔差人手執令箭上，白〕纔離細柳熊羆帳，又到高衙虎豹營。奉元帥將令，命軍政司將新募軍士並軍册，一齊親送大營，候元帥檢閱。〔政司白〕知道了。你每俱隨我到大營去。〔衆應介，同唱〕

【呼喚子】軍容果壯威，兵將勇猛，個個魁偉。令如山嶽，迅速如雷。進隨，到中軍主帥幃，管叫反寇化爲灰。齊軍隊，妖氛盡掃，凱奏回歸，凱奏回歸。〔下〕

第十二齣　辱將

〔旦扮永兒上，衆卒隨上，旦唱〕

【粉蝶兒】百萬兵戎，簇擁着百萬兵戎。〔蛋僧上，唱〕今日個下遼東，如雲風送。〔旦唱〕跨征鞍，疾走身鬆。遇官兵來對壘，殺叫他頭疼腦痛。休覷俺女子針工，也曾究吕公書，時時來誦。〔白〕鎧甲層層結束齊，霞冠燦爛耀旌旗。宋朝敕令提兵至，相决雌雄已定期。俺乃東平郡王之后胡永兒是也。生來仙風道骨，長成煉法藏真。天機玄妙，法術精通，驅神攝鬼，一任施行。休言李廣不封侯，今日方知娘子尊。奉大王鈞旨，聖姑法旨，着俺與張鸞、卜吉分兵，攻取府縣州城。叫大小三軍。

〔卒應介〕逢州取州，遇縣取縣，須要個個努力，就此起兵前去。〔衆白〕得令。〔同唱〕

【泣顏回】旗展似蛇龍，一隊隊如虎風縱。旌旗閃耀，一掃處遍野屍横。兒郎凶猛，取城池那怕如鐵桶。休道是小小釵裙，有神機妙算無窮。〔衆下。張鸞、卜吉引衆上，唱〕

【石榴花】只見那熊羆十萬擁如蜂，遍魚陽鼙鼓響咚咚，早破了代州真定。冀州燕州，江山一統。官軍盡潛踪，馬到處一戰功成，馬到處一戰功成。如破竹勢，葉落的如波涌。行行隊隊三軍蜂擁，把一座錦江山，把一座錦江山，一時化作南柯夢，俺這裏軍容歡笑似春風。〔將上，殺介〕妖兵休走。〔卜白〕來將何名？〔將白〕我乃廣平防守大將田京。汝乃何人？〔卜白〕我乃東郡王駕下大將卜吉。〔張白〕我乃右丞相張鸞。〔將白〕妖黨早早收心，下馬跪降，免你一死。〔卜白〕休得胡説，放馬過來。〔殺，將敗下，旦、僧、衆上，唱〕

【泣顔回】天山一箭定倚崆峒，縛虎降龍操縱。雄心義膽，到處傳名留誦。平生雄猛，遇知己願把頭顱奉。〔内喊介〕呀，鬧嚷嚷喊聲連天，惡狠狠且去交鋒。〔陶上，白〕妖兵休走。〔蛋僧白〕來者何人？〔陶白〕我乃邯鄲防守大將陶必顯是也。和尚何名？〔蛋僧白〕洒家東平郡王駕下國師蛋子和尚。〔旦白〕奴乃皇后胡永兒是也。汝可早早投降，免你一死。〔陶白〕胡説。〔殺介，衆人白〕走了。〔旦白〕他今走了。恰遇張鸞、卜吉，我們如今疾忙追上，合兵擒拿便了。〔衆應〕任他走上焰魔天，脚下騰雲須趕上。〔下，陶上，白〕罷了，罷了，我陶必顯自出兵以來，未有此敗，今被妖人殺來，我進退無門，怎生是好。〔喊介〕呀，前面又有妖兵追來了，今番死也。〔卜上，白〕那裏走。〔殺介，蛋僧白〕陶必顯，國師在此。〔陶白〕罷了，罷了。〔殺介，衆白〕拏住了。〔張、卜白〕啓娘娘，有廣平田京，也擒在此，與陶必顯一齊發落。〔旦白〕俱綁在軍前，羞辱他一場。〔衆

【黄龍滚】你雄糾糾發戰衝鋒，雄糾糾發戰衝鋒，與皇家建功扶宋。一旦間鏖戰無功，一旦間鏖戰無功，反落在咱們彀中。笑殺你有勇無謀總是空，到如今無計出樊籠。恁若是早早投降，恁若是

早早投降，免得把殘生輕送。〔陶、田同唱①〕

【上小樓】感師尊德量崇，各元戎肚量洪。今日裏棄暗投明，今日裏棄暗投明，抛甲解戈，收兵罷勇。我如今俯首塵埃，俯首塵埃，恭恭敬敬乞恕朦朣，願從今傾心歸奉。〔旦白〕命二將爲前部先鋒便了。〔陶、田白〕謝娘娘不斬之恩，請娘娘進城歇馬，依舊分兵，招撫州縣便了。〔旦白〕言之有理。分付擺隊入城者。〔衆白〕得令。〔同唱〕

【疊字令】對對旌旗飄迫，隊隊兒郎歡哄。支支的畫角吹，咚咚的鼙鼓洪。閃閃爍爍刀鎗兒重重，打火銃響三通。喜孜孜奏凱軍容，喜孜孜奏凱軍容。消消灑灑离鞍下鐙，一個個竹弦扣響寶雕弓。

【尾】三軍歡笑山摇動，金牌犒賞興偏濃。〔旦白〕衆將官，少不得列土分茅受爵封。〔下〕

① 同：底本作「白」，據文義改。

第十三齣 飛磨

〔付净扮多目神上，唱〕

【點絳唇】離落天衢，遨游地府山林外。煉就身軀，功滿成仙侣。〔白〕遇劫救避解，知恩思報恩。招討今來此，怎使受災迍。吾乃多目神是也。向受天劫之厄，全虧文曲星相救。即今文相驅兵來此，妖法暗害，欲思報恩酬之，以報掩度之救。我如今不免躲在此，候他來時，看取動静便了。來時無踪影，去時影無踪。〔下，末扮文彦博引衆上，唱〕

【玉芙蓉】金符令將雄，隻手撑河漢，挾風雷定把妖氣誅剪。太平誰許乘金輦，卧榻難容人睡鼾。〔合〕風塵慘，聽空中鬧闐，霎時鏗鏘，金鼓震天闕。〔小生扮劉彦威上，白〕冀州刺史劉彦威迎接大元帥。〔末白〕大營相見。〔小生白〕冀州劉彦威參見。〔末白〕免勞行禮。王則一隅草寇，如何出兵就敗了？〔小生白〕容稟，〔唱〕

【榴花泣顔回】一聲鼉鼓報王基，風雷郡破重圍。提兵慷慨着戎衣，誰知道狂風刮地。〔白〕那王則有妻胡永兒，黨羽左黜，並張鸞、蛋子和尚、卜吉，俱與交戰，風雷暗霧之中，現出神頭鬼臉，我兵不能取勝。如今丞相要破妖法，雖有兵將，不足懼之。〔唱〕神兵鬼使，望空中殺至難回避。實指望名就功成，怎反做抛甲搴旗，怎反做抛甲搴旗。〔末唱〕哇，

【前腔】貔貅百隊奮王師，那螳螂懦臂怎支持。暗中神鬼再休提，看乾坤威正氣。雄兵到此，管叫他束手歸依例。决不負宵旰憂勤，致使他鬥勝争奇，致使他鬥勝争奇。〔妖頂大磨盤上，空中打來介，多目神暗上接介，放介，小生白〕好奇怪，這大磨盤何處飛來，把椅坐打得粉碎。幸丞相福佑，似有神祇護佑。扶丞相起來。〔末白〕方才是神靈相救，好生奇怪。〔衆白〕正在迫忙裹，不知何神相救，真是奇也。〔小生白〕桌案上有字，大家看來。〔末白〕我是多目神，前來救潞公。若要貝州破，全憑三遂功。吓，原來是多目神相救。當日是我救他掩度之難，曾許日後報取，今果應其言。詩中言説三遂，不知又是何人。〔小生白〕這是天遣多目神暗救丞相，眼見王則有剿亡之日。〔末白〕我當望空，拜謝天地。〔唱〕

【泣顔回】稽首謝扶持，一霎時救取殃危。空中飄緲，還見有降魔寶杵。乘風馭虚，也不比妖魅邪神類。若不虧相佑神祇，定多有福禄相携。〔外曹偉上〕

【引】妖黨擾黎民，是處皆逃遁。〔卒報介，外白〕適聞大人受驚，卑職問候來遲，多有得罪。〔末白〕有失迎迓，甚勿見怪。〔外白〕此位？〔末白〕是刺史先生。〔外白〕失敬了。〔小生白〕不敢。〔外白〕王則

妖黨，有何妖術，不能取勝？〔小生白〕俱逢交戰，神兵鬼使，虎豹狼蟲，因此不能勝之。〔末白〕樞密，有何計除他？〔外白〕須用狗猪二血，馬尿、大蒜之類，用唧桶先攻，後隨強弓弩箭，一齊開射，必然取勝。〔末白〕妙吓，明日對陣，依計而行。〔同唱〕

【尾】軍中誰獻除妖計，信神言除非三遂，或者天遣來臨討賊危。〔下〕

第十卷

第一齣　重陽〔崑腔一齣〕

〔王則上〕

〔白〕黄羅曲傘袞龍袍，文武官僚立滿朝。孤家王則是也。坐在家中，天賜永兒愛姬。軍師左瘸，占了三十餘州縣。奈朝廷差劉彦威前來，被僚略施小術，殺叫喪膽亡魂。又差文彦博前來，軍師已將飛磨暗算，料他插翅難飛。今乃重陽佳節，已曾傳旨擺宴，與軍師衆等慶賞。請軍師衆等上帳。〔雜宣介，左瘸、蛋僧、張鸞、卜吉上〕莫道禪師無殺戮，須叫赤手做君王。〔各通各見介〕願大王千歲千歲千千歲。〔王白〕軍師衆等少禮，請坐。軍師，且喜殺退官兵，想那文招討料已打死了。〔左白〕臣已差探子到他營中打聽去了。〔王白〕今乃重陽佳節，請你等到來，一同慶賞。擺宴過來。〔左白〕待臣把盞。〔王白〕宣女樂勸酒。〔四女樂上〕

【二犯傍妝台】開宴慶重陽，見籬邊曲逕菊蕊吐金黄。看林中楓葉赤，見池面戲鴛鴦。茱萸醉

看筵上賞，紫蟹蒸來快絳霜。〔合〕且極時歡暢，開懷舉觴，百年三萬六千場。〔同唱〕

【甘州歌】兵强將也强，料當今豪傑是吾獨上。文臣武將，賴軍師掌握朝綱。山河一統居南向，天命歸吾基業長。〔合〕思量，笑宋室枉自强梁。〔報上〕報。〔唱〕

【不是路】揖探端詳，飛磨空丟在那方。〔白〕探子叩頭，願大王千歲千歲千千歲。〔王、左白〕探子，命你打探文招討死活，如何？起來講。〔報〕爺，〔唱〕聽咨講，來營招討竟無傷。道他行，安然高卧全無恙，使盡心機空自忙。軍和將，旗幡招展臨營快，還須酌量，酌量。〔王、左白〕再去打聽。〔報下。王白〕軍師，文招討這厮，飛磨打他不傷，如之奈何？如今到起兵前來，怎生退敵？〔左白〕大王放心，待他明日到來，大王竟與他交鋒，詐敗佯輸，引他到來，待臣祭起神風，任他天神下降，也刮他有影無踪，餘兵自然不戰而敗也。〔王白〕好計，好計。分付衆將，明日交鋒便了。〔内應介〕計曠天高霜滿空，夜深定計月明中。〔左白〕來朝一鼓成王業，〔衆白〕全仗神符去惡風。〔下〕

第二齣　風攝

〔文彦博、曹偉、衆將隨上〕

【水底魚】奉命興師，奉命興師，雄兵大展威。妖人無禮，教他一命虧，教他一命虧。〔永兒、蛋僧、左黜、衆小軍同上，唱〕

【前腔】對陣相持，對陣相持，交鋒須較技。功成一戰，奏凱顯微機，奏凱顯微機。〔文白〕爾寇胡逞强梁，占奪州縣，人民遭難。今天兵到此，不思下馬受縛，免做刀頭之鬼。〔永兒、蛋僧白〕休得胡言，放馬過來。〔殺介，左上，白〕文彦博休得無禮，左瘸師在此祭風。〔衆扮風神上，追介，殺上，戰。文、曹敗下，左白〕你看他兵將，被俺妙法一陣狂風，打的軍將四零五落。如今緊閉城門，看他如何，再作準備。正是：眼望旌捷旗，耳聽好消息。〔下〕

第三齣　度脱

〔旦扮玄女上，吹打，上〕

【點絳唇】碧漢回翔，層巒疊嶂。〔猿公上，唱〕瓊宫廠，閑看滄浪。〔合〕玄妙真無量，玄妙真無量。

〔玄白〕位列仙班在太虛，春秋來往似浮雲。〔猿白〕大千世界如萍寄，堪嘆愚頑不煉真。〔玄白〕白猿神，想你身登仙籙，職掌修文，洗心修煉，禮斗朝真，雖未列上仙，亦作瀛州之客。但你有一大屈陷留于世間，恐後來天庭鑒察，那時你吃罪不小。〔猿白〕娘娘，念弟子盡心供職，不敢爲一毫别事，不知有何罪坯，望娘娘替好生之心，指示愚昧。〔玄白〕吓，原來你還不知，只爲你將三卷天書，寫在白雲洞壁間，被蛋僧盗去，又誤被聖姑所得，如今妖邪大亂貝州，宋朝江山不能太平，此禍皆由你起，怎麽還不醒悟。〔猿白〕原來如此，但弟子依數看來，這天書應該蛋僧所得，爲何他反去扶那妖人。求娘娘慈悲，指點蛋僧改邪歸正，豈不是好。〔玄白〕汝言正合吾意，但天意如此，世人亦不能爲耳。今妖人氣運將終，我合你前去，指點蛋僧、張鸞、卜吉三人，教他們歸正除邪，保寧宋室便了。〔猿白〕謹遵法旨。〔玄白〕衆神將，就此駕雲前去。〔猿公、玄女同唱〕

【雙調混江龍】妖邪悖妄，無端擾害宋朝堂。男的男一心貪欲，女的女恣意淫狂。全不想一朝禍到難逃避，永淪塵劫自承當。何不早修真煉性歸山去，直恁的貪嗔愛喜戀虚場。怎如得仙家呵，閑掃白雲消永晝，倦堆紅葉卧斜陽。一恁他桑田變海，海變田桑，嘆世人怎却了本來面目，怎不把主人翁仔細思量，思量。〔下。蛋僧上，白〕自幼堅持道性高，天書三盗受煎熬。如今悟透多通徹，唔，悔恨從妖共一巢。俺蛋子和尚是也。俺平生正直，常抱替天行道之志；氣貫九霄，每懷除邪助正之心。想當初三盗天書，不知受了多少辛苦，方能到手，誰想字迹不真，故此投聖姑指旨，指望他同心修煉，共登正果。那知他邪念不除，縱女淫亂，擾害州城，民不安寢，把宋家錦綉山河，弄得七顛八倒。目今文招討提兵到來，剿妖滅寇，被左黜屢用妖法暗算，不能害他。我想文招討乃天壽星臨凡，自然神天護佑。想俺蛋子和尚若不急流勇退，改邪歸正，但恐天庭震怒，罪犯于身，那時悔之晚矣。却可惜這三卷天書，反被妖狐所污。吓，好不恨人也。〔唱〕

【村裏迓古】俺想那妖狐的妖狐的結黨，把錦江山一旦欺罔。問何時天開日朗，掃妖氛把狐群除喪。撫赤子百姓康，保生靈太平無恙。永不動人馬兵將，但願得宋主免生惆悵。〔白〕不免望空拜禱一番。〔唱〕望空中叩顙，叩顙。改過前非，望老天免生磨障，磨障。〔内吹打，玄女、猿公下雲兜介。蛋僧白〕呀，爲何異香馥馥，仙樂從空而至？甚是奇怪。〔玄白〕蛋僧聽者，你乃仙籍有名，何故助妖作孽，若不早早回頭，恐禍及臨身，那時悔之何及。〔蛋僧白〕弟子正思歸正，奈無去路，正在對天拜禱，望大仙指點。〔猿白〕蛋僧，此非仙長，乃九天玄女娘娘。吾乃白雲洞掌管修文院白猿神是也。娘娘因不忍見你沉淪苦海，故來點化。〔蛋僧白〕原來是九天玄女娘娘，弟子肉眼不識，死罪。〔玄白〕蛋僧，你營中張鸞、卜吉，皆有成仙之日，我有柬帖，已差青衣童子點化去也。你可速離此地，作速設法除妖，掃清社稷，那時我和你自有會期。牢記，牢記。〔内細吹打，二雲兜收起介，蛋僧白〕弟子謹記金言。呀，但聞一派仙音從空而去。妙吓，人有善念，天必從之。且喜俺蛋子和尚，今日得瞻天日也。〔笑介〕好快樂人也，不免望空拜謝。俺如今悄地到各營中，探取張、卜二人行動便了。〔唱〕

【尾】疾速悄到中營帳，探彼虚真説細詳。堪笑妖邪枉自施狂妄，事到頭來自有天理昭彰。〔笑介〕俺蛋子和尚，今日得歸正道也。〔下〕

第四齣　皈依

〔生扮卜吉上〕

〔白〕昔爲推車漢，今爲叛逆人。珍饈長入口，綾羅不離身。我卜吉是也。身雖入寇，心下甚覺不悦。近來王則有事，只爲左瘸商議，把我師徒全不在眼。待師父到來，再作計議，别尋投奔便了。〔外扮張鸞上，白〕知音只向知音説，不是知音不與談。卜吉，你在背地裏自言自語，説些什麼？〔生白〕徒弟早間見一青衣童子，付我一紙帖兒，教我多多拜上師父，他日面會。〔外白〕取帖兒我看。「貝州一群虎，怕文不怕武。若問其中意，還須要問卜。」這是四句隱語。〔生白〕何爲隱言？〔外白〕貝州一群虎，就是你我衆人。怕文不怕武，文招討領兵到此，破城只在早晚。還須要問卜，教我問你，如今怎麼處？〔生白〕我本客商生意，只爲永兒跳井之事，遭遇官司，几乎送了性命，多蒙師父救取，跟隨王則，得報此仇。誰知王則比那賍官更惡十倍，民心離怨。蛋子和尚不來幫助，也只爲着把他不看在眼上。況文招討領兵到此，王則不久必要滅矣。不如見機而作，跳出是非之門，算爲上策，望師父裁處。〔外白〕汝正合我意。我有師父在天臺上玉霄峰隱居修道，你我不若同到彼處尋訪，采藥煉丹，得個神仙正果，豈不爲美。〔凈蛋僧上，白〕你們師徒在此講話，若棄家修道，我俱已聽得，你二人果有此意，天必佑汝。〔生、外白〕豈有謊言。〔凈白〕當初天書是我盗來，因字迹不識，特訪聖姑，多蒙謄寫。大家修煉，俱得妙法。我等感他同煉，報他也不少了。今他母子妖性不退，不歸正道，如此胡爲，天庭震怒。昨日九天玄女同白猿神分付，叫我前去除妖，以滅前罪。因此前日見機而行。你我今日分别，後會有期。藏身秘法少人知，急流勇退是便宜。〔外白〕且將冷眼觀螃蟹，〔生白〕看他横行到幾時。〔生、外下，凈白〕你看他二人去了，俺就此前行去也。〔唱〕

【醉扶歸】争名奪利尚痴愚，英雄枉自受驅馳。乾坤有分陰陽倒，雄圖霸業似華胥。龍争虎鬥軍民廢，功成談笑又被淩逼。僧家參透其中味，因此上回頭岸見皈西，回頭岸見皈西。〔白〕説話之間，來此已是井泉寺了。但我先住居此處，那個不曉得我是蛋子和尚，如今怎麼處？哦，有了，當日寺内有一個長老，名諸葛遂，出外游方，數載未回。寺内有他小像一軸，某家略也記得，不免變他形容，寺内少住。待等文招討來時，隨他前去便了。變。〔下，换假長老上〕我蛋子和尚，變了諸葛遂，就此叫門。徒弟開門。〔小和尚上，白〕弟子們餓的啃土，今日師父回來，乃是佛祖有靈，山門有幸了。〔長老白〕你們不要多講，且到殿上拜佛。叫一個在山門伺候了，少間必有個單騎將軍到此，速來報我。〔小和尚白〕曉得。〔下〕

第五齣　遇賢

〔末文彦博上〕

【出隊子】羊腸路裏，羊腸路裏，哀草凄凄行路遲。〔白〕好生利害，正與交戰之時，不想一陣惡風，漫地刮來，我身戰敗，飄飄蕩蕩，如在空中，忽然到此，不知甚麽所在。呀，遠遠望見山凹中有一幡竿豎立，想必是寺院，不免趲行前去。〔唱〕高山遠豎更崔巍，疏影林泉路轉回，萬馬千軍莫個主持。〔白〕果是一所寺院。長老有麽？〔小外扮諸葛上，白〕山門久閑無人啓，紅塵不到清虚地。〔見介，白〕原來是一位將軍，請進。〔末作下馬介，小外白〕請問將軍爲何如此單身獨馬到此？〔末白〕容禀。

【惜奴嬌】只爲妖人作祟，嘆干戈擾攘，一方憔悴。統天兵來至，要與他交鋒對壘。〔白〕妖人從陣中忽起惡風，將我吹落到此。〔唱〕驚疑，飄蕩空中，叫我一身狼狽。支離，幸遇尚人來相遇，恰正是窮途濟。〔合〕既會集，有緣相慶萬留威佩，有緣相慶萬留威佩。〔小外唱〕

【鬥蝦蟆】堪悲，天道無知，却爲魔神惡鬼，驅遣風姨。壯士一貌堂堂，烟水棲棲。妖氣，滿戰衣紅塵印馬蹄。〔合〕也須知，貝州此去，只隔着程途百里，只隔着程途百里。〔末白〕這也不遠了。長老指示出路。〔小外白〕不曾動問，將軍高姓大名？ 現居何職？〔末白〕下官文彦博，官拜河北招討大元帥。〔小外白〕敢就是征寧夏的文丞相麽？〔末白〕不敢。〔小外白〕失敬了。 山僧願與丞相破此妖人。〔末白〕請問長老高名。〔小外白〕山僧名諸葛遂。〔末白〕此僧名遂，前有多目神遺留詩句中言三遂，想必應在他身了。 請問長老，但不知有何法術，能破妖人？〔小外白〕山僧昔年曾遇異人傳授五雷天心正法，可以降妖滅怪，報國精忠。〔末白〕長老既有此志，乞同赴營。 若他日取勝，下官當奏聖君，定然封賞。〔小外白〕待山僧分付即行。 徒弟們快來。〔丑扮沙彌上，白〕師父有何分付？〔小外白〕我今隨文丞相前去破妖人，你可隨我去，不日就回。〔丑白〕弟子願隨一往。〔末白〕看馬來。〔丑牽介，小外、末唱〕

【尾】料些些妖孽能有幾，空自有千般算計，只叫他禍到臨頭悔是遲。〔下〕

第六齣　訪遂

〔末扮曹偉上〕

【引】雄兵十萬出神京，何日把膚功完定。〔白〕白馬紅纓大砍刀，金盔頂上陣雲高。風和虎帳觀三略，日暖轅門展六韜。下官招討曹偉是也。昨日與妖人厮殺，大失軍機，文招討落荒而走，不知去向。只得堅守營門，差人尋訪便了。〔外扮文彦博、小外扮諸葛遂上，唱〕

【引】匹馬走荒郊，早見營門寂静。〔手下白〕文老爺到了。〔末迎介，白〕招討，你我昨日失機，但不知走到何處，今日方回。此位禪師何來？〔外白〕妖人肆志，以致我軍奔潰，幸遇禪師相留一宿。這位禪師呵，〔唱〕

【桂枝香】空門德性，法高上乘。復姓遂智諸葛，來把妖人早定。他立志可欽，他立志可欽，是柱石林品，佛門豪俊。願同金，甲胄叢中求真性，刀鎗隊裏悟無生，刀鎗隊裏悟無生。〔末白〕這等難得。吾師法駕光臨，多目之言果不誤也。〔外白〕他道逢三遂，妖人退，今得其一，那兩遂却在何處？〔小外白〕軍伍之中，或有此人，也未得見。招討何不留心細訪。〔外白〕如此，請禪師後營安置，我二人驀地私訪便了。〔下〕

第七齣　遇遂

〔馬遂、李遂、丑三軍上〕

〔白〕做鐵莫作砧，爲人莫當軍。做砧受敲打，當軍受苦辛。〔丑白〕二位老哥，今夜該我們巡夜了。〔馬、李白〕須要小心些。〔丑白〕小心是不用説得，只是悶得狠，何不大家唱個曲兒，以熬長夜何如？〔李、馬白〕有理。〔丑白〕我們把當兵的苦處唱來，一齊來。〔外、末暗上，聽介，三人唱〕

【鬥鵪鶉】恨妖人粗心大膽，不怕朝廷的法令。從你得了貝州城，不知害了千萬軍民的性命。只爲你一個人，害的我十萬大軍背鄉離井，操戈帶甲，受這般的危困。更有俺巡更軍士們，當着風冒着露，整夜的行來步去，喝號提鈴。恁般辛辛苦苦，何曾有人道個可憐的一聲。想將來，這是不公道的閻君，一般樣生一般樣長，如何偏派我做軍人。若是有功得時節，大將算大功，小將算小功，何曾派到我們。只有陣上的鎗刀，營中的綑打，是我做軍的本分，理應當應承。不合做了小軍，你便有張良智韓信才，有誰揪睬，那裏去討個出身，那裏去討個出身。笑殺那文彦博、曹樞密，兩個有名的將軍，到如今招得幾人，討得幾人，討得幾人。〔馬白〕俺做小軍的到有三分主意，只恨不在其位。〔外、末白〕哇，你這起狗頭，不仔細巡更，在這裏胡説些甚麽。〔三人白〕小人們悶得狠，唱個曲兒解悶，不想被二位老爺聽見了，小人們該死。〔外白〕我也不計較你，你三人叫甚麽名字？〔李白〕小人李遂。〔馬白〕小人馬遂。〔丑白〕小人胡渾。〔外末白〕怎麽你二人，一個叫李遂，一個叫馬遂？〔李、馬白〕是。〔外白〕我且問你，那三分主意，是怎樣得？〔馬白〕小人不敢説。〔末白〕你方才唱來，只管説上來。〔馬白〕那王則當初與小人同鄉同學，是極相厚的朋友，只消一紙假降書，他必信以爲真，那時相機而斬之，有何難哉？〔末白〕且隨我進營，依計而行便了。〔唱〕

【尾】明朝便把降書整，管叫他行引領，指日成功賀太平。〔下〕

第八齣　行刺〔崑腔一齣〕

〔馬遂上〕

【風入松】披堅執鋭遠從征，受盡萬苦千辛。特來假意將他順，好叫俺驚疑不定。這回兒倘得成功，淩閣上好標名，淩閣上好標名。〔白〕我馬遂，受二位招討之計，前來假順。封妻蔭子，正在此際。來此已是城下。城上的聽者，報與元帥，你説故人馬遂，有機密軍情，前來報知。〔報介，王則上，白〕軍士們，仔細搜檢兵器，放他入來相見。〔搜介，進城介，王則出迎見，白〕久别賢弟了。今日遠來，定有益于孤也。〔馬白〕小弟身在宋營，恨不能插翅而來。今得一晤，願效犬馬之勞，以建大功。〔王則白〕看酒來，且飲三杯，少伸渴慕之懷。〔作席同唱，吹打〕

【山花子】玳筵開處笙歌擁，今日喜會英雄。定指日一戰有功，受爵賞厚禄恩榮。〔王則白〕賢弟，宋營中虛實如何？〔馬白〕文招討只有五萬人馬，詐稱十萬，前日又輸了几陣，折了一萬多人，今老幼中傷者，不上三萬之數，糧草又缺。大王只堅守旬日，文彦博不戰而自退矣。〔王則白〕此乃天助我成功也。〔同唱〕太早時車書一同，長驅席捲大功成。披鞭斷河勢如龍，看取銅柱標寫褒封。〔王則白〕

軍士們，今日故人遠來，必須暢飲一番。再看酒來。〔馬白〕這廝酒已沉醉，正好下手。奈無兵器，怎生是好。有了，不免用此酒壺擊死他便了。王則休走，吾來取汝也。〔打介，王則白〕了不得，了不得，快快拿下。我以真心待他，誰知他是假意歸我。推出斬訖報來。〔扯下〕我本將心托明月，誰知明月照溝渠。〔下〕

第九齣　大戰

〔李遂上〕

〔白〕神器從來不可遷，僭王稱制詎能安。今朝顯俺神弓彈，留與妖邪作樣看。俺李遂，自別仙姬，投入營伍，蒙元帥提拔參領。叵奈妖氛日盛，故此單騎冲鋒。俺想要與皇家報效，全在此舉。看俺李遂，今日真個好威風也。〔唱〕

【醉花陰】匹馬冲圍丹心表，殺叫他難舒牙爪。翹首望賊營巢，迷漫渾攪。俺覷妖氛如同疥小，難逃俺神臂弓彈兒抛。要把那衆攪妖邪，盡除掃。〔下，任遷上，四卒隨上，唱〕

【畫眉序】旗纛蕩揚飄，隊隊兒郎鋭氣饒。掣雷電千軍萬馬咆哮，撼星摇百姓悲號，破城如摧枯拉草。〔白〕俺東平郡王駕下車騎將軍任遷是也。自起兵以來，所向無敵。方才小校來報，宋營中有員穿白的將官，單騎殺來，故此前來出馬。衆將官，就此殺上前去。〔唱〕任你宋將都猛勇，殺叫他性命全消。〔李冲上，任白〕來將何名？〔李白〕俺乃參領使參讚將軍李遂是也，汝是何人，敢與我戰？〔任白〕我乃車騎將軍任遷是也。李遂，文彦博十萬雄兵，盡皆消散，你有何本領，敢來送死？〔李白〕

哇，妖人休走，看我取汝。〔殺介〕看彈。〔打任下，李白〕呀，〔唱〕

【出隊子】俺則見妖兵零落，管叫他命怎逃。休認俺怯書生懦弱年還少，俺自有神臂弓彈揣着，只聽見響弓絃人頭便落。〔下，張琪、吴三郎、四卒隨上，唱〕

【滴溜子】乘鐵騎，乘鐵騎，星飛電掃。宋軍的，宋軍的，魂驚膽摇。〔張白〕我虎奔將軍張琪是也。〔吴白〕我驍騎將軍吴三郎是也。〔合白〕叵奈宋營又有穿白小將，前來出馬，只得前來迎敵。〔卒上，白〕報啓二位將軍，任將軍被宋將神彈打死了。〔二將白〕再去打聽。〔報下，張白〕吴將軍，待我與他對敵，你可作法擒他便了。〔吴白〕有理。衆將官，就此殺上前去。〔唱〕都要青鋒出鞘，奮身殺上前，生擒活捉，不許容他，輕輕遁逃。〔李上，白〕來將何名？〔張白〕東平郡王駕下虎奔將軍張琪是也。〔吴白〕我乃驍騎將軍吴老爺在此。你就是李遂麽？〔李白〕既知吾利害，何不下馬受縛。〔二將白〕休得胡説，放馬過來。〔殺介，吴作法念咒介，四頭八臂上，吴白〕李遂，休得無禮，看天將來擒你。〔李白〕呀，任他是妖是魔，且放他一彈。呔，妖將看彈。〔打介，四頭八臂退下，吴作死，下，張白〕阿喲，阿喲，呔，李遂，看你張爺仙法取汝。〔李打介〕看彈。〔打張，下，李白〕呀，

【刮地風】殺叫他覆地翻天没處逃，那怕恁飛上凌霄。四下裏戰鼓喧聲鬧，俺馳驟戰馬咆哮。白袍銀鎧如雲罩，何懼你鼠怪狐妖。這壁廂那壁廂殺聲高，昏慘慘飛沙攪，路荒荒怎辨低高。要圖畫影凌烟閣，俺呀，逞威風把賊首梟，逞威風把賊首梟。〔下，文領衆上，唱〕

【雙聲子】妖做耗，妖做耗，奉敕令來征討。除凶暴，除凶暴，撫百姓安寧了。〔白〕本帥文彥博是也。方才李遂單騎殺賊，恐有疏虞，只得前去接應。〔報上，白〕報，啓元帥，李將軍單騎破賊，連除二將，大勝而回。〔文白〕賞他銀牌一面，各歸本哨。〔報下，文白〕大小三軍，暫且紮住，等候李將軍到來，方可收兵。〔衆應介，李衆上，唱〕賀皇朝，君王樂，社稷萬年永保。〔李白〕李遂打躬。〔文白〕將軍臨陣，多有辛苦，且喜全勝而回。〔李白〕李遂所仗元帥虎威，偶然僥倖，非李遂之能也。〔文白〕請問將軍，他那裏何將出馬？　怎樣交鋒？〔李白〕元帥聽稟，〔唱〕

【水仙子】俺俺俺，俺可也腹内焦。見見見，見妖人三將齊來到。也也也，也使邪魔難恕饒。仗仗仗，仗着俺神弓寶彈把妖剿。打打打，打叫他三將歸陰早。這這這，這的元戎威風浩。謝謝謝，謝中軍策應助吾曹。〔文白〕今日裏連誅妖將三員，料王則心膽俱消。今日暫且收兵，明日攻城便了。大小三軍，就此收兵。〔衆唱〕

【尾】今日鏖兵潑戰誰能效，單騎冲鋒破賊妖。指日裏歡聲刮耳，鞭敲金鐙唱凱賀皇朝。〔下〕

第十齣　定計

〔小旦扮永兒上〕

【一江風】恨無端，彩鳳辭巢早，鎮日憂心悄。淚痕交，主帥遭傷，戰將都消耗。晨昏苦鬱陶，晨昏苦鬱陶，思量轉寂寥。怪烏鴉盡日迎人噪，怪烏鴉盡日迎人噪。

【駐雲飛】〔丑上〕終日酕醄，莫把韶華空負了。有花過一朝，遇酒當歡笑。嗏，免得鬢髮焦，老來悲悼，一刻千金，時時追歡樂。總有愁來一醉消，總有愁來一醉消。〔見介，小旦白〕哥哥，今日主帥被傷，戰將授首，貝州彈丸之地，危在目前，你全不在意，但只飲酒取樂，將來不知怎生結果也。〔丑白〕妹子，我的嘴唇皮，又不曾被人打破，難道不許我吃酒。有道是，今朝有酒今朝醉，明日愁來明日當。〔小旦白〕言雖如此，還當從長計較，同請母親來商議。〔請介，聖姑上，白〕當前追歡技，明日黄花蝶也愁。我兒有何話説？〔小旦白〕只爲敵兵臨境，進攻苦無良將，退守又缺糧草，勢若壘卵，怎樣支持，請母親商議。〔聖姑白〕我也爲此憂心。〔小旦唱〕

【桂枝香】敵兵凶暴，實難計較。欲待對壘相持，復絶身家宗廟。想個退敵良方，退敵良方，才

得個餘生可保，還望吾親教道。怎生逃，若得兵退身安穩，願把心香晝夜燒，願把心香晝夜燒。〔聖姑唱〕

【前腔】吾兒聽道，免得焦燥。休要愁損花容，懨懨減了俊俏。他螳螂伎倆，螳螂伎倆，妄想將車推倒，自有安全最妙。〔小旦白〕還望母親作主。〔聖姑白〕我如今只得用烏龍斬將之法了。〔小旦白〕何爲烏龍斬將之法？〔聖姑白〕此法一用，必有殃禍，如今也説不得了。我有神刀一口，藏在天柱山。此刀用五金之精，聚于六甲壇下，七七四十九日，鑄成鬼頭刀一口，名曰禪刀，自能鳴躍。若用之時，用黑犬一只，念斬將咒三遍，立刻人頭落地。總有百萬雄兵，不足懼也。〔唱〕把他梟，何用揚湯來止沸，竈底抽薪火自消，竈底抽薪火自消。〔小旦白〕母親速去速來。〔同下〕

第十一齣　收姑

〔旦扮玄女，外扮猿公，同唱〕

【鎖南枝】出洞府，暫游遨，出洞府，暫游遨，仙家運用是清高。叵耐小群妖，無端思僞耗。他氣運，絶數銷，他氣運，絶數銷。下山來，等他到，下山來，等他到。〔外白〕啓上娘娘，那牝狐好待來也。〔旦白〕就在此處等他。〔聖姑上，唱〕

【前腔】心如箭，去路遥，心如箭，去路遥，特爲吾兒惹禍苗。親自取神刀，命運功半勛勛造。耽辛苦，受劬勞。天柱山，走一遭，天柱山，走一遭。〔旦白〕老人家，荒荒張張往那裏去？〔聖姑白〕天柱山取得寶貝而回。〔旦白〕要他何幹？〔聖姑白〕只爲吾兒遭困貝州，特取神刀破敵。〔旦白〕原來如此。老人家，依我説，不回去到也罷了。那兩員招討，乃朝廷柱石之臣，統兵十萬，剿滅群妖。不思改邪歸正，還要取滅身之禍，邪不侵正，今古明言。及早改悟前非，免貽後悔。〔聖姑白〕圖王定霸，蔭子封妻，正有志之所當爲也。要解貝州之圍，易如反掌爾。〔外白〕你這該死的孽障，還不洗心歸正麽？〔聖姑白〕你有何本領，阻吾歸路？先將你來開刀。〔戰介〕神刀速現。〔火彩，天井作走綫刀靶，放烟彩，緊鬼頭刀下懸空介。外見介，白〕雌雄速現。〔外出丸，用口吹介，內作雷聲，天井火彩，懸二劍下，對鬼刀，落地介。聖姑倒介。旦白〕五行力士何在？〔雜扮四力士上，白〕玄女娘娘，有何法旨？〔旦白〕爾等將老牝狐鎖了，帶回山去發落。〔衆白〕領法旨。〔衆鎖老旦下。旦、外同唱〕

【尾】將他扭鎖回山拷，休將輕輕放了，只叫你命染黃泉怎恕饒。〔下〕

第十二齣 宫樂〔崑腔一齣〕

〔王俊上，二監隨上〕

【引】安身宫院，身儼在瑶池月殿。何幸遇仙姐，説不盡恩情羨。〔白〕自分餘生必受屠，誰知意外遇姣娥。偎紅倚翠情無限，似水如魚樂事多。孤家王俊是也。我本益州民間之子，自幼父母雙亡，不料前年被軍搶掠到此，蒙娘娘憐我幼小，愛我之貌，封我爲小親王，留爲養子。今年已長十六歲，不想永兒愛我風流俊俏，遂與私通。只因他情洽暢濃，故此賜名遂懷。晝夜陪奉枕席，説不盡千般恩愛，描不出萬種風流。正是：兩美並圖今日樂，一時那管後時愁。〔宫女上，白〕奉着娘娘旨，前來宣遂懷。小王爺在上，奴婢叩頭。〔王白〕到此何幹？〔宫白〕娘娘在萬花宫，命奴來請王爺。〔王白〕你先覆旨，我更衣就來。〔宫下，王换衣介〕内侍回避了。〔唱〕

【懶畫眉】鰥生何幸遇嬋娟，行斯齊軀坐並肩，綢繆繾綣及情牽。果然可愛姣姿面，殢雨尤雲有萬千。〔下，永豔妝上，唱〕

【前腔】幽宫無事且消閑，去宣王郎美少年。〔白〕奴家收服三十郡，得一王俊，看他言語敏捷，容貌可憐，因與王則同姓，收爲養子，封以王爵，留在後宫，朝夕相隨。如今長成，容貌越佳，甚于動人，遂與私之。不想此子年雖幼小，枕上疆場純煉，被中戈戰精熟，真個令人消魂死也。〔唱〕愛翩翩雅俊態幽爛，更能于采戰多精善，叫奴幾度魂消情暢然。〔王俊上，白〕移步來深院，追隨玉美人。娘娘在上，遂懷叩見。〔永白〕不消行禮，且坐了。〔坐介，永白〕遂懷郎，夜短晝長無事，喚你到來，同去萬花宫一游。〔王白〕多謝娘娘美意，只恐父王進宫，不當穩便。〔永白〕不妨，你且看奴制度。〔取釵付宫女介〕①宫女們，將這金釵插在宫門外地上。〔宫女應介，永白〕疾。〔内出火焰、出山介，永白〕遂懷郎，你看内外如何？〔王白〕呀，一時火焰衝天，如隔山峰峭壁。娘娘果然妙法無窮也。〔永白〕侍兒，可治一小酌，在藏春島小閣内，再將錦衾綉枕，鋪設在内，待我二人游玩一回，即來小飲。〔二宫女下，更衣介，王白〕娘娘，你看枝生連理，花長並頭，好似我二人也。

【朝元歌】〔吹打，同唱〕看花容鮮豔，人貌如花倩。人容姣倩，花貌隨人豔。看戲水鴛鴦，銜泥紫燕，又聽黄鸝聲喚。好鳥鵜鵜，看花花鳥鳥引人情興添。〔永白〕遂懷郎，我喜殺你正青年。〔王白〕娘娘呵，愛殺你姣容面。〔同唱〕和你雙雙並肩，生生世世永偕姻眷。〔宫女上，白〕香醖持來鸚鵡色，清茶擎出鷓鴣斑。啓上娘娘，酒餚已擺在閣中，請上席。〔永白〕知道了。你們各自回避，我們自酌自飲，喚你們再來。〔宫女白〕領旨。〔永白〕助人情興須憑酒，撮合風流還仗茶。〔王白〕待我先敬三杯，恕我少間衝突之罪。〔永白〕汝能衝突，我豈不能操戈一戰乎。〔王白〕只怕身入重圍，未免意亂神迷，但能

---

① 「女」字，原無，據文義補，下同。

招架而已，何能對壘哉。〔永白〕小兒何欺我太甚也。〔各笑介，永白〕也罷，先領你三杯，然後消飲便了。〔王唱〕

【前腔】謝你情甜意甜，不棄微軀賤。〔永〕要你心堅意堅，休負奴憐念。須記取明言，常思繾綣。〔王〕娘娘美恩情，敢忘一綫，月下星前。〔永白〕我也敬你一杯。〔王白〕多謝娘娘。〔永白〕遂懷郎，此杯酒呵，〔唱〕生生世世永不遷，惟願你美青年。〔王白〕娘娘，願你長嬌豔。〔永白〕酒情已濃，且和你少卧片時，起來再飲如何？〔王白〕情興正炎，正所願爾。〔並相解衣介，同唱〕且解衣卸冠，往陽臺恣意猛征鏖戰。〔永白〕遂懷兒，還須要慢征款戰。〔摟往帳內，下〕

第十三齣　平妖

〔李遂，諸葛遂，四卒隨上，唱〕

【縷縷金】齊用力，莫遲挨，快把城穿破，拿他來。料想賊營内，毫無準待。〔合〕今朝才把陣雲開，回營稱功快。〔李、諸白〕大小三軍，今日掘城，就此動手便了。〔合前下。文彦博，曹偉，諸葛遂，將卒隨上。唱〕

【滴溜子】瓚鐵騎，瓚鐵騎，星馳電掃。妖邪的，妖邪的，魂驚膽落。〔文白〕衆將官，來此已是妖穴，努力殺上前去。〔唱〕都要青鋒出鞘，奮身殺上前，生擒活捉。毋得令他，輕輕遁逃。〔殺下，王則作醉介，同衆宫人逃上，下，李上，唱合前，作擒王則介，文衆上。李、諸白〕元帥在上，王則擒得在此。〔文白〕將王則打入囚車，押在後營，拿住永兒、左瘸，一同正法。你看火焰烘天，大兵不能前進，如何是好？〔諸白〕元帥少慮，貧僧昔日異人傳授，習學五雷正法，可以除邪。〔作摇令咒介，火藏介，文白〕衆將官，就此殺入巢穴。〔殺下。場上設帳幔，永兒同王俊在内，李遂單上，對帳白〕永兒快些出來受死。〔永揭帳，口銜頭髮，執雙刀挾王俊出帳，戰介，李刺王下，永兒敗下。諸葛遂上介，登高臺，白〕五雷速降。〔内扮五雷公上，繞場打左黜、永兒，下。李遂上，白〕稟禪師，左瘸、永兒被雷擊死，其餘黨衆，盡行殺戮。〔文、衆上介，諸白〕元帥，妖邪餘黨，盡數殺絶。〔文白〕除妖滅寇，皆賴禪師大法，鼎力周全，我等何功之有。〔内白〕聖旨下。〔卒白〕啓元帥，聖旨下。〔旨意官上，白〕聖旨已下，跪聽宣讀。詔曰：兹爾王則，以係小民，妖言惑衆，搶掠州郡，殘害生民，深爲可恨。賴爾無宰機謀，李遂之豪勇，一鼓掃除，城池克服，榮加恩典。文彦博特封左丞相，外加潞國公；曹偉封武惠侯；李遂拜爲右軍都督神策大將軍；諸葛遂飄然雲水，可賜袈裟錫杖，以彰禪德；其餘大小將官，論功升賞。所獲王則，凌遲處死，傳于天下。命招討即刻班師還朝。欽哉謝恩。〔拜介，文白〕請天使少坐。〔旨官白〕下官即去覆旨，不敢久停。〔送下，文白〕衆將官，就此班師。〔唱〕

【朝元歌】聽歌聲凱宣，心怨塵烟散。爲苦某魔，君臣絶算，喜豪傑猛勇人羨。破祝神仙，黄童白叟夜常見。忽日裏到金鑾，忠心指日間。太平重見，打破長安宫殿，打破長安宫殿。〔下〕

第十四齣　曉因

〔生扮真諸葛遂上〕

【八聲甘州】空門輻輳，心持半偈，笑傲王侯。三皈五戒，志心兒信行尊守。閑坐山頭烟霞侶，悶向林間鹿豕游。休休，功名富貴浮鷗，功名富貴浮鷗。〔白〕老僧諸葛遂，雲游一十五載，今日方回。來此甘泉寺山門，不免竟入。〔徒弟上，白〕師父回來了，貝州平妖，多虧師父法力。〔生白〕這話從那裏説起，我在外雲游一十五載，是我出家人本分，誰管什麼平妖不平妖。〔徒弟白〕文丞相親到寺中，師父隨了他去的，怎説不知。這就奇了。〔净扮假諸葛遂白〕改邪歸正果，還我本來真。〔進，衆驚白〕又一位師父來了。〔生白〕哇，你是何方妖怪，敢冒老僧姓名，還敢來見我麽？〔净白〕師父不必動氣，目下就辨真假了。〔文彦博、曹偉、衆將上〕

【引】不受朝廷禄，千古仰清名。〔白〕我二人今日班師回京，特來拜辭禪師。〔進介，净白〕二位老爺來了。〔生白〕二位招討請坐。世間那有此怪事，不知是何方妖怪，假充老僧之號，幻老身之形，正在此厮鬧，請二位老爺認來。〔文、曹白〕連我也難辨真假了。〔净白〕禪師不必動火，今已大悟，還你個明白也。取筆硯來。〔寫介〕貝州城下霹靂吼，白雲洞裏翻筋斗。萬法皆是空去來，蛋子和尚不出醜。老禪師，寺中有一付小像，取出來看看，便見分曉。〔掛畫，淨上，白〕列位請了，吾當去也。〔下，轉畫，衆驚介，文白〕原來助我成功者，乃是蛋子和尚，變化禪師模樣。從此看破就理，我等合當望空拜謝。〔合唱〕

【歸朝歡】吾師的，吾師的，佛法當酬，群妖輩悉皆授首。皇家福，皇家福，可比山丘。得奏凱功成允有，得奏凱功成允有。各加優叙君恩厚，領至都開笑口。永此芳名永不休，永此芳名永不休。

【尾】禪師遐居脱凡垢，想音容那得依舊，除非同上白雲天際頭。〔下〕

第十五齣　歸圓

〔從神吊場，旦扮九天玄女上〕

【中呂粉蝶兒】〔吹打〕萬道霞光，金閃閃萬道霞光。滿雲端羅列着鸞車鳳杖，響悠悠仙樂鏗鏘。動幢幡吹彩袖，噴鼻天香飄蕩。今日裏法落維公，定把那天條律從容細講。〔猿公、蛋僧、張鸞、卜吉同上，唱〕

【泣顔回】昔日鬧疆場，營營枉費奔忙。改邪歸正，儘受用快樂天堂。逍遥自在，隨意兒攜手安享。堪笑那懞懂痴呆，不回頭只待災殃。〔衆押老旦上，白〕啓娘娘，老狐精帶到，聽候法旨。〔見，旦唱〕

【石榴花】則見他妖形婢膝慣裝腔，戰篤速做出一派假形藏，妝點出愁眉苦樣失志慌張。當日威勇，今日在何方。休想在俺跟前，休想在俺跟前，捏傀儡賣盡百般謊，哭哭啼啼兩眼膏盲。誰信你假惺惺，誰信你假惺惺，一時掩過了得輕放，俺這裏天條難恕狠强梁。〔老旦白〕還望娘娘慈悲。〔旦白〕從神何在？〔神應介〕將這廝押赴陰山，受十萬八千苦楚，然後典刑。〔神白〕領法旨。〔衆小狐跳上，跪介，唱〕

【泣顔回】堪傷同類受災殃，忍見他行行狀。齊心跪稟，專乞天恩海量。他罪合當誅，賣弄出黔驢伎倆。〔旦白〕爾等替他討饒麽？休得多言。〔衆狐精唱〕可憐他修煉多年，一旦的盡赴汪洋。〔白〕娘娘慈悲罷。〔旦唱〕

【黄龍滚】苦哀哀跪向吾行，苦哀哀跪向吾行，只怕他殘生輕喪。一個個泪眼愁眉，一個個泪眼愁眉，引動了造物心腸。可恨他作怪興妖鬧嚷嚷，恰好似南柯夢一場。全靠着爾等哀憐，全靠着爾等哀憐，勾抹了彌天罪賬。〔老旦、衆狐白〕多謝娘娘慈悲。〔旦白〕看衆狐面上，恕爾蟻命不死。爾等聽吾法旨。蛋子和尚、張鸞、卜吉，俱爲天宫散仙快樂，猿公依舊上天職掌修文院，將白雲洞交付老狐精看守。〔衆白〕領法旨。〔旦白〕蛋子和尚，〔應介，旦唱〕

【上小樓】恁是個佛氏良。〔白〕張鸞。〔應介，旦唱〕你是個道門傍。〔白〕卜吉。〔應介，旦唱〕你是明哲保身，你是明哲保身，執戈解甲潛身歸藏。〔白〕猿公。〔應介，旦唱〕你如今速上天樞，你如今速上天樞，勤勤慎慎戒除貪妄。〔白〕狐精。〔應介，旦唱〕洞門着意謹提防。〔老旦白〕好也，好也，我看守白雲洞，那洞中天書，得暢看留心也。〔旦白〕哇，休得妄想。五星何在。〔雜扮五星上，白〕娘娘有何法旨？〔旦白〕將山推倒，將白雲洞塞閉，只許你在外面看守。〔五星、老旦白〕領法旨。〔旦白〕就此駕雲歸天去也。〔走介，同唱〕

【疊字令】湛湛青天日朗，陣陣仙風飄漾。對對的鸞鶴飛，兩兩的彩鳳翔。閃閃爍爍紫霞兒高樣，喜孜孜個個盡歡揚。笑盈盈齊上天庭，笑盈盈齊上天庭。瀟瀟灑灑早脱勞攘，從今後各自苦修不老方。

【尾】新文撰就非奇創，知音者另是一番鑒賞，休比作野豆無馨擲路傍。〔下〕

《清代宫廷大戲叢刊續編》跋

清代宫廷連臺本大戲是清代宫廷戲曲發展的代表性成果，從創作思路、劇本體制、演員規模、舞臺表演、舞美機關等方面都達到了超越時代的輝煌成就，其主導者的創意、創作者的才華、演職員的藝能，都是藝術學不能忽視的存在；其劇場建構的宏大繁複、演劇管理的全面細緻、檔案體制的系統完備、運行成本的巨大耗費，又是社會學、經濟學、管理學、建築學等學科應當加以重視的課題。

文獻是學術研究的基礎和主要依據，劇本是舞臺演出的基礎，也是戲曲文獻的一個重要類别。研究清宫大戲首先應當從大戲劇本着手，何况大戲劇本中還附帶着大量的表演、裝扮、服飾、道具、機關以及排場等方面的大量提示，通過劇本就可以瞭解到豐富的信息。我們幾位志趣相合的學友在編纂《昆曲藝術大典》的過程中，同時關注到清宫戲曲文獻的重要價值，决定從大戲劇本的校點整理入手逐步進行深耕，一方面爲深入研究清代宫廷戲曲打下基礎，另一方面也爲學界提供一份方便易得、用之可信的文本，於是就有了《清代宫廷大戲叢刊初編》和《續編》。

清宫大戲劇本曾經有過一次彙集出版，即《古本戲曲叢刊九集》，依序將《封神天榜》《楚漢春秋》《鼎峙春秋》《昇平寶筏》《勸善金科》《盛世鴻圖》《鐵旗陣》《昭代簫韶》《如意寶册》《忠義璇圖》十部連臺本大戲合編成集。之所以選此十部，根據《古本戲曲叢刊》繼任主編吴曉玲先生所作的《九集》序（參見《封神天榜》卷首），乃看重其均爲歷史題材劇或神話傳説劇，即以一定歷史年代的史事或傳説爲素材進行創作，若按題材的歷史年代先後順序排列串聯起來則具有「全史戲劇」的學術意義。《九集》精選了當時存世的各部大戲善本作爲底本。《鼎峙春秋》《昇平寶筏》《勸善金科》《昭代簫韶》《忠義璇圖》五部的底本已在《清代宫廷大戲叢刊》的《前言》（見《初編》，2016 年版）中列出，此不贅言。《封神天榜》《楚漢春秋》《盛世鴻圖》均以中國國家圖書館藏清内府抄本爲底本。《鐵旗陣》以上海圖書館藏至德周氏幾禮居傳抄清道光間内府抄本爲底本。《如意寶册》以首都圖書館藏清道光間内府抄本爲底本。中華書局 1964 年影印出版，印數據稱達 1000 套，大大超出此前出版的《叢刊》初、二、三、四集。即便如此，歷經半個世紀後，如今《叢刊》能存下多少完帙，從網上銷售渠道顯示的大量散册可想而知。半個世紀間，由於各種原因，《九集》未得再版，讀者索求不易。直到 2016 年，中國國家圖書館出版社影印出版中華書局 1964 年版《九集》才有了再版本，然其精裝 40 册 32 開本、高達 1.2 萬元售價的體量恐怕也不是普通讀者所能够輕取的。近年來，明清宫廷演劇漸漸成爲中國古代戲曲史研究的新熱點，文獻作爲學術研究的基礎，其方便易得是廣大學者的迫切需求。

正因爲《九集》已是佳作善本畢集，《清代宮廷大戲叢刊》首先選取其所影印的十部清代宮廷大戲劇本，以中華書局 1964 年版爲底本進行校點整理。（按： 據稱中國藝術研究院藝術與文獻館原藏有清嘉慶年間的内府抄本《鐵旗陣》，若存世當優於《九集》本，但因該館長期處於閉館狀態，無法查閲和使用。）十部大戲在《九集》是按照劇情發生的年代先後順序排列的，這也是以往大型戲曲劇本總集常用的排序法，得益於古代劇作多以歷史故事爲題材，即使是神話劇也是依托一定的歷史傳説而創作的，一般都可以安置於一個大致的年代中。本編未嚴格遵循以上排序，而是采用先完成者優先入編出版的辦法，以儘快分享給廣大讀者，於是有此《初編》《續編》之分。《初編》收録《勸善金科》《昇平寶筏》《鼎峙春秋》《昭代簫韶》《忠義璇圖》五部大戲的校點整理本，《續編》收録《封神天榜》《楚漢春秋》《盛世鴻圖》《鐵旗陣》《如意寶册》五部大戲的校點整理本。每部大戲前有「整理説明」，簡介劇本作者、作品情節梗概及題材來源、作品特點、作品著録情況、現存版本情況，及本次校點所采用底本情況。

《清代宮廷大戲叢刊》是對清宮大戲現存劇本的整理出版工程，得到了山東大學劉心明教授，時代華文書局宋啓發總編，北京大學出版社典籍與文化事業部馬辛民主任，中國藝術研究院研究員謝雍君、李志遠、張申波等專家學者的支持和加盟，得到了北京大學出版社領導的重視，獲得了國家古籍整理出版專項經費的出版資助，雖然受到新冠疫情的侵擾延長了出版時間，最終得以順利出版，合力共奏雅章，在此深致感謝！

詹怡萍

2023年3月於北京

圖書在版編目(CIP)數據

清代宮廷大戲叢刊. 續編. 全七册/詹怡萍主編. —北京：北京大學出版社，2022.11

ISBN 978-7-301-33402-7

Ⅰ. ①清… Ⅱ. ①詹… Ⅲ. ①宫廷－古代戲曲－中國－清代－叢刊 Ⅳ. ①I237-55

中國版本圖書館CIP數據核字（2022）第176851號

書　　名　清代宫廷大戲叢刊續編（全七册）
QINGDAI GONGTING DAXI CONGKAN XUBIAN（QUANQICE）

著作責任者　詹怡萍　主編

責 任 編 輯　王　應　武　芳　方哲君　李笑瑩

標 準 書 號　ISBN 978-7-301-33402-7

出 版 發 行　北京大學出版社

地　　址　北京市海淀區成府路205號　100871

網　　址　http://www.pup.cn　　新浪微博：@北京大學出版社

電 子 信 箱　dianjiwenhua@126.com

電　　話　郵購部010-62752015　發行部010-62750672
編輯部010-62756449

印 刷 者　北京虎彩文化傳播有限公司

經 銷 者　新華書店

650毫米×980毫米　16開本　199.75印張　2150千字

2023年1月第1版　2023年1月第1次印刷

定　　價　1500.00元（全七册）
